少年

ロバート・A・ハインライン

宇宙に飛び出すことを夢見ていたぼくは，宇宙旅行が当たる懸賞に応募し，残念ながら一等はのがしたものの，みごと入選した。賞品は中古とはいえ本物の宇宙服である。ぼくは八方手をつくして部品を調達して，なんとか使えるように修理した。あとは新聞広告でも出して，誰かがぼくを宇宙に連れ出してくれるのを待つだけ。だが，そんなのは夢物語にすぎない。宇宙飛行士になれるのは何万人かにひとりだけなのだ。せめて雰囲気だけでもと，ぼくは宇宙服を着て散歩に出かけた。謎の宇宙船から着陸誘導を求める声が聞こえてきたのはそのときだった……

登場人物

クリフォード（キップ）・ラッセル……ぼく。アメリカ人の高校生
ラッセル博士……………ぼくの父さん
おちびさん………………宇宙人に誘拐された地球人の少女。
パトリシア・ワイナント・ライスフェルド
ママさん（ママさんもどき）…………心優しい宇宙人
虫けら面（あいつ）…………悪い宇宙人
ジョック（太っちょ）
ティム（痩せっぽち）}…………その子分

大宇宙の少年

ロバート・A・ハインライン
矢野徹・吉川秀実訳

創元SF文庫

HAVE SPACE SUIT—WILL TRAVEL

by

R.A.Heinlein

大宇宙の少年

ハリーとバーバラ・スタインに捧げる

1

そう、ぼくは宇宙服を手に入れたんだ。

事の起こりはこうだった。

「父さん、月へ行きたいんだけど」

「いいとも」

と、父さんは答えて、本に目をもどした。それはジェローム・K・ジェロームの〝ボートの三人男〟で、もう暗記しているはずのものだ。

「父さん、ねえったら！　真面目なんだよ」

こんどは本のあいだに指をはさんで閉じ、静かにいった。

「いいといったんだ。行くんだな」

「うん……でもどうやって？」

彼はいささか驚いたような表情を見せた。

「なに？　おい、それはおまえの問題じゃないか、クリフォード」

父さんはそんな人だった。自転車を買いたいといったときも、目をちらりとも上げずに「さっさと行ってこい」だった。そこでぼくは自転車が買えるだけのお金を取るつもりで、食堂にあるお金入れのバスケットのところへ行った。ところがそこにはたったの十一ドルと四十三セントしかなかったから、芝生を千マイルほど刈ったあとで自転車を買ったのだ。そのときぼくは、それ以上何も父さんにいわなかった。バスケットにお金がなければ、どこにもありはしなかったからだ。父さんは銀行を使うなどという手間をかけなかった——あるのは例のバスケットと、その隣の〈アンクル・サム〉と記されたバスケットだけだ。父さんは年に一度、ここに入っているものを束ねて政府へ送っていた。これが国税庁に相当な頭痛をおこさせることとなり、抗議に人をよこしたこともあった。

その人は初め詰問していたが、あとになると哀願していた。

「ですがね、ラッセル博士、われわれもあなたの経歴は存じていますよ。しかるべき記録をつけないでおくための口実は、何もないんです」

父さんはいった。

「わたしは記録してますよ……ここにね」

彼は額をトントンとたたいた。

「法律は、文字による記録を求めています」

父さんは忠告した。

「もう一度調べてみることだね。法律は人に読み書きを要求することさえできんのだよ。もう一杯、コーヒーはいかがかな？」

その人は父さんに小切手か為替《かわせ》で支払わせようとした。父さんは、一ドル紙幣の小さな文字を読んで聞かせた。「公私を問わず、あらゆる負債のために使用できる法貨」という部分だ。

出向いて来たことで何がしかの成果を上げようとやっきになっていたその人は、どうか職業欄には〈スパイ〉と書きこまないでくれと頼んだ。

「なぜいかんのだ？」

「なぜって？　そりゃあ、あなたがスパイではないからですよ……それに一騒動おきますし」

「きみは、ＦＢＩに問い合わせてみたのかい？」

「はあ？　いいえ」

「彼らもたぶん答えてくれやせんだろうな。それにしてもきみは礼儀正しかった。そこには〈失業中のスパイ〉と記入するとしよう。いいね？」

税務署の人はもうすこしのところで書類鞄《かばん》を忘れていくところだった。父さんは何事にもあわてず、本気で物をいい、いい争いはしようともせず、絶対に屈服しなかった。だから、月へ行っていいと父さんがいったとき、どうやって行くのかはぼくの責任であり、父さんがいいたかったのはそのことだったのだ。ぼくは明日にも行ける——ただし宇宙船の座席券を分捕れるならの話だが。

ところが父さんは、物思いにふけりながらつけ加えた。

「月へ行くにはいろいろと方法があるはずだ。ぜんぶ当たってみたほうがいい。いま読んでいる本の一節を思い出すよ。三人はパイナップルの缶詰をあけようとしているんだが、ハリスが缶切をロンドンに忘れてきた。三人は何通りか試してみるわけだ」

父さんが朗読し始めたので、ぼくはこっそり逃げ出した——あのくだりは五百回も聞いていたのだ。いや、三百回というところか。

ぼくは納屋にある自分の工作室へ行き、その方法をあれこれ考えた。ひとつは、コロラド・スプリングスの航空士官学校に入ることだ——もしぼくが入学を許され、もし卒業し、そしてもしも連邦宇宙軍に何とか選ばれることができれば、いつかは月基地への、あるいは少なくとも宇宙ステーションのひとつへ行けと命令される機会はあるだろう。

もうひとつは、機械工学を勉強してジェット推進関係の職につき、月へ派遣されるような地位につくことだ。何十人という、ことによると何百人というエンジニアがこれまで月へ行ってきたし、またいまでもそこにいる——あらゆる職種、ロケット工学だけでなく電子工学、低温工学、冶金《やきん》学、製陶学、空調設備の連中がだ。

ああ、そうだ！　百万人ものエンジニアの中から、ほんの一握りの人々が選ばれて月へ行くんだっけ。ちぇっ、ぼくなんか郵便局ごっこ（郵便が来てるよといって異性を別室へ連れてゆき、キスをする遊び）でさえ選んでもらったことが、まるでないんだ。

あるいはやる気になれば、医学博士にも、弁護士にも、地質学者にも、機械工作技術者にもなれる。そして月世界で高い給料をもらってめでたしめでたしとなる——ただし、彼らがその人物を、その人物だけを必要とすればだ。ぼくは給料などどうでもいい――それより、どうやれば自分の専門分野のピカ一になれるんだ？

それからしごく簡単な方法がある。つまり現金を手押車にいっぱいのせておしてゆき、切符を買うのだ。

そんなことは、ぜんぜんやれないことだった――あのときの手持ちは、八十七セントだったっけ――しかしそのためにぼくは、ずっと考え続けてきた。ぼくらの学校では男の子のうち、半分は宇宙へ行きたがっており、半分はどれほど望み薄であるかを知って興味のないふりをしていた――それに加えて、どんな理由でも地球を離れたくないという嫌なやつらもすこしいた。それでもぼくらは宇宙の話をしたし、何人かは行こうと心を決めていた。ぼくはそうまで夢中になっていたわけではないが、それもアメリカン・エキスプレス社とトマス・クック社がツーリストクラスの観光旅行を発表する日までのことだった。

ぼくは、歯をきれいにしてもらうのを待っているあいだに、〝ナショナル・ジオグラフィク〟誌にのった両社の広告を見た。それからのぼくは、以前のぼくではなくなったのだ。

金持ちならだれでも、耳をそろえて現金を払うだけで月へ行ける、という考え方には我慢がならなかった。ぼくはとにかく行かなければいけなかったのだ。その料金を支払うなどということは絶対にできないだろう――支払えるようになるにしろ、少なくともそれはずっと先のことだから考えてみても始まらない。となると、月へ送ってもらうために、ぼくには何ができるのか？

貧しいながらも正直な少年たちの話を知っているだろう。その田舎で、たぶん州でも、だれよりも頭がいいからトップになる少年たちの話を。ところがそれは、ぼくのことではない。卒業クラスの上位四分の一には入っていたが、それではMIT（マサチューセッツ工科大学）への奨学金はもらえない――センターヴィル高校からではだめだ。事実をいっているのだ。つまり、うちの高校は大したことがないってことだ。この高校にいくのは大したことなんだ――バスケットボールではリーグのチャンピオン、スクエアー・ダンスのチームは州の二位、そして毎週水曜日はダンス・パーティーときている。愛校心でいっぱいだ。

ところが勉強となると、それほどではない。

ぼくらがどちらに重きをおくかということは、三角法に基づいているのではなく、校長先生であるハンレー先生が「人生への準備」と呼ぶものに基づいている、といえそうだ。ことによるとそれは人生に備えてくれるかもしれない。だが、カリフォルニア工科大に備えてくれないのははっきりしている。

ぼくは自分ではこのことに気づかなかった。二年生のとき、社会科で「家族生活」についてのぼくらのグループ研究で作ったアンケートを、家へ持ち帰った。質問のひとつはこうだった。

「あなたの家族会議はどのように組織されていますか？」

夕食のときに、ぼくはいった。

「父さん、うちの家族会議はどんなふうに組織されているの？」

母さんはいった。

「父さんをからかうんじゃありませんよ」

父さんはいった。

「なに？　そいつを見せてみろ」

彼はアンケートを読み、教科書を持ってこいといった。ぼくは家へ持ち帰っていなかったので、学校へ取りに行かされた。運よく校舎は開いていた――〈秋の大演劇祭〉の稽古《けいこ》中だったのだ。父さんが命令することはめったになかったが、そうするときにはそのとおり守られることを求めた。

その学期、ぼくはいいコースを取っていた――社会科、商業算術、実用英語（そのクラスは「標語の書き方」を選んだし、それは面白いものだった）、工作（ぼくたちは演劇祭の舞台装置を作っていた）、そして体育だった――ぼくはバスケットボールの練習にまわされた。一軍に入るほど背が高くなかったからだが、頼もしい補欠選手というのは最上級生のときにユニフォームを着るものだ。全体としてみれば、ぼくは学校でうまくやっていたし、自分でもそれがわかっていた。

その夜、父さんはぼくの教科書をぜんぶ読んだ。本を読むのは速いのだ。社会科では、うちは略式の民主主義だと発表して切り抜けた――クラスでは、会議の議長役を交代制にすべきか選挙制にすべきか、そして養老院に入っている祖父母は有資格者かどうかを議論していた。結論として祖父母もメンバーではあるが議長になるべきではないとし、続いて理想的な家庭構成のための条文を作成する委員会を編成した。その条文を研究の成果として、自分たちの家庭に紹介するのだ。

父さんはそれからの数日間何度も学校にやって来たので、ぼくは気が気でなかった——親が目立った動きをするときは、決まって何かをしようとしているものだ。

次の土曜日の夜、ぼくは父さんの書斎に呼ばれた。机の上には教科書が山積みされ、アメリカン・フォーク・ダンスからライフ・サイエンスまで、センターヴィル高校のカリキュラムの図表があった。それにはぼくの課程にマークがつけられていたが、その学期分だけではなく、三年・四年に備えて学習指導教師とぼくとで計画したものにもマークがつけられていた。

父さんはおとなしいバッタのようにぼくを見据《みす》えてから、穏やかにいった。

「キップ、大学へは行くつもりなのか？」

「え？　そりゃもちろんだよ、父さん！」

「どうやってだ？」

ぼくはためらった。お金がかかることはわかっていた。ドル紙幣がバスケットから床にあふれ落ちることも何度かあったとはいえ、いくら残っているか、かぞえるのに長くかからないのが普通だったからだ。

「あの、もしかしたら奨学金がもらえるかもしれないし、それに自分でも働けるしさ」

父さんはうなずいた。

「当然だ……行きたいのならな。金銭問題というものは、そんなことでびくつかない男によって常に解決され得ることだからな。だが、わしが『どうやって』といったのは、ここのことなんだ」

父さんは自分の頭をこつこつとたたいた。

ぼくはただ見つめていただけだった。

「なんだ、高校はちゃんと出るよ、父さん。そうすれば大学へ行けるじゃないか」

「だろうな。ここの州立大か、さもなければ州立農大か州立教育大かだ。だがな、キップ、一年生の各クラスの四十パーセントが成績不良で退学させられているのを知っとるか?」

「落第なんかしないよ!」

「たぶんせんだろう。しかし何であれ難しい科目——工学とか、科学とか、医学部進学課程とかを目指そうとしたら落ちるだろうな。少なくともおまえがこいつに従っている限りはな」

父さんはカリキュラムのほうに手をふった。

ぼくはショックを受けた。

「どういうこと、父さん、センターはいい学校なんだよ」ぼくはPTAで話されたことを思い出した。それが助け船になる。「いちばん新しい、最も科学的な方針で運営されているんだ。おおぜいの心理学者にも認められているし、それに……」

父さんはぼくの言葉をさえぎった。

「……それにとてつもない給料も払っている、現代教育学でよく訓練されているスタッフに対してね。学習計画の中で強調しているのは、実際的な人間の問題であり、民主主義の社会生活に子供を適応させ、また、われわれの複雑な現代文化における大人の生活での大切な、意味のあるテストに適合させるんだ。……すまんな、坊や。わしはハンレー先生と話をしてきたんだ。ハンレー先生は誠実な人だ……それにこういったりっぱな目的を達成するために、わしらはカリフォルニアやニューヨークは別として、ほかの州より多くの金を生徒一人一人につぎこんでいる」

「だったら……どこがいけないの？」

「懸垂分詞とはなんだ？」

ぼくは答えなかった。父さんは続けていった。

「ヴァン・ビューレンはなぜ再選されなかったんだ？　八十七の立方根はどうやって求める？」

ヴァン・ビューレンは大統領だった。覚えているのはそれだけだった。だがもうひとつには答えられた。

「立方根が必要なら、巻末表を見ればいい」

父さんは溜息をついた。

「キップ、その表は天使長からでも授かったとでも思っているのか？」そして悲しそうに首をふった。「父さんの責任だ、おまえの責任ではない。もっと前にこいつを調べておくべきだった……おまえが読むのが好きで計算が速く、両手が器用だというたったそれだけのことで、教育を受けているものと決めてかかっていたのだ」

「そうじゃないとでも？」

「そうじゃないことが、わしにはわかったんだ。なあ坊や、センターヴィル高校は楽しいところだし設備もいい、管理もうまくいっている、掃除もゆきとどいている。〈黒板地獄〉でもない、いや、そんなことじゃないんだ！——おまえたち子供は、こういうところが好きなんだろう。おまえとて変わりない。しかしこいつばかりは……」父さんは腹立たしげにカリキュラム表をたたいた。「何たるむだ！　馬鹿げた詰め込みだ！　知恵遅れに職業教育をおこなって治療しようとするものだ！」

　ぼくには何といっていいかわからなかった。父さんは腰を下ろすと考えこみ、やっとのことでいった。

「法律では十八になるか、高校を卒業するまで、学校へ行かなければいけないことになっている」

「そうです《イエス・サー》」

「おまえの行っとる学校は時間のむだだ。最も難しい課程を選んだところで、おまえの知能をのばすことはできない。それでもこの学校にいるか、さもなければどこかへ移るかだ」

「それにはずいぶんお金がかかるんじゃない？」

　父さんはぼくの質問を無視した。

「全寮制の学校は好かんな。十代のうちは家にいるものだ。そうだ、東部の一流私立校なら、スタンフォードでもエールでも、一流のどんな大学にも入れるように鍛えてもらえるな……だが愚かな価値規準を植えつけられんとも限らん……金だの、社会的地位だの、いい仕立て屋だのというつまらん考えだ。そんなふうにして自分の身についたものを捨てるのに、父さんはずいぶんと時間がかかった。母さんと父さんは、おまえが子供時代を過ごすための小さな町を意味もなく選んだわけではないんだ。だからおまえは、センターヴィル高校にいればいい」

ぼくはほっとした。

「それでもおまえは大学へ行く気でいる。専門職《プロフェッショナル》になるつもりなのか？　でなければ、香水入り蠟燭《ろうそく》を作るような易しいコースをもっと念入りに探してみるか？　いいか坊や、おまえの人生はおまえのものだ、好きなようにやればいい。だがいい大学に入って何か大事なことを学ぶつもりなら、次の三年間のいちばん有効な使い方をよく考えなければならん」

「そりゃもう、父さん、当然いい大学へ……」

「自分で何度も考えてから来い。おやすみ」

ぼくは一週間考えた。そして、そうなんだ、父さんの正しいのがわかってきた。ぼくたちの「家族生活」の研究などむだなおしゃべりだった。あんな餓鬼どもに家庭を持つことについて何がわかっているんだ。フィンチレー先生にだって……結婚もしていなければ、子供もいないのに。クラスでは、子供一人一人が自分の部屋をもち、「金の使い方を学ぶため」の小遣いをもらうべきだと満場一致の決議を上げた。何てくだらないことを……だったら五部屋の家に九人の子供がいるクインラン家はどうすればいいんだ？　馬鹿なことをいうもんじゃない。

商業算術は馬鹿げてはいなかったものの、時間のむだだった。ぼくは最初の一週間をかけてその本を読みとおしたが、そのあとは飽きてしまった。

父さんはぼくの課程を、代数、スペイン語、一般科学、英文法、そして作文へと切り替えた。変わらないのは体育だけだった。科目は減ったものの、ついていくのはきつすぎるほどだった。それでもぼくは、学び始めたんだ。父さんは本をたくさんおしつけて、こういった。

「クリフォード、おまえが図体ばかりでかい幼稚園児でなければ、こういうものを勉強していたはずなんだぞ。その中にあるものを学び取れば、おまえは大学入学資格検定に合格できるはずだ。恐らくはな」

以後父さんは、ぼくにかまわなかった。あとはぼく次第ということなんだ。ぼくは、ほとんど手のつけようがなかった――渡された本は難しくて、学校で使っているようなわかり易く書かれたまがい物ではなかった。ラテン語の独学が楽なものと思うなら、やってみるがいい。

ぼくは意気消沈し、やめてしまいそうになった――そのあと夢中になって打ちこんだ。しばらくすると、ラテン語がスペイン語の理解を楽にし、またその逆にもなるのがわかった。スペイン語のエルナンデス先生はぼくがラテン語を勉強していることを知ると、個人指導を始めてくれた。ぼくは自分なりにウェルギリウスの詩を学び終えただけでなく、メキシコ人のようにスペイン語を話せるようにもなった。

ぼくらの学校で教えてくれる数学は、代数と平面幾何だけだった。ぼくは独学で高等代数学、立体幾何学、三角法へ進んだ。そして、入学検定に関係のあるところまででやめてしまってもよかったのだが――数学というのはピーナッツより始末の悪いものだ。解析幾何学は、どこへ連れていってくれるのかを見定めるまでは、まったくわけがわからないギリシア語みたいなもんだ――そして、もし代数を知っているとこれが襲いかかってきて、本の残りを大急ぎで読み通すことになる。愉快じゃないか！

ぼくは微積分学を試してみるほかなくなり、電子工学に興味を持ったときにはベクトル解析が必要となった。学校では科学コースは一般科学しかなく、これがまたかなり一般的なものだった――日曜新聞のおまけなみだ。それでも化学や物理について読むとやはり、それをやってみたくなるものだ。納屋はぼくのもので、化学実験室や暗室、電子工学用の工作台、それにしばらくはアマチュア無線局もあった。ぼくが窓を吹っ飛ばして納屋に火をつけたとき――といってもボヤだったが――母さんはおろおろしたものの、父さんはそんなことはなかった。ただ、板小屋の中では爆発物を作らないようにと注意しただけだった。

ぼくは四年生で入学検定を受け、合格した。

月へ行きたいと父さんにいったのは、四年生の三月初めだった。この考えは商業飛行が公表されたことで強くなっていたんだが、連邦宇宙軍が月基地を建設したと発表された日から、ぼくはずっと〈宇宙熱〉に酔っていた。あるいはそのもっと前からだ。父さんならどうすればいいかの答を知っているだろうと思って、ぼくの決心を話してみたのだ。父さんは、自分がやろうと決めたことは何だろうと、いつもやり方を見つけ出していたからだ。

ぼくは小さいころ、いろいろな場所に住んだ――ワシントン、ニューヨーク、ロサンゼルス、どこだかわからないところ――たいていホテル式のアパートだった。父さんは年じゅうどこかを飛びまわっており、家にいるときはいつも来客があった。ほとんど顔を会わせることがなかったわけだ。その後センターヴィルに移ると彼は年じゅう家にいて、鼻をこすりつけんばかりにして本を読むか、机にむかっているかになった。父さんに会いたい人はここへ来るしかなかった。バスケットが空《から》になったとき、父さんが母さんにこういったことがあるのを覚えている。

「印税《ロイアルティ》がくるはずだったな」

ぼくはまだ王族《ロイアルティ》を見たことがなかった（八歳だったんだ）ので、その日はまつわりついていたのだが、客が現われてみると、そいつが王冠をかぶっていなくてがっかりしたものだった。翌日はバスケットにお金があったので、あの人はお忍びで来て（ぼくは〝脚の悪い王子さま《リトル・レイム・プリンス》〟を読んでいた）黄金の財布を父さんに投げてよこしたものと決めてしまった――少なくとも一年はかかったんだ、印税《ロイアルティ》とは特許や本や株から得られるお金のことかもしれないと気づくまでには。そして、魅力はいささか色あせてしまった。ところがこの客は、王様でもないのに、父さんの望むことよりもむしろ自分の望むことを父さんにさせられると思っていた。つまりこうだ。

「ラッセル博士、ワシントンの気候がひどいことは認めましょう。しかし冷暖房付のオフィスを持たれるのですよ」

「時計もつくな、もちろん。それに秘書も。それから防音設備もだ」

「お望みのものはなんでも、博士」

「肝心な点はですな、長官、わたしがそんなことを望んではいないということです。うちには時計がない。カレンダーもない。かつてはわたしも収入が多かったが、嫌なことも多かった。いまは収入は少ないが、嫌なことは何もない。わたしはここにいますよ」

「しかし、あの仕事では博士が必要なのです」

「その必要は、おたがいにというものではありませんな。ミートローフをもっといかがですか」

父さんが月へは行きたくない以上、問題はぼくのものだった。ぼくは集めた大学案内書を取り出して、工学部のある学校をリストアップし始めた。どうやって授業料を払うのか、いやどうやって食べていくのかさえわからなかった——が、とにかく有名な難関校に入ることだ。もしだめなら、空軍に入り、その仕事に任命されるよう努力することもできる。それに失敗したら、電子工学での技術下士官にもなれる。月基地ではレーダーや天文技術を使っているからだ。ぼくは何としてでも行くつもりだった。

翌朝の食卓では、父さんがニューヨーク・タイムズ紙の陰に隠れ、母さんはヘラルド・トリビューン紙を読んでいた。ぼくはセンターヴィル・クラリオン紙を手にしていたが、そいつはサラミソーセージを包むくらいしか能がない。父さんが新聞ごしにぼくを見た。

「クリフォード、おまえ好みのやつが出ているぞ」

「え?」

「ぶつくさいうなよ。そういうのは老人のぶざまな特権だからな。これだ」

と、彼はそれをぼくに手渡した。

石鹸《せっけん》の広告だった。

例の、いつもの見飽きた、馬鹿でかい、超特大の懸賞コンテストってやつだ。こいつは千人へも賞品を出しており、最後の百人にはそれぞれ一年分ものスカイウェイ石鹸をくれるというものだった。

ついでぼくは、コーンフレークを膝《ひざ》にぶちまけてしまった。一等は――

月世界旅行無料御招待!!!

こう書いてあったのだ。感嘆符も三つついている――ぼくには一ダースもついているし、爆弾もぼんぼん破裂しており、天国みたいなコーラスも聞こえてくるようなものだった。

二十五字以内で次の文章を完成させるだけだ。

「わたしがスカイウェイ石鹸を使う理由は……」

(そして、石鹸の包み紙か、そのコピーを同封して送ること)

まだ書いてあった。〝――アメリカン・エキスプレス社とトマス・クック社の共同提供――〟とか〝――合衆国空軍の協力を得て――〟とか下位の賞品リストなど。だが、ミルクと柔らかくなったコーンフレークがズボンを濡らしているというのに、ぼくに見えるのはその文字だけだった。

月世界旅行――!!!

2

初めは興奮で天にも昇る気分だった……次にはがっかりと同じくらい沈みこんでしまった。ぼくはコンテストで勝ったためしがないんだ――だいたい、クラッカー・ジャックを一箱買うと景品を入れ忘れたやつにあたるくらいだ。支払い分に相応のものしか手に入れられない癖が直っているといいのだが。ひょっとして――

「やめろ」

と、父さんはいった。

ぼくは黙った。

「運なんてものはないんだ。統計の世界に対抗するには、充分な準備をするかどうかだけだ。これに参加する気か？」

「もちろん！」

「やるといったと見るぞ。いいだろう、計画的に努力するんだぞ」

ぼくはそうしたし、父さんも協力的だった――ミートローフをもうすこしどうだ、などということはしなかった。それでも、ぼくがくじけてしまわないように目を光らせていた。ぼくは学校が終わると大学の入学願書を出し、アルバイトを続けた――その学期は、放課後チャートン薬局で働いていたのだ――ソーダを注ぐ仕事だが、調剤も勉強した。チャートンさんは念には念を入れる人なので包装した品物しかさわらせなかったものの、薬物学、学名、いろいろな抗生物質の効用、そして慎重にしなければならない理由などを学んだ。これは有機化学と生化学に通じることであり、チャートンさんはウォーカー、ボイド、アシモフの本を貸してくれた――生化学は核物理学を単純なものに見せるものだが、やがてそれがわけのわかるものになり始めた。

チャートンさんは年寄りの男やもめで、薬理学が生甲斐《いきがい》だった。だれかがいつかは薬学をやらなければいけないことになるんだと、彼はそれとなくいった。薬学の学位とその職業に献身する若者のだれかがだ。そして、そんな人間が学校へ行くためには助けになれるかもしれないともいった。いつの日か、ぼくだって月基地で薬局を開くこともできるはずだとチャートンさんがいい出していたら、その餌《えさ》に食いついていたかもしれない。ぼくは、宇宙へ出ていこうと堅く決心している、そして工学だけが唯一のチャンスのようだ、と説明した。

チャートンさんは笑わなかった。まずそのとおりだろう――しかし人類がどこへ行こうと、月だろうが火星だろうが、あるいは宇宙の果ての星々だろうが、薬学士と薬局もいっしょに行くのだということを忘れないように、というようなことをいった。そして宇宙医学の本――ストラグホールド、ヘイバー、スタップ、その他の本を持ち出してきて、静かにいった。

「わたしもかつては、そんなことを考えたものだよ、キップ……だが、いまではもう遅すぎるね」

チャートンさんは、薬にしか興味がなかったのだが、それでも普通のドラッグストアで売っている物は何でも、自転車のタイヤから日用大工の道具まで売っていた。

もちろん、石鹸もだ。

ところがいまいましいことに、スカイウェイ石鹸はほとんど売れなかった。センターヴィルでは新しい商品に対しては保守的なのだ――自分で石鹸を作る人もいることは賭《か》けてもいい。それでも、その日仕事に顔を出したとき、ぼくはチャートンさんにこのことを話さなければいけなかった。チャートンさんはほこりまみれの箱を二つ持ち出してきてカウンターに置いた。そしてスプリングフィールドの卸問屋に電話した。

彼は本当にぼくによくしてくれた。スカイウェイ石鹸を原価同然にまで値下げして売りこんだ――そしてほとんどいつも、客を帰す前に包み紙をもらった。ぼくはというと、ソーダ売場の両脇にスカイウェイ石鹸をピラミッドふうに積み上げたので、どのコーラもなつかしのスカイウェイ社の宣伝文句につきまとわれることとなった。洗剤を洗い落とす石鹸です、ビタミンがたっぷり含まれています、天国への近道です、クリームのような豊かな泡立ちはいうまでもありません、厳選された原料です、憲法修正第五条による買わない自由もあります。まったくぼくの図々しさときたら！　買わないで出て行けるのは、耳が遠いか足の速い人くらいのものだった。

もし石鹸を買っても包み紙をぼくに渡さずに出て行けたら、そいつは魔法使だ。大人には事情をよく話してわかってもらった。子供には、そうするしかなければ、包み紙一枚につき一セントをあげた。町のあちこちから持ってきてくれた子には一ダースについて十セントあげ、ソフトクリームをおまけにつけた。
規定では、スカイウェイ石鹸の包み紙かしかるべきコピーに書かれている限り、何枚応募してもよいことになっていた。
ぼくは一枚の写真を撮り、たくさん焼増しをしようかとも考えたのだが、父さんはそうしないほうがいいと忠告してくれた。
「それは規定の範囲内ではあるよ、キップ。しかしだな、ピクニックでスカンクが歓迎されることを、わしはまだ知らんのでね」
だからぼくは石鹸を売った。そしてこんな標語を包み紙といっしょに送った。
「わたしがスカイウェイ石鹸を使う理由は
——身も心も洗われた心地になるから
——大路《ハイウエイ》にも小路《バイウエイ》にも、空路《スカイウエイ》のような石鹸はない！
——天にも昇る良い質だから
——天の川のように清らかだから
——星間宇宙のように清らかだから
——雨上がりの空のようにすがすがしくさせてくれるから」
そのほか際限もなく、ついには夢にまで石鹸の匂いをかぐようになった。
ぼくの考えた標語ばかりではない。父さんも考え出したし、母さんやチャートンさんも考えてくれた。ぼくはいつもノートを持ち歩き、学校だろうと仕事中だろうと真夜中だろうと標語を書きとめた。ある日の夕方帰宅すると、父さんがぼくのためにカード式ファイルを用意してくれていたので、以後はくりかえしをしないようにアルファベット順に揃えておいた。これはいい思いつきだった。なにしろ締切間近には、一日に百通も送っていたのだから。郵送料はかさんだ。包み紙の中には買わなければいけないものもあったことはいうまでもない。

町の子供も応募したし、大人の中にも応募した人はいたろう。しかしぼくのように一貫した流れ作業はしていなかった。仕事を十時に終え、当日の標語と包み紙を持って急いで帰宅し、父さんと母さんの標語からいくつかを選ぶ。包み紙一枚一枚の裏側にはゴム印を押す。「わたしがスカイウェイ石鹼を使う理由は――」と住所・氏名を刻んだゴム印だ。ぼくがタイプを打つあいだに、父さんはファイル用カードに記入していた。毎朝学校へ行く途中、ぼくはその束を投函した。

ぼくは笑われたが、いちばんぼくをからかう大人ほどすぐに包み紙をくれた。

一人だけ例外がいた。〈エース〉クイッグルという薄ら馬鹿だ。ぼくはどうあろうとエースを大人の部類に入れるつもりはない。あいつは人なみに年だけはとっている不良少年なのだ。どこの町でもエースのようなやつを一人くらいは抱えているのだろう。エースはセンターヴィル高校を卒業していなかった。ハンレー先生が全員を「同年齢同学年」で進級させることを信条としたことで誉れ高いあの学校をだ。ぼくが覚えている限り、エースはたまには仕事で、たいていはそうではなしに目抜き通りをうろついていた。

エースは〈気がきいたことをいう〉のを得意にしていた。ある日のこと、彼は店に来て三十五セントのモルト一杯で二ドル分の時間と場所を占領していた。ぼくはちょうどジェンキンズおばあさんを説き伏せて石鹼一ダースを買わせ、包み紙をもらったところだった。おばあさんが出て行ったとたん、エースはカウンターに陳列してある石鹼を一個つまみ上げていった。

「こいつを売ってるのかい、宇宙軍候補生さんよ?」

「そうだよ、エース。これほどの安売りは二度とないぞ」

「石鹼を売るだけで月へ行く気でいるのか、船長《キャプテン》? それとも提督《コモドア》とでもいうべきかな? ヒャッ、ヒャッ、ヒャッ、大笑いだぜ!」これがエースの笑い方だ。漫画そっくりだ。ぼくは丁寧にいった。

「やってみるだけはやってみるさ……すこしどうだい?」

「いい石鹼なのは間違いねえんだろうな?」

「もちろんだよ」

「そんじゃあ、ひとつ助けてやるとするか……一本買ってやろう」

このできそこないが。しかしこれが入賞する包み紙になるのかもしれないんだ。

「そうこなくちゃ、エース。感謝するよ」

ぼくが代金を受け取ると、エースは石鹼をポケットに滑りこませて出て行こうとした。

「ちょっと待ってくれ、エース。包み紙なんだけど。頼むよ」

エースは立ちどまった。

「おっと、そうだったな」エースは石鹼を取り出して包み紙をはがすと、それをひらひらさせた。「こいつが欲しいのか?」

「そうなんだ、エース。すまないな」

「ようし、おれがこいつのいちばんの使い方を教えてやるぜ」

エースはたばこ売場においてあるライターに手をのばして火をつけ、たばこに火をつけると、包み紙も指の近くまで燃やしてから床へ落とし、踏みつぶした。

チャートンさんは薬局のウィンドーから見守っていた。

エースがニタニタと笑った。

「これでいいかい、宇宙軍候補生さんよ?」

ぼくはアイスクリームのヘラを握りしめていた。だが答えてやった。

「いいともさ、エース。あんたの石鹼なんだからな」

チャートンさんが出てきていった。

「売場のほうはわしがやろう、キップ。渡す包みがあるぞ」

あれは、ぼくが逃した唯一といっていい包み紙だった。コンテストは五月一日に終わった。父さんもチャートンさんも在庫を最後の一箱まで売り切ろうとした。ぼくが書き上げたときには十一時近くで、そのあとチャートンさんは夜の十二時前に消印をおしてもらえるように車でスプリングフィールドへ連れていってくれた。

ぼくは五千七百八十二の標語を送っていた。センターヴィルの町がこれほど石鹼を使ったことはないと思う。

結果は七月四日に発表された。ぼくはその九週間、肘《ひじ》までもとばかり爪を噛《か》んでいた。そう、ほかにもいろんなことはあった。ぼくは卒業して、父さんと母さんが腕時計を贈ってくれたし、ハンレー先生の前を行進し、卒業証書をもらいもした。気分爽快《そうかい》だった。たとえ父さんに勧められて学んだことが、愛する古きセンターで学んだことをさんざんに打ち砕いてしまったにしてもだ。それに先立って、スニーク・デー、クラス・ハネムーン、四年生のダンス・パーティー、クラス演劇、三・四年合同ハイキング、そのほか血気盛んな連中をおとなしくさせておくためにやるあらゆる行事があった。チャートンさんは、頼むと仕事を早めに終わらせてくれたがぼくはそうたびたびは頼まなかった。心がそこになかったし、どうせ決まった交際相手もいなかったからだ。その年の初めごろには相手がいたんだが、その娘――エレイン・マクマーティ――は男の子やら着るものやらの話をしたがり、ぼくは宇宙や機械工学の話をしたがるものだから、彼女はぼくを自由の身にもどしてくれたというわけだ。

卒業してからは、チャートンさんの店で一日じゅう働いた。どうやって大学へ行くのかはまだわからなかった。そのことを考えてもいなかったのだ。ぼくはただサンデーを作り、七月四日まで息をひそめていただけだった。

それは午後八時にテレビで放映されることになっていた。うちにテレビはあった――といっても白黒で平面のやつだ――が、何か月間もつけたことがなかった。ぼくはそれを組み立て終えると、興味をなくしてしまったのだ。それを探し出してきて居間におき、画像をテストした。調整しながら二時間ほどをつぶし、その日の残りは爪を嚙んですごした。夕食などのどを通らなかった。七時半までにはテレビの前に陣取ったが、喜劇役者連中には目もくれず、カードをいじくっていた。父さんは入ってくると、ぼくを鋭く見つめていった。

「しっかりしろ、キップ。もう一度いっておくがな、見込みはあまりないんだぞ」

ぼくは唾《つば》を飲みこんだ。

「わかっているよ、父さん」

「それに、長い目でみれば結局大したことではなかろう。男というものはな、どうしようもなく欲しいものは、たいがい手に入れるものなんだ。大丈夫、おまえはいつか月へ行ける、何かの方法でな」

「そうだね。ぼくはただ、終わってくれればいいと思っているだけなんだ」

「終わるさ。来ないか、エマ?」

「いま行くわ、あなた」

そう答えてから入ってきた母さんは、ぼくの手を軽くたたいて腰を下ろした。

父さんは背中をのばした。

「選挙の日の夜を思い出すな」

「あなたがもう、あんなことに夢中でなくてよかったわ」

「おいおい、おまえだって選挙運動のたびに浮かれていたじゃないか」

母さんはふんと鼻を鳴らした。

喜劇にはおきまりのおちがついていた。たばこがカンカン踊りをしてもとの箱の中へ飛びこむ。その背景では、なだめるような声が、コロネットには発癌《はつがん》物質は認められておりません、本物のたばこと変わらない味の、安全な、本当に安全な、絶対安全な一服です、と請け合った。番組が地方局に切り換わった。センター木工・金物会社のスリリングな光景が映し出され、ぼくは手の甲の毛を引きぬき始めた。

画面が石鹼の泡でいっぱいになった。四人のコーラスがスカイウェイ・アワーですと歌う。まるでぼくたちが知らないとでもいわんばかりにだ。ついで画面が消え、音声も途切れてしまい、ぼくの胃袋は飛び出してきそうになった。

画面が明るくなり、「中継回路の故障です……そのまましばらくお待ちください」と映し出された。

ぼくはさけんだ。

「畜生、そんな馬鹿な！　そんなことってないだろ！」

父さんはいった。

「やめるんだ、クリフォード」

ぼくは黙った。母さんはいった。

「まあまあ、あなた。彼はまだ子供なんだから」

父さんは答えた。

「子供なものか、一人前の男だよ。キップ、こんなことでやきもきするんなら、銃殺隊を前にするときは、どうやって穏やかにしているつもりだ？」

ぼくはもぐもぐつぶやいた。

「はっきりいえ」

そんなものにむかって行くことなど考えたこともないよと、ぼくは答えた。

「いつかは、それを考えなければいけないことになるかもしれんぞ。これがいい練習だ。スプリングフィールドのチャンネルを試してみろ。すこしは映るかもしれないぞ」

ぼくは試してみたものの、画面には雪が降っており、音声は袋に詰めこんだ二匹の猫さながらだった。ぼくはあわてて、ここの地方局にもどした。

「……合衆国空軍ブライス・ギルモア少将が今晩のゲストです。のちほどこの番組の中で、これまで未公開でした連邦月世界基地や、月面で最も急速に成長しつつある小都市、幼児期のルナ・シティの写真について説明していただきます。当選者の発表が終わり次第、月基地とのテレビ中継をおこなうことにいたします。これにご協力いただきますのは宇宙軍の……」

ぼくは深く息を吸いこみ、動悸をおさえようとした。同点になっている試合でフリー・スローをやるときに気持を静めるようにだ。おしゃべりは延々と続き、有名人が紹介され、コンテストのルールも説明され、おかしいほどに甘ったるい感じの若いカップルが、なぜ彼らがいつもスカイウェイ石鹸を使っているかをおたがいに説明しあった。ぼくの売込み口上のほうがまだましだ。

やっと肝心なところになった。八人の女の子が現われた。一人一人が大きなカードを頭上に掲げている。司会者は厳かな声でいった。

「さて……いよいよ……スカイウェイの当選標語……月世界旅行ご招待者の標語です!」

ぼくは息ができなかった。

女の子たちは歌った。

「わたしはスカイウェイ石鹸が好き、なぜって……」女の子たちはそれぞれの言葉が自分のところへまわってくるにつれて、順々にカードをひっくり返していった。「それは……空……そのものの……ように……澄んで……いる……からよ!」

ぼくはカードをめくっていた。見覚えはあったが、当てになるわけがない――五千以上もの標語を作ったあとでは。それからぼくは見つけた――そして女の子たちの掲げているカードと照らし合わせてみた。

「父さん! 母さん! 当たった、ぼくに当たったよ!」

3

父さんは鋭い声でいった。

「落ち着け、キップ! やめないか」

母さんはいった。

「まあ、父さん！」

司会者の話が耳に入った。

「……幸運な当選者の方をご紹介しましょう。モンタナ州グレートフォールズのミセス・ジーニア・ドナヒューです……ミセス・ドナヒューどうぞ！」

ファンファーレにのって、ずんぐりむっくりの小さな女性がひょこひょこ現われた。ぼくはカードを読み返してみた。それでもやはり、手に持っているものと同じだ。

「父さん、どうなっているんだろう？　あれはぼくの標語だよ」

「おまえ、聞いていなかったな」

「あいつら、インチキをやったんだ！」

「静かにして、聞いていろったら」

「……初めにも説明いたしましたように、万一同じ応募作品がありました場合は、郵便局の消印が先のものとしました。それも同じだったものは、コンテスト事務所に到着した時間によって決定しました。当選標語には十一名の応募者がおられました。この方々には上位十一の賞をお贈りすることにし、今晩は六名の上位当選者をお招きしております……月旅行、宇宙ステーションでの週末、ジェット機での世界一周、南極旅行、そして……」

「消印で負けたのか。消印なんかで！」

「……残念ながら、今晩は当選された方々すべてをお招きすることはできませんでした。残りの方々にはびっくり賞がございます」司会者は腕時計に目をやった。「たったいま、この時間に全国千軒ものご家庭で……たったいまです……スカイウェイをご愛用くださっているお友達の幸運なドアに、幸運のノックがひびきます……」

うちのドアをノックする音がひびいた。父さんが出て行った。男の人が三人に、馬鹿でかい木箱が一個、そしてウエスタン・ユニオンのメッセンジャーがスカイウェイ石鹸の口上を読みあげた。だれかがいった。

「ここは、クリフォード・ラッセルさんのお宅ですか?」

「そうです」

「これにサインをいただけますか?」

「それは何です?」

「この面を上に、と書いてあるだけですが。どこにおきましょう?」

父さんに受取りを渡されて、どうにかこうにかサインした。父さんはいった。

「そいつを居間まで運んでもらえますか?」

彼らが用をすませて帰ると、ぼくはハンマーとカッターを取ってきた。箱は棺桶《かんおけ》そっくりであり、ぼくはそれを使いたいところだった。

上蓋《うわぶた》をはずした。大量の詰め物が母さんの膝掛けにいっぱいこぼれた。やっとのことで中身に手がとどいた。

それは宇宙服だった。

ちかごろの宇宙服に比べると、大したものではなかった。スカイウェイ石鹼社が買った余剰物資で、時代遅れの型だ——十位から百位までの賞品はみんな宇宙服なのだ。とはいえ、それはグッドイヤー社製の本物で、ヨーク社の空調装置やゼネラル・エレクトリック社の補助装置がついている。取扱説明書と整備・修理記録もついており、宇宙服は、第二宇宙ステーションを作る際に八百時間以上も酷使されていた。

前よりも気分は良くなった。これは偽物ではない、玩具ではないのだ。ぼくは行ったことがないにしても、これは宇宙へ出てきたのだ。ぼくだって行くぞ！——いつの日にかはだ。これを使うことをおぼえ、いつか月面上で着るんだ。

父さんはいった。

「これはおまえの工作室へ運んだほうがよさそうだな。ん、キップ？」

母さんはいった。

「あわてることもないわよ、あなた。それ、着てみたくなくって、クリフォード？」

ぼくは確かに着てみたかった。父さんとぼくは、木箱と詰め物を納屋へ運ぶことで妥協した。もどってみると〝クラリオン〟紙の記者がカメラマンといっしょに来ていた——新聞社はぼくよりも早く、当選したことを知っていたのだ。それはどうも、まともでないように思えた。

二人は写真を撮りたがったし、ぼくも別にかまわなかった。

宇宙服の中に納まるにはひどい思いをした——二段ベッドの上段で服を着るほうがまだ楽だ。

カメラマンがいった。

「ちょっと待った、坊や。ライトフィールドで着るところを見たことがあるんだが。ちょいとばかり忠告してみてもいいかな？」

「え？　いいや。つまりその、はいです。教えてください」

「エスキモーがカヤックに乗りこむように滑りこむんだ。それから右腕をゆすりながら入れて……」

このやり方だとだいぶ楽にいった。前部のガスケットを大きくあけて、その中に座りこむのだ。とはいっても、ぼくは危うく肩を脱臼《だっきゅう》するところだった。体のサイズに合わせて調節するストラップがあったが、そこまで気をまわしはしなかったんだ。彼はぼくを中におしこんでガスケットのジッパーをしめ、手を貸して立たせてくれると、ヘルメットをしめた。

それには空気ボンベがついてなかったので、ぼくは写真を三枚撮られるあいだ、宇宙服の中の空気だけで息をするしかなかった。そのときまでには、この宇宙服が長年軍務についてきたことがわかった。汚れた靴下のような匂いがしたからだ。ヘルメットをはずすとほっとした。

それでもやはり、宇宙服を着たことでいい気分になった。宇宙飛行士のような気持だった。

二人が帰ってしばらくするとぼくらは、宇宙服を居間においたまま寝床に入った。

真夜中ごろ、ぼくはこっそりと下りてきて、もう一度着てみた。

あくる朝、仕事へ行く前に、ぼくは宇宙服を運び出して工作室へ移した。チャートンさんは他人行儀だった。彼は、ぼくの暇なときにその宇宙服を見せてくれないか、としかいわなかったのだ。だれもがぼくのことを知っていた――パイクスピーク登山や休日中の惨事とともに、ぼくの写真が〝クラリオン〟紙の第一面にのったからだ。記事は面白おかしく書かれていたが、気にしなかった。本当のところ、当選するなどとは信じてもいなかったんだ――それに、同級生たちが持っているものとは違って、ぼくは正真正銘の宇宙服を持っているのだから。

その日の午後、父さんがスカイウェイ石鹸からの速達を持ってきた。それには一着の宇宙服、通し番号××番、元合衆国空軍所有に関する権利書一枚が同封してあった。手紙は祝辞と謝辞に始まっていたが、最後の節はちょっとした意味のあるものだった。

スカイウェイ石鹸は、貴殿が賞品をすぐご使用にならないこともあると存じます。よって規則の第四項（a）で述べました通り、スカイウェイ社では五百ドルの現金謝礼をもってお引き取りさせていただきます。この特典をご利用いただきます場合、九月十五日までに先払い速達にて、当該与圧服をオハイオ州アクロン市のグッドイヤー社特殊器械部（注・廃品回収係）へ返還していただくこととなります。

スカイウェイ石鹸では、小社が貴殿のご応募を感謝しましたように、貴殿にも小社のグランド・コンテストを楽しんで頂けたものと存じます。そしてまた、貴殿の地方局で放映されるスカイウェイ五十周年記念特別番組にその賞品とともにご出演いただくときまでは、賞品を保管していただけるものと存じます。このご出演に対しては五十ドルの謝礼をさしあげます。そちらの放送局支配人がご連絡申しあげます。ゲスト出演の件、よろしくお願いいたします。

空そのもののように澄みわたった石鹼スカイウェイよりご多幸を祈りつつ。

ぼくはそれを父さんに渡した。父さんは読むと、また返してよこした。

ぼくはいった。

「そうしたほうがいいと思うな」

彼はいった。

「別に被害はなかろう。テレビというものは外傷を残さないものだからな」

「あ、そっちのことか。確かに楽に手に入れられるお金だね。でもぼくがいったのは、本当に宇宙服は彼らにもどしてその金をもらうべきだなってことなんだ」

ぼくにはお金が必要だったのだから、喜んでもいいはずだった。ぼくが宇宙服を必要とするなど豚にパイプオルガンが必要なようなものだ。そうかといって嬉しくもなかった、生まれてこのかた五百ドルなどという金を持ったことはないが、だ。

「いいか坊や、『本当はこうこうすべきだ』などという言葉は何だろうと、うさんくさいものだよ。つまりおまえは、動機を分析していないってことだよ」

「だけど、五百ドルといったら、ほとんど一学期分の授業料だよ」

「それはいまの問題と何の関係もない。おまえがやりたいことを見つけて、それをやるんだ。したくないことをやるように、自分をごまかすようなことは、決して口にするんじゃない。よく考えてみることだな」

父さんは、じゃあなといって出て行った。

自分が渡る前に橋を燃やすのは馬鹿げていることだ、とぼくは心を決めた。あの宇宙服は、たとえぼくが賢明な行動をとるにしても、九月半ばまではぼくのものだ——それまでには、飽きているかもしれない。

ところがぼくは飽きなかったのだ。宇宙服は驚くべき機械だった——あらゆるものを小型化した、小さな宇宙ステーションさながらのものだ。ぼくのには、クロームメッキのヘルメットと肩枠《ショルダー・ヨーク》があり、それがシリコン、石綿、グラスファイバーの布でできたボデイにつながっていた。この被覆部分は、関節部分以外堅固だった。関節部分は、同じごわごわの材料だが〈自在ひだ〉になっており——膝を曲げると、蛇腹装置が膝の裏側でおし縮められた分だけ、膝頭の上で容量を増やすのだ。これがなければ人間は身動きをとれやしない。何トンにもなり得る内部の圧力で、銅像のようにこちこちになってしまう。この容量補整部は硬い装甲板で覆われていた。指の関節部にさえ、関節の当たるところに小さな装甲板がついていた。

道具をひっかける留め金がついたグラスファイバーのぶあついベルトがあったし、身長と体重に合わせて調整するストラップもあった。いまは空《から》だが、空気ボンベ用のバックパックや電池やらなんやらを入れるジッパー付のポケットが内にも外にもついていた。

ヘルメットは、肩枠から胸あてをはずすと後ろへとぬげ、服の前面は二つの圧着型ジッパーで開閉できた。これが中に潜りこめるようにドアとして残されているわけだ。ヘルメットをとめ、ジッパーを閉じると、内側からの圧力で宇宙服をあけることはできない。

スイッチ類は肩枠とヘルメットに取りつけられていた。ヘルメットは異様な形をしている。中についているのは飲料水タンク、左右六個ずつの投薬装置《ピル・ディスペンサー》、顎《あご》のプレートは、右側が無線の送受信切替スイッチ、左側が空気の流量調節、そしてフェイス・プレート用の自動調光装置、マイクとイアホーン、後頭部のふくらみには無線機の回路を納めるスペース、頭上にはアーチ状計器盤がならんでいる。計器盤の文字は逆さまに書いてある。というのは、それらが着用者の額の前、目から十四インチというほどよいところにある反射鏡に映し出されるからだ。

フェイス・プレートというか開口部の上に前照燈《ヘッドライト》が二個あった。その上には二基のアンテナ、無指向性のスパイク状のもの一基とピストルのように受信局のほうにむけて狙いをつけ極超短波を発射するホーン型のもの一基、があった。ホーン・アンテナは、開口端を除いて装甲板で守られていた。

こういうと女性のハンドバッグのようにごたごたしていそうだが、何もかも美しいまでにコンパクトだった。フェイス・プレートから外を見渡すにも頭はどこにもふれない。それでいながらちょっと頭をあおむければ計器盤の像が見えるし、下にむけてまわせば顎の制御装置類を操作できる、水の呑口《のみくち》やピルならそこへ首をまわすだけでいい。また、残りのスペースにはスポンジ状のゴムパッドが詰めてあり、どんなことがあっても頭に衝撃が加わらないようにしてあった。

ぼくの宇宙服はいい車みたい、ヘルメットはスイス製の時計同様だった。

ところが空気ボンベがなかった。ビルト・インのアンテナ以外に無線装置もない。レーダー・ビーコンや非常用レーダー・ターゲットはなくなっていたし、内外のポケットは空っぽで、ベルトには工具類が何ひとつついていないときた。説明書によれば当然ついているはずだったのに——これでは丸裸の車も同然だ。

ぼくは、せめてこいつをまともに作動させてやらなければと決心した。

まずロッカー・ルームの悪臭を消すクロロックスでそれをふきまくった。ついで空調装置の作業に取りかかった。

彼らが取扱説明書を入れておいてくれたのはありがたかった。ぼくが宇宙服について知っているると思っていたことのほとんどが、間違いだったからだ。

人間は一日に酸素約三ポンドを消費する——毎平方インチのポンドではなく、質量のポンドだ。きみは一人の人間が一か月分の酸素を持ち歩けると思うだろうな、特に無重力状態の宇宙や三ポンドが僅《わず》か半ポンドになる月の上では。まあ、宇宙ステーションとか宇宙船あるいはフロッグメンなら、そこまでしなくとも大丈夫だ。空気をソーダ石灰に通して二酸化炭素を除き、再使用するからだ。ところが宇宙服ではそうはいかない。

いまでさえ「極寒の深宇宙空間」などという話がされる——しかし宇宙空間は真空であり、もし真空が冷たいのならどうして魔法ビンが熱いコーヒーを保温しておけるのか。真空とは〈無〉だ——温度などはなく、絶縁しているだけだ。

人が食べるものの四分の三は熱になる——毎日五十ポンド以上の氷を溶かすのに充分なだけ

の大量の熱だ。とんでもないことのように聞こえないかい？　しかし暖炉で火が燃えさかっているときも、きみは自分の体を冷却してる。冬でさえ、きみは部屋の温度を体温より三十度（華氏）低く保っておく。室温自動温度調節装置の指示温度を上げると、体は冷却効率をさらによくしようとする。人の体は大量の熱を作っているから、それを除去しなければいけないのだ。車のエンジンを冷却しなければいけないのとまったく同じようにだ。

　もちろん、零度以下の風の中でそれを速くやりすぎると凍りつきかねない――が、宇宙服の中での通常の問題は、海老のようには茹《ゆ》であげられてしまわないようにしていることだ。四方八方が真空なのだから、熱を逃がすのは実に厄介なのだ。

　いくらかは放熱されるとはいえ充分ではないし、日光をあびていればそれ以上の熱を拾ってしまう――宇宙船が鏡のように磨きあげられているのはこのためだ。

　となると、どうすればいいのか？

　まさか五十ポンドの氷の塊りなど持ち歩けやしない。地球にいるときのように、対流と蒸発で熱を除くのだ――体の外の空気を動かしておき、汗を蒸発させて冷却するわけだ。また、宇宙船のように再循環《リサイクル》する宇宙服がそのうち作られるようにはなるだろうが、現在での実用的な方法は、使った空気を宇宙服の外へ逃がすことで二酸化炭素と余分な熱を排出する方法だ――それとともに酸素のほとんどをむだにしているわけだが。

　まだほかにも問題はある。まわりの十五ポンド毎平方インチの空気には、三ポンド分圧の酸素が含まれている。肺はその半分でもやっていけるが、分圧二ポンド以下の酸素で不自由しないのはアンデス高地のインディオくらいのものだろう。十分の九ポンドが限界だ。十分の九以下では、血液に酸素が取り入れられない――これはほぼエベレスト山頂の圧力だ。たいていの人はこれよりずっと前に呼気内酸素欠乏（酸欠）になるから、二ポンド毎平方インチの酸素を使ったほうがいい。不活性ガスも混合することだ。純粋な酸素では咽頭炎とか酸素酔いをおこしたり、激しい痙攣《けいれん》をおこすことさえあるからだ。窒素（だれもが生まれてこのかた吸ってきたやつ）は、圧力が下がると血液中に気泡を作り、潜水病で活動不能になるから使ってはいけない。そういうことのないヘリウムを使うのだ。きんきんした声になるが、別にだれも気にしやしないさ。

酸素不足では死ぬ、酸素過剰では中毒する、窒素で動けなくなる、二酸化炭素では昏睡《こんすい》するか炭酸ガス中毒する、でなければ脱水症をおこして致命的な発熱を招くことになる。説明書を読み終わってみると、みんながどこでもどうやって生きていられるのかわからなくなってしまった。宇宙服の中では、なおさらのことだ。

それでもぼくの目の前にある宇宙服は、空っぽの宇宙空間で何百時間も人間を守ってきたんだ。

それらの危険に打ち勝つ方法はこうだ。鋼鉄製のボンベを背負って歩くことだ。それには百五十気圧、二千ポンド毎平方インチ以上、の空気（酸素とヘリウム）が入っている。これを減圧バルブを通して百五十ポンド毎平方インチに下げ、さらにヘルメットの中を三〜五ポンド毎平方インチ――分圧にして二ポンドの酸素――に保つ〈デマンド〉タイプのもうひとつの減圧バルブを通して取り出すのだ。シリコン・ゴムのカラーを首に巻き、それに細かい穴をあけると、宇宙服の胴体部の圧力が下がり、空気の動きはさらに速くなる。すると蒸発と冷却の効果が大きくなり、同時に潜水病の心配も減る。両手足首にひとつずつ排気バルブを追加する――これは気体だけでなく液体も通さなければならない。足首が汗にどっぷり浸るかもしれないからだ。

ボンベは大きくて不格好だ。一本が六十ポンドほどあり、それほどのすさまじい圧力でさえも約五ポンド質量の空気しか入らない。一か月どころか、ほんの数時間しかもたないのだ――ぼくの宇宙服は標準仕様ボンベで定格八時間とされていた。しかし万事順調に作動すれば、この時間でも大丈夫だろう。その時間はもっとのばせる、暑くなりすぎたことで急速に死ぬことはないし、二酸化炭素が多すぎる場合はもっと長く耐えられるからだ。――しかし、酸素を使い切れば七分もすると死ぬ。これで話は最初にもどることとなる――生きているためには、酸素が必要なのだ。

体調が完全であることを徹底的に確認するには（鼻でかいでみたぐらいでは、わかりっこない）、耳に小型の光電池を取りつけて血液の色を調べさせる。赤の色調で、血液が運んでいる酸素を測定するわけだ。これを検流計につなぐ。その針が危険区域に入ったら、お祈りを唱え始めればいい。

ぼくは休みの日に、宇宙服のホース接続部品を持ってスプリングフィールドへ出かけ、買物をした。溶接工場からは、中古だが三十インチの鋼鉄製ボンベ二本を手に入れた――耐圧テストをしてくれとがんばったため嫌われてしまった。それを持ってバスで帰り〝プリング修理工場〟で五十気圧の空気を買う取り決めをした。酸素でもヘリウムでも、高圧のものはスプリングフィールド空港で手に入るのだが、それはまだ必要としなかったのだ。

家に帰るとぼくは、宇宙服を空にして閉じ、自転車の空気入れで絶対気圧で二気圧、ということは相対気圧で一気圧まで空気を入れた。これによって、宇宙空間の状態に比べて約四対一の割合での試験負荷が得られた。次にぼくはボンベに取りかかった。それらは鏡のようにピカピカにする必要があった。太陽の熱を拾わせるわけにはいかないからだ。ぼくは塗りをはがし、けずり、ワイヤーブラシをかけ、もみ革でふいたり磨いたり、そのあとニッケルメッキをする前の段階だ。

あくる朝、〈機械人間オスカー〉は下着の上下のようにぐったりしていた。

この使い古し宇宙服は、気密ですらなくなっていたわけだが、ヘリウム気密はいちばん頭が痛かった。空気ならまだしも、ヘリウム分子は小さくて運動が激しいから、普通のゴムではあっさりと漏れてしまう——ぼくはその仕事をきちんとしておきたかった。家でやっても大丈夫というだけでなく、宇宙でちゃんと使えるようにだ。ガスケットはいかれていて、気がつかないほどゆっくりと空気が漏れていた。

新しいシリコン・ゴムのガスケット、補修用化合物と布地をグッドイヤー社から取りよせるしかなかった。小さな町の雑貨屋ではそんなものを扱っていないのだ。ぼくは、必要な物とその理由を説明した手紙を書いた——すると彼らは代金の請求さえしてこず、取扱説明書をさらに詳しくした数枚のガリ版刷りの印刷物を送ってきた。

まだまだ仕事は簡単ではなかったものの、絶対気圧で二気圧の純粋ヘリウムをオスカーにいっぱいに入れる日がきた。

一週間たってもまだ、オスカーは六層タイヤなみにしゃんとしていた。

その日、服のほうは完全に整備できたものとしてぼくはオスカーを着た。それまでにも、ヘルメットなしではもう何時間も着ており、工作室をうろつきまわったり、その長い手袋に閉口しながら工具類を使ったり、身長とサイズの調節を体に合うようにしたりしていた。それは新しいスケート靴を履き慣らすようなもので、しばらくすると着ているのをほとんど意識しなくなった——それを着っぱなしで夕食に行ったこともあった。父さんは何もいわなかったし、母さんは外交官のように慎み深い顔をしていたので、ナプキンを取り上げるまで自分の間違いに気づかなかった。

こんどはもったいないがヘリウムを抜き、空気をつめたボンベを取りつけて着てみた。それからヘルメットをとめ、安全装置をかけた。

空気は静かな音をたててヘルメットの中に流れこみ、デマンド・バルブからの流量は、ぼくの胸の上下動によって調節された——顎の制御装置でスピードを速くも遅くも再調整できる。そうやって、鏡に映った計器を見ながら、内部が二十ポンドになるまで上げた。このためぼくにはまわりの大気圧よりも五ポンド余計にかかったが、それで宇宙空間へ出ることなく、宇宙空間にできるだけ近づいたことになった。

宇宙服がふくらむのがわかり、関節部分はもうだぶだぶでもゆるくもなかった。服全体を外と五ポンドの差でバランスをとったまま空気を流し、動こうとすると——

ぼくは危うく倒れかけた。工作台につかまらなければいけなかった。背中にボンベをつけての完全装備だったので、何も体につけていないときの二倍の重さになっていたのだ。そのうえ、関節が自在ひだとはいえ、宇宙服は内圧がかかっていると自由には動かなかった。きみも漁師の防水長靴をはき、コートを着て、ボクシングのグラブをはめ、バケツを頭にかぶり、そのうえ背中にはセメントの袋を二袋縛りつけてもらうといい。そうすれば一Gの下での宇宙服がどんなものかわかるだろう。

それでも十分もするとかなりうまく身をこなせるようになり、三十分もたつと生まれたときから着ていたかと思うほどだった。服全体の重さのバランスも、さほどひどくはなかった（月では大した重さにならないことも知っていたし）。関節部分については、もっと努力して慣れるだけの話だ。泳ぎをおぼえるときのほうが、もっと手こずったものだ。

火傷しそうなほど暑い日だった。ぼくは外に出て、太陽を見た。偏光プリズムがまぶしさを減らしてくれるので見られたのだ。目を移すと偏光プリズムの働きが弱まって周囲が見えた。

ぼくは涼しいままだった。半断熱膨張で冷却された空気（説明書にそう書いてあった）が頭を冷やし、体の熱を奪いながら宇宙服の中を流れ、排気バルブから抜けてゆく。熱を除くのが通常の場合の問題だから、暖房装置が急に作動することはほとんどない、と説明書にあった。そこでドライアイスを手に入れ、自動温度調節装置と暖房装置を強制テストすることにした。

ぼくは、考えつく限り何でもやってみた。家の裏には小川が流れ、その向こうには牧草地が広がっている。流れの中をざぶざぶ進んでいくと、足を取られて倒れた——最悪の問題は自分の足元が見えないことだった。一度倒れると、しばらくそのまま横になっていた。半ば浮いていたが、ほとんどは水面下だった。濡れもせず、暑くもならなければ冷たくもならず、呼吸はこれまでどおり楽にできるのにヘルメットの上では水がきらきら光っていた。

岸にのそのそとよじ登ったがまたころび、ヘルメットを岩にぶつけてしまった。被害はなかった。オスカーはこれしきのことには耐えられるようにできているのだ。ぼくは膝をついて立ち上がり、でこぼこの地面によろけながらもころぶことなく、牧場を歩いていった。そこに干し草の山があったので、その中に埋まってしまうまでもぐりこんだ。

ひんやりとした新鮮な空気……何の面倒も苦労もない。

三時間後、ぼくは宇宙服を脱いだ。宇宙服には、どのパイロットの装備にもある非常救命用具がついていたが、ぼくはまだそれをつけていなかったので、空気がなくなる前に出てきたのだ。自作のラックにそれをぶらさげると、肩枠をポンとたたいていった。

「オスカー、文句なしだ。おまえとは相棒同志だ。いろんなところへ行こうな」

オスカーに五千ドル出すといわれても、ぼくは鼻であしらっていたことだろう。

オスカーに圧力テストをする一方、電気・電子装置にも取りかかった。レーダー・ターゲットとレーダー・ビーコンに頭は悩まさなかった。レーダー・ターゲットは子供じみたほど単純だし、レーダー・ビーコンは目の玉が飛び出るほど高価だったからだ。しかし宇宙通信用の周波数帯域をもつ無線装置はどうしても欲しかった――アンテナが適合するのはその波長だけだったからだ。普通のトランシーバーを組み上げて、外にぶら下げておくこともできる――が、それでは見当違いの周波数と真空には耐えられそうにない装置で自分をごまかすことになっていたろう。圧力・温度・湿度の変化は、電子回路に変な振舞いをおこさせる。だからこそ無線装置は、ヘルメット内部に納められるのだ。

取扱説明書に回路のダイアグラムがのっていたので忙しくなった。音声回路と変調回路は問題なかった。単なるバッテリー作動のトランジスタ回路で、ぼくにも充分小さく作れた。ところが極超短波部品となると――

これは頭の二つある子牛で、それぞれに送信機と受信機がある――ホーン・アンテナには一センチの波長、スパイク・アンテナには三オクターブ低い八センチ波長が使われ、両方をひとつの水晶《クリスタル》で制御するように同調されている。これによって無指向性送信では信号量が増え、ホーン・アンテナから送信する際も狙いが良くなる。それに、アンテナを変えるにも、スイッチ一個を切り替えるだけですむことにもなる。可変調オッシレーターの出力は、受信同調時に水晶発振周波数に加えられる。回路は単純だった――紙の上では。

ところが極超短波回路となると、とてものことだが簡単とはいえない。正確なマッチングを必要とするし、工具のちょっとした滑りでもインピーダンスを台なしにしかねないし、数学的に計算された共振度も水の泡となってしまう。

とにかくぼくはやってみた。合成精密水晶《クリスタル》は余剰物資を扱う店から安く手に入れ、トランジスタいくつかとほかの素子は、自分の手持ちの装置から外した。これまでにはしたこともない慎重さで、祈っては試し、祈っては試しの末に作動させた。ところが、肝心のその代物はどうしてもヘルメットに納まってくれなかった。

精神面の勝利とでもいおう——ぼくはあれほどの作業はしたことがない。

結局、水晶《クリスタル》を買ったのと同じ店で、精密に作られプラスチックに封入されているものを買った。宇宙服同様、ご用ずみの時代遅れで、声を上げそうだったほど安い値だった。そのころになると、ぼくはもう悪魔に魂を売ってもいいほどだった——この宇宙服を何としてもきちんと作動させたかったのだ。

たったひとつ、電気系統の残りを複雑にしていたのは、どれもが〈フェイルセーフ〉か〈誤動作なし〉かでなければいけないことだった。宇宙服を着てしまえば、もしどこかが故障しても最寄りの修理工場へ入るというわけにはいかないのだ——その装置はなんとしてでも動き続けなければ、中の人間が人口統計上の存在になってしまう。ヘルメットに前照燈《ヘッドライト》が二個あるのもそのためだ。ひとつめが切れれば二つめがすぐに作動する——頭の上のダイヤル用豆電球さえも対になっている。ぼくは省略しなかった。どの二重回路も二重のままとし、自動切替がいつもうまく作動するのを確認するテストもした。

チャートンさんは、説明書のリストにのっているものでドラッグストアに在庫のある次のような物は全部出してやるといってきかなかった——麦芽糖、ぶどう糖、アミノ酸錠剤、ビタミン類、デキセドリン、ドラマミン、アスピリン、抗生物質類、抗ヒスタミン剤、コデイン、その他だが、そのほとんどどれもが、死にかねない危機を脱するために服用する錠剤だった。チャートンさんは、法律にふれない範囲でオスカーに装備できるよう、ケネディ医師に処方箋を書いてもらった。

すべてをやり終えると、オスカーは第二宇宙ステーションにいたころと同じようにりっぱになった。ジェイク・ビクスビーを手伝ってぽんこつ車をホットロッドにしたときよりもずっと面白かった。

しかし、もう夏も終わろうとしており、白日夢からは目を覚ますべき時期だった。ぼくはまだどこの大学へ行くのか、どうやって行くのかわからなかった——いや、行くのかどうかもだ。貯金はしていたが、とうてい足りなかった。郵便料金と石鹸の包み紙代にすこしは使ったが、十五分のテレビ出演一回でそれ以上を回収したし、三月以来女の子との付き合いではびた一文使っていなかった——忙しすぎたからだ。オスカーには驚くほど僅かしか、かかっていなかった。オスカーの修理では、ほとんどが汗とネジ回しだったのだ。ぼくの稼いだ十ドルごとに七ドルは、バスケットの中に納まっていた。

だが、それでは足りなかった。

最初の学期を終えるだけでもオスカーを売るしかないな、とぼくはむっつり考えた。それで、その年度の残りはどうやってしのげばいいんだ？　典型的アメリカ学生のジョー・ヴァリアントは、いつも五十セントと黄金の心を持って学校に現われる。そして結局はたかられるのだが、銀行には金があるんだ。しかしぼくはジョー・ヴァリアントではない。小数点以下第八位まで違っている。クリスマスごろに脱落するほかないとしたら、進学することに意味があるだろうか？　せめて一年は入らずにいて、つるはしとシャベルの使い方を覚えるほうが気がきいているのではないだろうか？

選択の余地はあるのか？　間違いなく入れる大学といえば、州立大だけだ——それに、首になる何人かの教授のことで一騒動あり、州立大は信用ある地位を失うかもしれないとの評判だ。学位のために何年かをあくせくとすごし、そのあと世間には認められていない学校だということでそれが価値のないものになるなんて、お笑いぐさじゃないか。

もっとも、州立大はこの騒ぎの前でさえ、工学ではせいぜいが二流校だった。

レンセラー大学とカリフォルニア工科大学は、同じ日にことわってきた——片方は印刷物で、もう片方は丁寧な手紙で、検定資格による志願者はすべて入学許可できないと。

そして、小さなことでぼくはいらいらさせられていた。例のテレビ・ショウの価値は五十ドルにすぎなかった。テレビ・スタジオで宇宙服を着ている人間など馬鹿げて見えるものだし、司会者は司会者でヘルメットをたたき、ぼくにまだそこに入ってますかと尋ね、物笑いの種にした。そりゃあ面白いだろう。宇宙服で何をしたいのかと尋ね、ぼくが答えようとすると、宇宙服のマイクを切り、宇宙海賊だの空飛ぶ円盤だのと馬鹿げたことを録音したテープを流した。町の人の半分はぼくの声だと思ったんだ。

エース・クイッグルが現われなかったら、時間がたつのとともに忘れることは難しくなかったろう。彼は夏いっぱい姿を見せなかった。刑務所にでもぶちこまれていたのかもしれない。ところがショウのあった翌日、ソーダ売場の前に陣取ってぼくを見つめ、これでもささやいているつもりなんだというような口調で大声をあげた。

「やあ、あんたはあの有名な宇宙海賊で、テレビ・スターの方じゃねえのかい？」

　ぼくはいった。

「何にする、エース？」

「おっと！　あんたのサインをいただけないかな？　本物の生きた宇宙海賊なんざ、生まれてこのかたお目にかかったことがねえんだ！」

「注文してほしいな、エース。でなけりゃ、その席をだれかほかの人に譲るかだ」

「チョコレート・モルトだ、提督……それから石鹸はぬきだぜ」

　エースの〈とんち《ウィット》〉は姿を現わすたびに流れ出すのだ。その夏は殺人的な暑さで、頭に血が上りやすかった。労働祭《レイバー・デイ》週末をひかえた金曜日に店の冷房装置がいかれてしまい、修理工がつかまらなかったため、ぼくは三時間もひどい思いをして修理した。二番目にいいズボンをだめにするやら汗だくになるやら散々だった。ソーダ売場にもどり、家に帰って一風呂浴びたいものだと思っていると、エースがふんぞりかえって入ってくるなり大声で話しかけた。

「これはこれは、宇宙航路の厄介者コメット司令官じゃございませんか！　熱線銃はどこへやっちまったんだい、司令官？　裸で走りまわったことで、銀河皇帝に放課後居残りをさせられるのが恐ろしくねえのかよ？　ヒャッ、ヒャッ、ヒャッ、大笑いだぜ！」

店にいた女の子の二人連れがくすくすと笑った。ぼくはうんざりして答えた。

「いい加減にしろよ、エース……今日は暑いんだ」

「それでゴムの下着はつけてないってわけか？」

女の子たちはまた笑った。

エースはにやりと笑って続けた。

「よう兄ちゃん、おめえ、せっかくあのけったいな服を頂戴《ちょうだい》したんだ、ちったぁ役に立てようじゃねえか。〝クラリオン〟新聞に広告を出すんだよ、『宇宙服あり――ご報参上』ってな。ヒャッ、ヒャッ、ヒャッ！　それともおめえ、かかしにでも雇ってもらうか」

女の子がくすくす笑った。ぼくは十かぞえ、ついでスペイン語でもう一度、さらにラテン語でもかぞえてから、緊張した声でいった。

「エース、何を注文するのかいってくれ」

「おれのいつものやつだ。急いでくれ……火星でデートがあるんでな」

チャートンさんがカウンターの後ろから出てきて座り、ライムソーダを作ってくれといったので、まずはチャートンさんのを先に出した。そのため、ほとばしり出るとんちはとまり、それでたぶんエースの命も救われることになった。

そのあとまもなくボスとぼくの二人きりになった。彼は静かにいった。

「キップ、生命を尊く思っていても、自然が作り出した明らかな誤りまで尊ぶ必要はないんだよ」

「はあ？」

「二度とクイッグルの注文に応じることはない。あいつのひいきにはなりたかないね」

「なんだ、ぼくはなんとも思いませんよ。あんなのは人畜無害です」

「ああいう連中がどれだけ無害なのか、怪しいもんだよ。あの馬鹿笑いする間抜けどもに社会がどれほど煩わされていることか。頭がすっからかんのあの連中にだ。帰っていいぞ。明日は早く出かけたいんだろうからな」

ぼくは、労働祭《レイバー・デイ》の長い週末をジェイク・ビクスビーの両親から〈森の湖〉へ誘われていた。暑さから逃れたかっただけではなく、ジェイクといっしょにいろいろ考えるためにも行きたかった。しかしぼくは答えた。

「とんでもない、チャートンさん、あなたに迷惑がかかるのに、そのままにしてはいけませんよ」

「町は休みのあいだじゅう、人がいなくなる。店はあけないかもしれん。楽しんでくるんだ。この夏はずいぶん疲れたろう、キップ」

ぼくは黙って聞いてはいたものの、閉店時間までいて、すっかり掃除もした。それから、じっくりと考えごとをしながら歩いて家へ帰った。

パーティーはお開き、玩具は片づけるべき時間だった。村の薄ら馬鹿でも、ぼくに宇宙服を持つべき気のきいた口実などないことを知っている。エースの考えに心を乱されたのではないが……ぼくに宇宙服の使いみちはない——そして、お金が要るんだ。スタンフォード大学もMITもカーネギー大学も、それに残りの大学までもがぼくを落としても、今学期を始めるつもりだ。州立大はベストではない——が、ぼくとてベストでないことは同じだし、そんなことは学校よりも学生次第なのだということをぼくは知るようになっていた。

母さんは寝ていたが、父さんは本を読んでいた。ぼくはハローと声をかけて、納屋へ行った。オスカーからぼくのつけたものをはずして元の木箱にもどし、宛名を書き、朝になったら運送会社に電話して持って行ってもらおうと思ったのだ。そうすれば、ぼくが〈森の湖〉からもどる前になくなっていることだろう。きれいさっぱりだ。

彼はラックにぶら下がっており、ハローと笑いかけているように見えた。もちろんナンセンスだ。ぼくは近づき、肩をたたいた。

「さてと、相棒、おまえは本当の友達だったな。知り合えてよかったよ。月で会おうな……できればだ」

しかしオスカーは月へ行くのではなかった。オハイオ州のアクロンの「廃品回収係」へ行くのだ。そこで使える部品をはずされ、あとは屑物の山に放り投げられるのだ。

ぼくの口の中はカラカラになっていた。

(「いいってことよ、相棒」とオスカーは答えた)

何だって？　ぼくは頭がいかれちまったのか！　オスカーが実際に話したわけではない。ぼくがとめどもない妄想《もうそう》にふけっていたせいだ。だからぼくは彼の肩をたたくのをやめ、木箱を引っぱり出し、彼のベルトからレンチを取って空気ボンベをはずそうとした。

そこでぼくは手をとめた。

ボンベは二本とも充塡《じゅうてん》してあった。一本は酸素、もう一本は酸素・ヘリウムの混合気体だ。宇宙飛行士用の混合を一度でいいから試してみたいので、ぼくはお金をむだ使いしたんだ。

バッテリーは新品、パワーパックは充電してある。ぼくはそっといった。

「オスカー……いっしょに最後の散歩をしよう。オーケイ？」

(「いいとも！」)

ぼくはそれを最後の舞台稽古にした――飲料水タンクに水を入れ、投薬装置《ディスペンサー》にピルをつめ、救急用品を中に納め、外部ポケットの真空プルーフ（真空プルーフであることを祈った）を二重にする。道具類をぜんぶベルトにつけ、無重力状態でもはずれないようぜんぶロープでつなぐ。すべてをだ。

次にぼくは回路を暖めた。連邦通信委員会《FCC》が見つけたらたたきつぶしてしまいそうな無電の回路だが、オスカー用の無電装置を一生懸命作るときに余り物で作り、オスカーの耳のテスト用装置とし、また指向性アンテナの向きをチェックするためのものとしたものだ。呼びかけると答えるエコー回路も組みこんでおいた――一九五〇年型の古いウェブコー・リヴィア社製ワイアー・レコーダーをもとにして実験的に作ったものだ。

ついでぼくはオスカーにもぐりこみ、ジッパーをしめあげた。

「気密か？」

（「気密だ！」）

ぼくは鏡に映るダイヤル類をちらりと見て血色表示に気づき、オスカーがしぼんでしまいそうになるまで減圧した。ほぼ海面と同じ気圧だから酸欠の危険はない。酸素過剰を避けるほうが大切だ。

出かけようとして思い出したことがあった。

「ちょっと待ってくれ、オスカー」

ぼくは両親あてに、早起きをして湖へ行く一番バスに乗ります、というメモを書いた。いまでは宇宙服を着ていても文字が書けるし、針に糸を通すことだってできる。そのメモは台所のドアの下にはさんでおいた。

それからぼくらは小川を渡って牧草地にむかった。小川を渡るときもつまずかなかった。もうオスカーに慣れていて、足取りも確かなものだった。

牧草地に出るとぼくは無線のスイッチを入れていった。

「こがね虫よりちびすけへ。応答せよ、ちびすけ」

数秒後、録音されたぼくの声が返ってきた。

「こがね虫よりちびすけへ。応答せよ、ちびすけ」

ホーン・アンテナに切り替えて、もう一度やってみた。暗いところで狙いを定めるのは容易でないが、うまくいった。またスパイク・アンテナにもどしてちびすけを呼び続け、牧場を横切りながら、ぼくはいま金星にいるのであり、そこが未知の平原で、呼吸できない大気だから、基地との接触を保っていなければいけないと想像していた。何もかも完璧《かんぺき》に作動していたから、そこが金星だとしても大丈夫だったことだろう。

二つの光が南の空を横切った。飛行機かそれともヘリコプターだろうと、ぼくは思った。まさに田舎者が「空飛ぶ円盤」などと報告しそうな類のものだ。それを見たあとぼくは、受信が妨げられそうな小高い丘の向こうに移動し、ちびすけを呼んだ。するとちびすけが答えたので、ぼくはあっけに取られてしまった。話しかけることだけをくりかえすしか能のない阿呆回路に話しかけていると、飽きてはくるものだが。

そのときは、こう聞こえたんだ。

「ちびすけよりこがね虫へ！　応答せよ！」

傍受されていたのなら、こいつは面倒なことになると思った——ついで、アマチュア無線家《ハム》のだれかが偶然ぼくの声を拾ったのだということに決めた。

「こちらこがね虫。感度良好。きみはだれだ？」

できそこないの機械がぼくの言葉をくりかえす。

ついで、新しい声がかん高くさけんだ。

「こちらちびすけ！　着陸誘導をたのむ！」

そんな馬鹿な。ところが思わず口走っていた。

「こがね虫よりちびすけへ。指向性の一センチ波に切り替えろ……そして話し続けてくれ、話し続けるんだぞ！」

ぼくはホーン・アンテナに切り替えた。

「こがね虫へ、感度良好。こちらの位置を決定して。一、二、三、四、五、六、七——」

「ぼくの真南、約四十度だ。きみはだれなんだ？」

さっきの光のうちのひとつに違いない。それしかない。

だが、それを考えている暇はなかった。宇宙船が一隻、ほとんどぼくの頭上に着陸しかけていた。

4

ぼくは「ロケット船」といわず「宇宙船」といったね。そいつはシューという以外何ひとつ音をたてなかったし、噴き出す炎もなかった——どうやら、公害のない、それなりの理論で飛ぶらしい。

ぼくは押しつぶされまいとあわてふためいていたので、細かいところに気をつけてはいられなかった。一Gでの宇宙服では運動着のようなわけにはいかないが、練習しておいてよかった。その宇宙船は、ついさきほどぼくがいたところに、その大きな黒い船体をどっかとすえていた。

もう一隻もシューと下りてきた。そのとき、先に下りた船のドアが開き、そこから光が流れ出た。二人の人間が飛び出し、走り出した。一人は猫のような動き、もう一人は、ぎこちなくのそのそと――宇宙服で動きが不自由なんだ。なんてことだ、宇宙服を着ている人間って、間が抜けて見えるものだ。そいつは五フィート足らずの背丈で、見世物小屋のインチキ小人といったところだ。

宇宙服でえらく厄介なのは、視界が限られていることだ。ぼくはその二人を見ようとしていたので、二隻目の船もドアを開いたことに気づかなかった。初めの人影は立ちどまり、宇宙服を着ているほうが追いつくのを待った。そして、とつぜん倒れた――「ああーっ！」というあえぎ声だけを残してどさっと地面に倒れたんだ。

苦痛の声はわかるものだ。ぼくはその場へドスドスとかけより、かがみこんでどうしたのか調べようとヘルメットを傾け、ヘッドライトの光を地面にむけようとした。

大目《べ》玉怪《ム》物か――

それは当を得ていないが、初めはそう思ったのだ。ぼくはとても信じられず、宇宙服を着こんでいたからできることではないが、自分をつねってみたいところだった。

先入観を抜きにすれば（ぼくはそうはいかなかったが）、この怪獣はむしろかわいいほうだった。小さく、ぼくの半分ほどで、体の曲線は優雅なものだった。女の子のというより、豹《ひょう》のそれに似ていたが、そのどちらの形でもなかった。その形をはっきりつかめなかった――うまく当てはまるパターンが、思いあたらなかったのだ。どうにもわけがわからなかった。

それでも、苦しがっていることはわかった。その体は怯《おび》えた兎《うさぎ》のように震えていた。大きな目で、開いてはいたが瞬膜でも閉じたかのように乳白色で生気がなかった。口らしいものは

——わかったのはそこまでだった。何者かが、ぼくのかついでいる二本のボンベのあいだの背中をなぐりつけたのだ。

ふと気がつくと、ぼくはむき出しの床の上で、天井を見上げていた。何がおこったのか思い出すのにしばらくかかり、ついであまりの馬鹿馬鹿しさに首をふった。ぼくはオスカーを着て散歩に出たんだ……すると宇宙船が着陸してきて……ベムが——

ぼくはとつぜんオスカーがなくなっているのに気づいて跳ねおきた。すると、明るい陽気な声がした。

「こんちは、そこの方！」

ぼくはさっと首をまわした。十歳ほどの子供が床に座り、壁によりかかっている。彼は——

ぼくは考えなおした。男の子はふつう、縫いぐるみの人形など持ったりしない。この子は、まだ男女の差があまり目立たない年ごろで、シャツとショート・パンツにうす汚いテニス・シューズを身につけ、髪の毛も短かったから、これはというものは縫いぐるみ人形しかなかった。

ぼくは答えた。

「やあ、きみ……ぼくらは、ここで何をしているんだい？」

「あたしは生きているわ。あなたのことはわからないけど」

「なんだって？」

「生きているっていったわ。息を吸ったり吐いたり。体力を蓄えているの。いまのところ、ほかに何もすることがないもの。あいつら、あたしたちを閉じこめたんだから」

　ぼくはあたりを見まわしてみた。部屋は横が十フィートほど、壁は四面あるが楔形《くさびがた》で、ぼくら二人のほかだれもいなかった。ドアはひとつも見あたらなかったから、閉じこめられていないとしても、閉じこめられているのと同じだった。

「だれがぼくらを閉じこめたって？」

「あいつらよ。宇宙海賊。それにあいつ」

「宇宙海賊だって？　馬鹿馬鹿しい！」

　その子は肩をすくめた。

「あたしがつけた名前よ。でも生きていたかったら、あいつらが馬鹿だなんて思わないほうがいいわ。ところで、あなたが〈こがね虫〉なの？」

「え？　自分がこがね虫のような言い方をするんだな。宇宙海賊か、どうなっているんだ？」

　狐につままれたような気持で心配になった。これほど馬鹿げた事態ではお手上げだ。オスカーはどこなんだ？　それより、ここはどこなんだ？

「違うのよ、ただのこがね虫じゃなくて——無線の呼び出し符号よ。わかった？　あたしがちびすけなの」

　ぼくは心の中でいった。旧友キップよ、最寄りの病院までゆっくり歩いて行き、あとはまかせるんだな。自分で作りあげた無線装置が、縫いぐるみを持った痩《や》せこけた女の子に見え始めたとき、ぼくはもう頭がいかれていたんだ。氷枕に精神安定剤が必要で、興奮してはだめ——頭のヒューズがどれもこれも飛んじまったんだ。

「きみが〈ちびすけ〉だって？」

「そう呼ばれているの——それでいいの。わかるでしょ、『こがね虫よりちびすけへ』って聞いたものだから、てっきりパパがあたしの居所をつきとめて、着陸に手を貸すようみんなに呼びかけておいたんだと思いこんでしまったの。でもあなたが〈こがね虫〉じゃないんなら、そんなことを知ってるわけないわね。あなた、何者なの？」

「ちょっと待ってくれ、ぼくは〈こがね虫〉だよ。つまりあのコール・サインを使っていたってことだ。でも名前は、クリフォード・ラッセル……〈キップ〉って呼ばれているけどね」

「初めまして、キップ」

と、その女の子は改まっていった。

「こちらこそ初めまして、おちびさん。で、きみ、男の子なの、女の子なの？」

おちびさんは気分を害したらしい。

「そんなことといって、そのうち後悔させてあげるから。そりゃあ年の割に小さいのは自分でもわかっているけど、あたしはいま十一、もうすぐ十二よ。失礼なことをいうもんじゃないわ。あと五年もしたら、あたしすっごいかわい子ちゃんになるわよ……あなた、きっとダンスのたびに頼むでしょうね」

そのときは台所の椅子とでも踊るさ、とは思ったが、いろいろと心に引っかかることがあるし、無用の口論はしたくなかった。

「悪かったよ、おちびさん。ぼくはまだグロッギーなんでね。それはそうと、きみはあの最初の船に乗っていたっていうのかい？」

　またも彼女はむっとした表情になった。

「あたしは操縦していたの」

　鎮静剤を毎晩服用のこと、それと精神分析医に長いあいだかかること。この年だというのに。

「きみが……操縦してたって？」

「まさかママさんもどきが操縦できるとでも思ってるんじゃないでしょうね？　あいつらの操縦装置にむくわけがないじゃない。彼女、あたしのそばにまるくなって教えてくれたのよ。あなたの隣にお父さんを乗せてセスナ機を操縦したことがあるだけで、おまけに着陸らしいものは一度もしたことがないのに、それが簡単だと思うなら、もう一度とっくりと考えてみることね。あたしはちゃんとやってのけたんだから！　それに、あなたの着陸指示ったらまるではっきりしていなかったわ。それより、あいつら、ママさんをどうしたのかしら？」

「その、何をだって？」

「知らないの？　まったくもう！」

「待てよ、おちびさん。波長を同じにしようじゃないか。確かにぼくは〈こがね虫〉だし、きみを誘導着陸させた……だからといってあれが、つまりどこからともなく緊急着陸の指示を求めている声を受信するってことがだ、簡単だと思うんなら、きみのほうこそもう一度考えてみたほうがいいね。とにかく船は着陸したし、もう一隻の船もその直後に着陸したわけだ。そして初めの船のドアが開いて、宇宙服を着たやつが飛び出し……」

「それがあたしよ」

「……続いて何かほかのものが飛び出した……」

「ママさんだわ」

「ただ彼女はそう遠くまで行かなかった。金切り声を上げてばったり倒れちまったんだ。どうしたのかと見に行ったら、何者かがぼくをなぐった。その次におぼえているのは、きみが『こんちは、そこの方』といっていたことだ」

その残りはきみも含めて、どうもぼくが背中にギブスをはめられたまま病院でひっくり返っているためにみたモルヒネの幻覚らしい、といったものかどうか迷った。

おちびさんは考えこんだようにうなずいた。

「あいつらあなたを低出力で射ったのね。そうでなけりゃ、ここにいるわけないもの。そうか、あいつらがあなたをつかまえ、あたしをつかまえたとすると、彼女もつかまえたのは間違いなさそうね。まあ、何てことなの！　ママさんを痛めつけていないといいんだけどな」

「彼女は死にかけていた」

「死にかけていたみたいだったよ」おちびさんが訂正した。「仮定法よ。でも怪しいもんだわ。彼女、ちょっとやそっとでは殺せないもの……それにあいつらは、逃がさないようにするのは別として、殺そうとはしないわ。生きたままの彼女が必要なんだから」

「どうして？　それに、なぜ彼女を〈ママさん〉なんて呼ぶんだい？」

「一度にひとつにしてよ、キップ。彼女がママさんなのは……つまりその、ママさんだから、それだけよ。会えばわかるわ。どうしてあいつらが彼女を殺そうとはしないかっていうのは、死体にするよりも捕虜にしておくほうが値打があるから……あたしを生かしておくのも同じ理由ね。もっともママさんのほうがあたしなんかより信じられないほど大きな価値があるけど……都合が悪くなったら、あいつらあたしを、まばたきひとつせずに消してしまうわ。あなただってそうよ。でもあなたが見たときに生きていたのなら、また捕虜になったというのが論理的ね。もしかしたらすぐ隣の部屋かも。これでだいぶ気分が良くなったわ」

　こちらは気分など良くならない。

「なるほど。で、ここはどこなんだ？」

　おちびさんはディズニー時計に目を走らせ、眉をよせて答えた。

「だいたい、月までの半分ってとこかしら」

「なんだってェ!?」

「もちろんあたしにわかりっこないわ。でも、あいつらがもどるのはいちばん近い基地だっていうのが当然のことでしょ。そこからママさんとあたしが逃げてきたことだし」

「ぼくらは、あの船の中にいるというのか？」

「あたしがかっぱらってやったやつか、もう一隻のどちらかね。どこにいると思ったの、キップ？　ほかのどこにいようがあるっていうの？」

「精神病院さ」

おちびさんは目を丸くし、それからにっこり笑った。

「ねえキップ、あなたが現実をつかむ力は、そんなに弱くないんでしょうね？」

「自信が持てることなんて何もないよ。宇宙海賊だの……ママさんだの」

おちびさんは眉をよせ、親指を嚙んだ。

「頭が変になることには違いないでしょうね。でも自分の目と耳を信じて。あたしが現実をつかんでいる力は大したものなのよ。請け合うわ……ね、あたし天才なんだから」

彼女は、冗談ではなしにそう断言した。どういうわけか、ぼくはその言葉を疑う気にならなかった。たとえ瘦せっぽちの細い足をして縫いぐるみの人形を抱いている子供の口から出たものだとしてもだ。

とはいえ、そのことがこの先どんな助けになるのやら、ぼくにはわからなかった。

おちびさんは続けていった。

「〈宇宙海賊〉ねえ……うーん。あなたの好きなように呼ぶことよ。あいつらのやることは海賊みたいだし、宇宙でやっているわ……どう呼んでもいいわ。でも、ママさんについては……あなたが自分で会うまで待つことね」

「彼女はこの大騒ぎで何をやっていたんだ？」

「それがね、こんがらかってるの。ママさんが説明したほうがいいわ。ママさんは警官で、あいつらのあとを追っていて……」

「警官だって?」

「意味はちょっとズレてるかもね。ママさんはあたしたちのいう〈警官〉がどんなものか知っているし、我慢できるとしてもその意味には面くらっていると思うわ。でもあなたならどう呼ぶかしら、悪者をつかまえる人を? 警官、じゃない?」

「警官だ、ろうね」

「でしょうね」おちびさんはまた腕時計を見た。「でも、いまのところは、どこかにしがみついていたほうがよさそうよ。何分かのうちに中間点のはずだから……そしたらあなたがストラップでとめられていたって、瞬転《スキュー・フリップ》にはあわてるわよ」

瞬間反転航法《スキュー・フリップ・ターン・オーバー》については読んだことがあったが、それは単に理論上の特殊航法でしかなかった。そんなことができる船など聞いたことがなかった。この船がそうだというのか。

床はコンクリートのように固く、微動だにしないが。

「つかまるものなんて見あたらないぞ」

「残念ながら、あまりないわね。いちばん狭いところに座りこんでおたがいをおさえていたら、すべりまわらない程度には踏んばれると思うの。とにかく急ぎましょう。あたしの時計が遅れてるってこともあるから」

ぼくたちは、傾斜した二つの壁が五フィートほど離れている最も狭いところの床に座った。向かいあって、おたがいの靴をあわせ、登山家が岩壁をじりじりとよじ登っていくように両足をつっぱった——というよりは、ぼくの靴下とおちびさんのテニス・シューズだな。ぼくの知る限り、靴はまだうちの工作台にのっているんだから。彼らはオスカーをあっさり牧場へ捨ててしまったのだろうか、父さんはオスカーを見つけてくれるだろうか、とぼくは考えた。

「強くおすのよ、キップ。それから両手も机にあてててつっぱって」

ぼくはいわれたとおりにした。

「反転する時間がどうしてわかるんだい、おちびさん？」

「あたしは気絶してたわけじゃないもの……あいつらにつかまって、中に連れてこられただけ……だからいつ離陸したのか知ってるわ。月があいつらの行き先だとするわね、まずそうでしょうけど、それに航行中はずっと一Gだとすれば……あまり先のはずはないわ。あたしの体重はいつもみたいな感じだし。あなたはどう？」

ぼくは考えてみた。

「そうらしいな」

「するとたぶんそうね。月にいたことで、あたしの体重感覚が狂っているかもしれないとしてもよ。これらの仮定が正しければ、三時間半ちょうどの飛行だから……」おちびさんは腕時計を見た。「……到着予定時刻は午前九時三十分、反転は七時四十五分のはずだわ。そろそろよ」

「もうそんなに遅いのか？」ぼくは自分の腕時計を見た。「おい、ぼくのは一時四十五分だぞ」

「それはあなたの地方時間よ。あたしのは月時間――グリニッジ標準時間よ。さあ！　くるわよ！」

とたんに床がローラーコースターさながらに傾き、とつぜん向きが変わり、急降下を始め、ぼくの三半規管はサンバを踊った。すべてが落ち着くと、激しい目まいは消えた。

「大丈夫？」

と、おちびさんは尋ねた。

ぼくはなんとか焦点をあわせた。

「ふう、どうやらね。干上がったプールに一回半回転で飛びこんだみたいだったよ」

「このパイロットったら、あたしがやる気になれないほど素早くやるわ。目がまわったあとは、別に大した苦痛はないもの。でもこれではっきりしたわ。あたしたち、月へむかっているのよ。あと一時間四十五分で月よ」

ぼくはまだ信じられなかった。

「おちびさん、月までずっと一Gで突っ走れるなんて、どんな船なんだ？　そいつらは、秘密にしていたのかい？　それに、きみたちは月で何をしていたんだ？　なぜ船を盗んだ？」

おちびさんは溜息をもらし、人形に話しかけた。

「彼って聞きたがり屋なのね、マダム・ポンパドゥール。キップ、どうして三つの質問に一度に答えられるの？　これは空飛ぶ円盤で、それから……」

「空飛ぶ円盤か！　そういうことなのかい」

「話に割って入るなんて失礼よ。好きなように呼べばいいわ。これには正式な名前なんかないんだから。実際にはコッペパンみたい、つまり楕円体そっくりの形をしているわ。楕円体っていうのは……」

「楕円体がどんなものかは知ってるよ」

と、ぼくは鋭くいった。ぼくはあまりに多くのことで、疲れ、頭が変になっていた。気まぐれなエアコンにいいズボンを一本だめにされたことから、人助けをしようとしている最中にノック・アウトされたことまでだ。エース・クイッグルはいうまでもない。ぼくは、天才少女というものはそれをひけらかさないだけの優雅さを身につけているべきではないかということを考え始めていた。

おちびさんはとがめるようにいった。

「そうかっかしないでよ……気象用観測気球から街燈まで何でもかんでも〈空飛ぶ円盤〉だといわれてきたことは知ってるわ。でもあたしのよく考えた意見は……〈オッカムの剃刀《かみそり》〉からすると……こうね……」

「だれの剃刀だって？」

「オッカム。くだらない仮説よ。論理学は何も知らないの？」

「からっきしだ」

「そう……あたし、〈円盤を見たってこと〉の百回に五回くらいは、これみたいな船じゃないかと思うの。そうすると合点がいくのよ。あたしが月で、何をしていたかっていうと……」おちびさんは言葉を切って、にっと笑った。「あたしって疫病神なの」

ぼくはそのことを議論しなかった。

「ずっと昔、あたしのパパが子供だったころ、ヘイデン・プラネタリウム社が月旅行の予約を取ったの。ついこないだのあの馬鹿げた石鹼コンテストみたいな、宣伝用のギャグでしかなかったけれど、パパはそのリストにのせてもらったの。あれから長い年月がたったいまごろになって、人は月へ行けるようになっているわ。それに間違いなく、ヘイデン社の人たちは、そのリストをアメリカン・エキスプレス社に渡したのね……アメリカン・エキスプレス社では居所をつきとめられた応募者たちに、優先権を与えるって通知したの」

「それでお父さんはきみを月へ連れていったってわけかい？」

「まあ、とんでもない！　パパはほんの子供のとき、その申し込みをしたの。いまの彼は、高等研究所いちばんのお偉方ってところだから、とてもそんな遊びに使う時間はないわ。ママときたら、旅費を出してもらったって行くつもりはないの。それであたしが行くっていったら、パパはひとことで『だめだ！』、ママは『なんてことというの、いけません』……だから、あたし行ったの。あたしって、自分でこうと決めたら、手がつけられなくなれるのよ」おちびさんは誇らしげにいった。「あたしって、そういう才能があるのね。パパはあたしを、はねっ返りの小娘だっていうけど」

「へえ、お父さんのいうとおりなんじゃないのかい？」

「そりゃそうよ。あたしのことをよくわかってくれるもの。ママのほうはお手上げで、手に負えないっていうわ。あたしはまる二週間というもの、それこそけだものみたいになって我慢できなくさせたものだから、とうとうパパもいったわ。『どうしようもないな、行かせてやるか！……ひょっとすると保険金が入るかもしれんからな』って。というわけで、あたしは月に行ったの」

「ふうん……それではまだ、きみがここにいることの説明にはならないな」

「あ、そのこと。あたし、立入禁止のところを嗅ぎまわり、してはいけないっていわれたことをやっていたの。あたし、年じゅううろつきまわっているわ。とてもためになるんだもの。それであいつら、あたしをつかまえたわ。あいつらはパパのほうを欲しがり、あたしと交換したがっているの。そんなことをさせるわけにはいかないから、逃げてこなければいけなかったというわけ」

ぼくはつぶやいた。

「『執事がやったのです』、か」

「なんのこと?」

「きみの話は、ほとんどの探偵小説の幕切れみたいに穴だらけだってこと」

「なんだ。でも保証するわ、これは単純な……あらいやだ! またくるわよ!」

そのときおこったのは、照明が白から青に変わったことだけだった。照明器具は何もなく、天井全体が輝いた。ぼくらはまだ床にはいつくばっていた。ぼくは立ち上がろうとしたが——できなかった。

まるでクロス=カントリー・レースを終えたばかりのように疲れ切り、息をするのがやっとという感じだった。青色光にそんな効果のあるはずがない。波長が四三〇〇から五一〇〇オングストロームの光にすぎず、太陽の光にはそれがいっぱい含まれている。しかし、あいつらが青色光に加えたものが何であれ、それでぼくらは濡れた糸のようにぐったりしてしまった。

おちびさんがぼくに何か伝えようと、もがいていた。

「もし……あいつらが来たら……逆らわないで……特に……」

青い光が白に変わった。狭い壁が横に滑りだした。

おちびさんはおびえた表情になり、必死の努力をした。

「……何よりも……あいつに……敵対したりしないように」

二人の男が入ってきておちびさんを横につきとばし、ぼくの手足を縛り、さらに腹のあたりを両膝もろともストラップでしめあげた。ぼくは元気を取りもどしかけていたが——スイッチを入れるような具合にはいかなかった。ぼくにはまだ、切手をなめるだけの力もなかった。二人の頭をいやというほどなぐってやりたかったが、ぼくは、蝶がバーベルを持ち上げるほどの見込みもない状態だった。

二人はぼくを運び出した。ぼくは文句をいい始めた。

「おい、おまえら、どこへぼくを連れてゆく気だ？　何をしているつもりなんだ？　訴えてやるからな。いいか……」

「黙れ」

と、一人がいった。そいつは痩せこけたチビで、歳は五十かそこら、そしてこれまで一度も笑ったことがなさそうな顔つきだ。もう一人のほうは太って、もっと若い。怒りっぽい子供のような口、顎に小さなくぼみがある。こいつは、心配していなければ笑うこともできそうだ。

そしていまはいらいらしていた。

「ティム、こいつァいまに厄介なことになるぜ。外へおっぽり出しちまったほうがいい……こいつら二人ともだ……あいつにゃ事故だったというんだ。こいつらは抜け出して、エアロックから逃げようとしたっていえるじゃねえか。あいつにそんな違いはわかりゃ……」

「黙れ」ティムは一本調子にいいかえしてから、つけ加えた。「おめえ、あいつと面倒をおこしてえのか？　外《おもて》の味をかみしめてみてえのかよ？」

「でもな……」

「黙れ」

二人はぼくをかついでカーブした廊下をまわり、奥まった一室へ入ると、ぼくを床に落とした。

ぼくはあおむけだったが、そこが操縦室《コントロール・ルーム》に違いないとわかるまでは時間がかかった。どこかの人間が操縦室として設計したものとは、とても思えなかった。もっとも人間でないものが設計したのであれば、それも驚くには当たらない。そしてぼくは、あいつを見た。

おちびさんに警告を受けるまでもなかった。ぼくだってあいつには敵対したくなかった。チビは兇悪で危険、デブは残忍卑劣だが、それでもあいつに比べれば天使みたいなもんだ。ぼくにいつもの力があれば、あいつら二人の好きなやり方で一戦交えていたところだ。僅《わず》かでも見込みがある限り、ぼくはどんな人間でもむやみやたらと恐れたりしないつもりだ。

だがあいつは別だ。

あいつは人間ではないが、それが恐ろしい点だったのではない。象は人間ではないが、彼らは実にいい仲間だ。あいつは象よりずっと人間に近い姿形をしていたものの、そんなことは何の足しにもならなかった――つまり、そいつはまっすぐ立ち、体の端に両足が、その反対側には頭があるのだが、という意味だ。身長は五フィートそこそこだが、それも助けにならなかった。人間が馬を扱うように彼はぼくらを扱っていた。胴体はぼくのと同じくらいの長さだった。背が低いのは、ひどくずんぐりとした両足のためで、その足は（人はそれを足というんだと思う）まるで円盤のように、ふくれ出ていた。動くと、ぐしゃっというような、吸盤が吸いつくような音がした。じっと立っているときは、尾、というか三つめの足がつき出てきて三脚となった――座らずにすむわけだが、あいつが座れたかどうかは怪しいものだ。

あいつの足が短いからといって、動きは遅くなかった。動きは獲物に襲いかかる蛇のように、目もくらむばかりの素早さだった。これはぼくらより優れた神経系と、もっと効果的な筋肉をもっているということなのか？　それとも、生まれ故郷の惑星の重力がより大きいのか？

腕は蛇そっくりだった――ぼくら人間よりも関節の数が多いわけだ。そして二対ある。一対は腰に当たる部分に、もう一対は頭の下に。肩はない。指、というか指状の巻きひげというか、その数は数えられなかった。始終動いていたからだ。腹の両腕の上下にかけてしめている一本のベルトのほか、何も身につけていない。そのベルトには、お金とか鍵とかの代わりに、ベルトというものがつけているものは何でもついている。皮膚は紫がかった茶色で、油っぽくてらてらしていた。

あいつが何者だろうと、絶対にママさんと同じ種族ではない。

かすかに甘い麝香《じゃこう》の匂いがしていた。大勢の人がいる部屋の暑い日というのは、なかなかひどい匂いがするものだが、こんどまたその匂いをかぐようなことがあれば、ぼくは鳥肌が立ち、恐怖で口がきけなくなるだろう。

これらの細かいところが、すぐにわかったわけではない。最初に見えたのは、あいつの顔だけだった。これは「顔」としかいいようのないものだった。まだそれを描写していないのは、そんなことをしたら寒気《さむけ》がしてくるかもしれないかと恐ろしかったからだ。だが話してみよう。きみがそういうやつに会うことがあれば、自分の骨をゼリーにされてしまう前に、きみがまず射てるようにね。

鼻はなし。酸素呼吸型だが、どこから空気が出入りしているのかわからない——話ができるのだから、口からもいくらかは呼吸しているのだろう。口はあいつの体で、二番目にひどい部分だった。顎の骨と顎の代わりにあるのは、下へばかりか、不規則な形に三つに裂けながら横に広がる、昆虫のそれのような大顎だ。小さな歯がずらりと並び、見たところでは舌はなかった。その代わり、口はミミズほどもある長さの繊毛で縁取られていた。それが絶えずもぞもぞと動いていた。

ぼくは、口は「二番目にひどい」といった。あいつには目があったからだ。それは大きくふくれあがっており、角のような隆起に保護され、頭の前面に広く離れて二つついていた。

その両眼は見まわしていた。上下前後にゆれるレーダーのように見まわしていた。まじまじと見つめることは決してないが、なおかつ常に見ているのだ。

あいつがふりむいたとき、後ろについている第三の目が見えた。レーダー警戒網のように彼はいつも周囲全体をうかがっているのだろう。

いったいどんな種類の脳が、あらゆる方角のすべてのことを一度にまとめて考えられるのだろう？　データを送りこむ何かの方法があるとしても、人間の脳にそんなことができるものかどうかは疑わしい。あいつの頭には、それほどの脳をつめこめる余裕などありそうに思えないが、そこにつめこんでいるのではないのかもしれない。考えてみれば、人間は脳を露出したところにおいているのだ。もっとうまい方法があるのかもしれない。

それでもあいつは間違いなく脳を持っていた。ぼくはピンで留められたカブト虫同様にされ、あいつの求めるものを絞り取られた。やつがぼくを洗脳するため途中でとめる必要はなかった。

あいつは質問し、ぼくは答えた。果てしなく長い時間——何時間というより何日もに思えた。あいつの英語はひどいものだったが、理解できる程度にしゃべった。唇音はみな似かよっていた——「バイ」も「パイ」も「ヴァイ」も同じに聞こえた。喉音は耳障りで、歯音には鶏がコッコッと鳴くようなところがあった。しかしたいていは理解できたし、ぼくが理解できなくても、あいつは脅したり罰を加えたりはしなかった。もう一度試してみるだけだった。その話し方に表情はなかった。

それが延々と続き、やっとあいつは、ぼくが何者で何をしているのかということから、ぼくの知る範囲であいつが興味をおぼえることを聞き出した。ぼくがつかまったとき、どうしてあそこにいるようなことになっていたのか、どうしてまたあんな格好をしていたのかを、あいつは質問した。あいつが答を気に入ったかどうかは、ぼくにはわからなかった。

あいつは「ソーダ売り」が何かということを理解するのに苦しみ、スカイウェイ石鹸のコンテストについて話を聞いているあいだも、なぜそんなことがあったのかまるでわからないようだった。ところがぼくのほうにも、知らないことがずいぶんあるのがわかった——地球の総人口や毎年どれほどのトン数の蛋白質を生産しているかといったことだ。

永遠のような時間が過ぎて、求めるものをすべて聞き出したあと、あいつはいった。

「外へ出せ」

あの手下どもは待っていた。太ったやつは唾をのみこんで尋ねた。

「宇宙《そと》へ放り出すんですかい？」

あいつは、ぼくを生かすも殺すも糸屑《いとくず》を取っておくようなものだといわんばかりの身ぶりをした。

「いや。そいつは無知で訓練されていないが、あとで使い道があるかもしれない。檻《おり》にもどしておけ」

「わかりました、ボス」

二人はぼくを引きずり出した。廊下に出ると太ったほうがいった。

「足をほどいて、歩かせようぜ」

「黙れ」

と、瘦せっぽちはいった。

おちびさんは入口パネルのすぐ内側にいたが、身動きしなかったので、あの青い光をまた浴びたのだろうと思った。二人はおちびさんの上をまたいでから、ぼくを落とした。ぼくは、瘦せっぽちに首筋をなぐられて気絶した。気がついたとき、二人はいなくなっており、縄はほどかれていた。

おちびさんがそばに座っていて、心配そうに尋ねた。

「だいぶひどそうね?」

「ああ、まあね」ぼくはうなずき、そして身ぶるいした。「九十歳の年よりみたいだ」

「あいつをまともに見なければ、すこしはましよ……特にあいつの目をね。しばらく休んだらよくなるわ」おちびさんは腕時計をちらりと見た。「あと四十五分で、もう着陸よ。それまではたぶん、何もされないでしょうね」

ぼくはおきあがった。

「なんだって? ぼくは、あの中にたった一時間しかいなかったって?」

「もうちょっと短かったわ。でも永遠のように感じるのよね。あたし、知っているの」

ぼくはいくらか思い出して眉をよせた。

「絞り取られたオレンジみたいな感じだよ……おちびさん、あいつらが連れにきたとき、ぼくはそれほどこわくなかった。縄をほどかせて、説明しろっていうつもりでいた。それなのにあいつには、何ひとつ尋ねられなかった、ただのひとつもだ」

「できっこないわ。あたしもやろうとしたの。でも心の力があっさり抜けてしまうだけなのね。蛇の前にいる兎みたいなものよ」

「ああ」

「キップ、わかったでしょ、あたしが、逃げるためにはどんなチャンスにでも賭けなきゃいけなかったわけが？　あたしの話を信用してないようだったけど……もう信じるわね？」

「う、うん。信じる」

「ありがと。あたしね、自尊心が強いから人の考えなんか気にしないっていつもいってるけど、本当はそうじゃないのよ。あたしはパパのところへ帰っていわなければいけないの……だってパパは、あたしを無条件に信じてくれる、世界でたった一人の人だもん。どんなに気違いじみたことだってよ」

「わかるよ。わかったと思う。それにしても、どうしてまたセンターヴィルなんかにやってくることになったんだい？」

「センターヴィルって？」

「ぼくが住んでいるところだよ。〈こがね虫〉が〈ちびすけ〉を呼んだところさ」

「ああ、そこへ行くつもりなんか、ぜんぜんなかったわ。ニュージャージーに、できればプリンストンに下りるつもりだったの。パパをみつけなければいけなかったから」

「じゃあ、まるで的外れだったわけだ」

「あなたならもっとうまくやれるっていうの？　本当はちゃんとできるところだったんだけど、

肘《ひじ》に震えがきちゃったのよ。こういうものを飛ばすのは難しくないわ。行きたいところに狙いをつけて、おすだけなんだから。ロケット船でやるような複雑なことじゃないもの。それにあたしには教えてくれるママさんがいたわ。でも大気圏に突入するには速度を落として地球の回転に合わせなければいけなかったし、あまりよくはやり方を知らなかったの。西へ行きすぎているのに気がついたけど、あいつらが追ってきてたし、もうどうしたらいいかわからなくなっちゃって……そのとき、宇宙通信用の周波数帯であなたの声が聞こえてきたから、万事うまくいっているんだなって思ったの……で、あそこにいたというわけ」おちびさんは両手を広げた。

「ごめんなさいね、キップ」

「ま、きみは着陸させたんだ。よくいうじゃないか、どう着陸しようと、そこから歩いて出てきたなら上等だって」

「でもあなたを巻きぞえにしちゃって悪かったわ」

「いや……そんなのは気にしなくたっていいさ。だれかしらがかかわり合わなければいけないようだもんな。おちびさん……あいつは何をしようとしているんだい？」

「あいつら、のこと？」

「え？　あとの二人は大したことないさ。あいつは、例のやつだよ」

「あたしのいったのはティムとジョックのことじゃないわ……あんなの、ただの腐った連中よ。あたしがいってるのはあいつら……あいつやその同類のことよ」

　どうも頭の回転が鈍っていた——すでに三度も気絶させられ、一晩眠りそこない、生まれてこのかた出会ったこともない混乱した出来事にぶつかっているのだ。それにしても、おちびさんに指摘されるまで、あいつの同類がもっといるなど考えてもみなかった――一人でも多すぎた。

だが一人いるというのは、何千、いや何万何億といるということだ。ぼくは胃袋がねじれるのを感じ、どこかに隠れたくなった。

「きみはほかのも見たのか？」

「いいえ。あいつだけ。でもママさんが教えてくれたの」

「うえっ！　おちびさん……あいつらは何をしようとしているんだ？」

「考えてみなかったの？　あたしたちのところに乗りこんでこようとしているのよ」

襟《えり》は開いているのに、ぼくはそれをきつく感じた。

「どうやって？」

「わからないわ」

「きみのいうのは、あいつらは人間をみな殺しにして、地球を乗っ取るってことかい？」

おちびさんは口ごもった。

「そんなにあっさりしたことじゃないかもしれないわよ」

「じゃあ……ぼくらを奴隷にするとか？」

「もう一息ね。キップ……あいつらは肉を食べるんじゃないかと思うの」

ぼくは唾をのみこんだ。

「どえらいことを考えるんだな、ちっちゃな女の子にしては」

「あたしが食べられたがっているとでも思ってるの？　だから、あたしパパに話さなければいけなかったのよ」

何もいうべきことはなさそうだった。それはずっと昔から人類が恐れていたことだ。父さんが子供のころに、火星からの侵略についてのラジオ放送があったって聞いたことがある——まったくの作り話だが、人々を恐慌状態に陥れたのだ。しかし現在の人々は、そんなことを信じたりしない。人が月に到達し、火星や金星をめぐるようになってからというもの、生命はどこにも見つからないだろうということに、すべての人の意見が一致しているようだからだ。

いまそれがここに、ぼくらの鼻先にぶら下がっているのだ。

「おちびさん、あの連中は火星人なのか？　それとも金星人なのか？」

おちびさんは首をふった。

「そんな近くから来たんじゃないわ。ママさんはあたしに教えようとしたけど、途中でおたがいにいってることがわからなくなっちゃったの」

「太陽系の中なのかい？」

「そこも難しいところだったわ。そうでもあり、そうでもなし」

「両方のはずがないじゃないか」

「自分で彼女に尋ねることよ」

「そうしたいね」ぼくはためらい、それから思いついていった。「あいつらがどこから来ようと知ったことじゃない……射ち殺してしまえばいい……あいつらを見ずにすめばね！」

「そう、そうなのよ！」

「理屈は通っているんだ。きみはこれを空飛ぶ円盤だといったね……つまり、観測気球ではなくて、本物の円盤目撃の例だってことだけど。もしそうだとすれば、やつらはぼくらを何年も偵察していたわけだ。とすると、外見こそミルクも固まってしまうほど恐ろしそうに見える連中だけど、やつらは自分らに自信がないんだ。でなければ、ぼくらが動物に対してやるのと同じように、あいつらはすぐにも攻めこんできたろうからね。ところがいまだにそうしていない。それは、ぼくらがあいつらを殺せるってことだ……正しい対処の仕方をすればね」

　おちびさんは大きくうなずいた。

「そうなればいいわね。パパなら何か方法を見つけてくれるだろうと思ったの。でも……」彼女は眉をよせた。「……あたしたち、あいつらのことがあまりわかっていない……パパはいつもあたしに注意していたわ、データが不充分なときは独断的にならないようにって。『一個の牡蠣《かき》でたくさんのシチューを作らないことだ、おちびさん』ってね」

「でもぼくは、ぼくらが正しいほうに賭けるよ。ところできみのパパってだれなんだい？　それにきみのフルネームは？」

「あら、パパはライスフェルド教授よ。あたしの名前はパトリシア・ワイナント・ライスフェルド。しかつめらしいでしょ？　おちびさんって呼ばれるほうがいいわね」

「ライスフェルド教授ねえ……彼は何を教えてるんだい？」

「ええ？　知らないの？　ノーベル賞のこと、知らないの？　なんにも？」

「まったくの田舎者なんでね。ごめんよ」

「そうに決まってるわ。パパは何も教えないの。考えるのよ。だれよりも、ましな考え方をするの……たぶん、あたしは別としてよ。パパはシンセシストなの。ほかの人たちはみな、専門分化しているわ。パパは何でも知って、断片をつなぎ合わせるのよ」

　そうなんだろうが、ぼくは彼を聞いたことがなかった。そいつはいい考えのように思える。……だがそれには恐ろしく頭の切れる人間でなければいけない――ぼくが何かを発見したら、ぼくが研究するより早く本にしてしまえる人間ってことだ。ライスフェルド教授には頭が三つあるに違いない。いや五つか。

「いずれパパに会えるわ」おちびさんはそういい、時計をちらりとみた。「キップ、あたしたちふんばったほうがよさそうよ。あと二、三分で着陸するわ……あいつときたら船のお客さんをどんなにふりまわそうがおかまいなしなんだから」

　ぼくらは狭い隅っこに身をよせて、つっぱり合った。待ちかまえた。まもなく船はふるえ、床が傾いた。軽くドシンと音がして動きがとまると、とつぜん体がひどく軽く感じた。おちびさんは足を引いて立ち上がった。

「さあ、あたしたち月に着いたわ」

5

ぼくが子供のころ、月面初着陸ごっこをよくやったものだ。その後ぼくはそんなロマンチックな妄想を捨て去り、それには別の方法で取り組まなければいけなくなるだろうとわかった。しかし、まさか靴箱の中の鼠《ねずみ》のように、檻にぶちこまれたまま外を見ることもできずに月へ来ようとは、思ってもみなかった。

ぼくが月にいることを証明するのはただひとつ、自分の体重だけだった。高重力は遠心機を使うことで、どこであろうと手に入れられる。低重力となると、そうは問屋がおろさない。地球上でなんとかして絞り出せることは、高い飛びこみ台から飛びおりるとか、パラシュートで降下してから開くまでとか、飛行機の曲乗りとかで得られる僅か数秒間だ。

もし低重力がいつまでも続くのなら、それはどこだろうと絶対に地球上ではない。そう、ぼくは火星にいるのではない。それは月でなければいけない。

月ではぼくの体重は二十五ポンドをすこし越えるぐらいのところだ。感じとしてはそんなものだった——芝生の上を、それも葉を折らずに歩けそうなほど軽かった。

数分のあいだぼくはすっかり浮かれてしまい、あいつのことも、巻きこまれている災難のことも忘れ、部屋じゅうをぴょんぴょん飛び跳ね、そのすばらしい感触にひたり、すこし跳ね上がりすぎて天井に頭をぶつけ、床に落ちてゆくのが何とゆっくり、ゆっくり、ゆっくりしているのかと感じ入った。おちびさんは座りこんだまま肩をすくめ、微笑を浮かべた。やるせなくなるほどの保護者面というところだ。〈月では先輩〉か——ぼくよりも丸々二週間よけいに経験があるんだからな。

低重力にはいろいろとまごつかされてしまうところがある。足を引きよせようとしてもほとんど力が入らず、勢いあまって体の下から飛び出してしまう。ぼくは頭の中だけで知っていたことを、筋肉と反射作用を使って学ばなければいけなかった。つまり、重さが減少しても質量と慣性は減らないということをだ。向きを変えるには、歩いているときでさえ、体育館での傾斜したトラックでまわるときのように体を傾けることを学ばなければいけない——そのときでさえ足を引きよせる力がないと（つるつるの床で靴下をはいていたのでは、そんな力はない）、足が体の下から飛び出してしまうわけだ。

六分の一の重力では、ころんだところでさほど痛くもないが、おちびさんはくすくす笑った。ぼくはおきあがっていった。

「いくらでも笑えよ、お利口さん。きみにはできるだろ……テニス・シューズをはいてるもんな」

「ごめんなさい。でも、あなたおかしかったわ。スローモーションの映画みたいに宙ぶらりんになって、空気をつかむんだもの」

「そりゃそうだろ。ほんとにおかしいさ」

「ごめんなさいって、いったじゃない。ほら、あたしの靴を貸してあげるわ」

ぼくはおちびさんの足に、そして自分の足へと目をやり、鼻を鳴らした。

「やあ、ありがたいけどね!」

「そう……踵《かかと》を切ってしまうとか何かしたら。あたし、そんなこと別に気にしないから。これまでだって気にしたことなんか何もなしよ。あなたの靴はどこなの、キップ」

「うん、二十五万マイルばかり向こうってとこ……どこかに間違って着陸したのでなければね」

「え。まあ、どうせ大して必要にはならないわ、ここでは」

「ああ」

ぼくは唇を噛み、「ここ」ということを考え、そしてもう重力との戯れには興味がなくなっていることに気がついた。

「おちびさん、これからどうしよう?」

「何をなの?」

「あいつにさ」

「なんにも。あたしたちに何ができるっていうの?」

「じゃあ何をするんだい?」

「おねんね」

「ええ?」

「眠るのよ。『眠り、それは心配というもつれた糸をほぐす』、『疲れた生理の甘い回復剤、それはさわやかな眠り』、『眠りを発明した人に祝福あれ。眠りはすべての人間の思考を隠すマントである』」

「ひけらかしはいいから、まともなことをいえよ！」

「まともなことを話してるじゃないの。いまのところ、あたしたち金魚みたいに無力よ。何とか生き続けるしかないじゃない……生き抜くために大切なのは、不可能なことにくよくよせず、可能なことに全力を集中すること。あたしはおなかがすいているし、のどが渇いているし、気持が悪いし、それにとっても疲れているし……あたしにできることといったら眠ることだけ。だからもしあなたがご親切に黙っていてくれたら、それがあたしのすることね」

「そんなに食ってかからなくたって、ひとことといえばわかるよ」

「ごめんなさい。あたし、疲れるととても機嫌が悪くなっちゃうの。パパは、朝食前のあたしなんかそりゃひどいものだっていってるわ」

おちびさんはくるっと丸まって小さなボールになり、薄汚れた縫いぐるみを顎の下に引きよせた。

「おやすみ、キップ」

「おやすみ、おちびさん」

ぼくはあることを考えついて口を開こうとした……が、見るとおちびさんは眠っていた。静かな寝息をたて、その顔もすっかり穏やかになり、用心深そうなところも自惚《うぬぼ》れたところもなくなっている。上唇は赤ん坊のふくれっ面のようにつんとつき出て、汚れた顔の天使みたいだ。涙の跡がある、まぎれもなく泣いていたのだ。涙をぬぐってもいなかった。それでも、ぼくに泣いている姿など絶対に見せなかったのだ。

　ぼくは心の中でいった。キップ、おまえはとんでもないことに首をつっこんだものだな。こいつは迷子の子犬や子猫を飼い主に送り届ける仕事よりずっと厄介だぞ。

　だがぼくは彼女を守ってやらなければいけない……たとえ死ぬことになろうとも。

　そう、そんなことになるかもしれない。死ぬ、ということにだ。ぼくなど自分の身を守ることさえ満足にできそうもなさそうだが。

あくびが出た。そしてもう一回。これではあのちびすけのほうが分別があるのかもしれない。これほど疲れたことはないし、腹はすきのどは渇き、そのほかもろもろの点で心地悪かった。ドアパネルをたたいて太っちょか相棒の痩せっぽちを呼びよせようかとも思ったが、それではおちびさんをおこしてしまう——それにあいつの神経を逆なですることにもなりかねない。

　ぼくは、家にいるとき居間のカーペットで居眠りをするように、あおむけに寝そべった。それでわかったのだが、月では床が堅くとも眠る姿勢には関係ないのだ。六分の一の重力というのは、これまでに作られたどんなフォーム・ラバーよりも上等のマットレスだ——ハンス・クリスチャン・アンデルセンの童話に現われる、あの口うるさい王女さまも文句のつけようがなかったろう。

　ぼくはすぐに眠りこんでしまった。

それはこれまで見たこともないほど波乱万丈のスペース・オペラで、竜やらアルクトゥルスの乙女たちやら、光り輝く宇宙鎧《よろい》に身を包んだ騎士やらがわっとばかりに登場し、アーサー王の宮廷と火星《バルスーム》の水の涸《か》れた海底とのあいだを行きつもどりつしていた。それはいいが、アナウンサーがどうにも気になった。声はエース・クイッグル、顔はあいつ。それがスクリーンから飛び出して横目で見ながら、あのミミズ髭をくねくねさせるんだ。

「ベーオウルフの竜軍征服は成るか？　トリスタンはイゾルデのもとに帰るか？　おちびさんは縫いぐるみを見つけられるのか？　明晩もこのチャンネルにお合わせいただくこととしまして、ここはひとまずお目覚めになって最寄りの薬局へお急ぎいただき、スカイウェイ社の速効鎧みがき剤〈クイックブライト〉をお求めください。優れた騎士が、恐れることもなく非難するこ《サン・ペール・エ・サン・ルプローシュ》ともなく使っている優れた艶出し剤。さあ、おきましょう！」

そいつは蛇のような腕をスクリーンからつき出し、ぼくの肩をつかんだ。

ぼくは目が覚めた。

「おきて」おちびさんがそういいながら、ぼくの肩をゆさぶっていた。「おきてちょうだい、キップ」

「うるさいなァ！」

「うなされていたわよ」

アルクトゥルスのお姫さまが窮地に陥っていたのだ。

「おしまいがどうなるのか、もうわからなくなっちまったじゃないか。なんでまたおこす気になったんだ？　きみが寝るっていい出したんじゃないか？」

「もう何時間も眠ったわよ……いまならあたしたち、何かできることがあるかもよ」

「朝食、でもな？」

彼女はそれには耳を貸さなかった。

「脱出を試してみるべきだと思うわ」

ぼくはいきなりおきあがったものだから、床から跳ね上がって、またもとにもどった。

「ええっ！　どうやって？」

「はっきりわかっているわけじゃないけど、あいつら、あたしたちを残してどこかへ行ってしまったんじゃないかしら。そうだとすると、これ以上のチャンスはもうないわよ」

「あいつらが？　どうしてそう思うんだ？」

「聞いてみて。ようく聞くのよ」

ぼくは耳を澄ました。自分の鼓動が聞こえた。おちびさんの呼吸が聞こえ、すぐに鼓動までも聞こえてきた。洞穴の中だろうとこれ以上の深い沈黙を、ぼくはこれまで聞いたことがない。

ぼくはナイフを取り出し、骨伝導を試そうとして歯でくわえ、壁におしつけた。何も聞こえない。床やほかの壁でもやってみた。それでも聞こえない。船は何の物音もたてていなかった——小刻みにも、脈打つようにも、いや、聞き取れなくとも体で感じ取れるはずの震動さえなかったのだ。

「きみのいうとおりだよ、おちびさん」

「空気の循環がとまったときに気づいたのよ」

ぼくはくんくんと嗅いでみた。

「空気がなくなってしまうのか？」

「いますぐってわけじゃないわ。でも空気はとまったわ……あそこの小さな穴から出てくるんだけど。あなた気づかないかもしれないけど、あたしは空気がとまったときに何かがなくなっていることに気がついたの」

ぼくはよく考えてみた。

「だからといってどうなるんだい。まだ閉じこめられているんだぞ」

「そうかしら」

ぼくは壁にナイフの刃を立ててみた。壁は金属でもプラスチックのようなものでもなく、ナイフをまるで受けつけなかった。モンテ・クリスト伯爵だったら穴をあけられたかもしれない——ただ、伯爵にはもっと時間があったんだ。

「さて、どうしたものかな？」

「あいつらがドアパネルの開閉をするたびに、カチッという音が聞こえたわ。それで、あなたが連れていかれたあとで、パネルと壁が合わさるところに風船ガムをまるめてくっつけておいたの。あいつらに気づかれないように高いところにね」

「ガムを持ってるのか？」

「ええ。役に立つわよ。飲み水がないときにはね。あたし……」

「もっと持ってるかい？」

たまらずにぼくは尋ねた。ぼくは決して厚かましい人間ではないが、のどの渇いていることといったらなかった――あれほどのどが渇いたことはなかったのだ。

おちびさんは困った表情になった。

「あら、気の毒なキップ！ほかにはないのよ……ベルトのバックルにつけておいた古いのを、のどが渇ききったときにかんだの」彼女は眉をよせた。「でもあげてもいいわ。どうぞ」

「いや、ありがとう、おちびさん。ほんとにありがとう。でも、やめとくよ」

おちびさんはむっとした顔をした。

「いっときますけどね、ミスタ・ラッセル、あたしは伝染するようなものは何も持っていないのよ。あたしはただ……」

ぼくはあわてて答えた。

「わかってる、わかってる。でもさあ……」

「あたし、いまは非常事態だと思ったの。あまり衛生的じゃないといったって、どうせ女の子とキスするくらいのものじゃない……でもあなた、これまでに女の子とキスなんかしたこともないんでしょう！」

「このごろはね」と、ぼくは逃げた。「でも、ぼくが欲しいのはきれいな冷たい水なんだよ……なんならぬるま湯でもいい。そのうえ、きみはそのガムをドアパネルにくっつけて、使ってしまったんじゃないか。それでどうするつもりだったんだい？」

「ああ、カチッという音のことはいったわね。パパがいうには、身動きが取れなくなったときには、変えられるものは何でも変えて、それから問題をもう一度考え直すのが役に立つんだって。あたしは風船ガムで変化をおこそうとしたわけ」

「それで？」

「あいつらがあなたを連れもどしてドアをしめたとき、カチッといわなかったのよ」

「なんだって？　それじゃあきみは、ずっと何時間も前にあいつらのロックをうまくごまかした、と思った……だがぼくには話さなかった、というのかい？」

「そのとおりよ」

「え、きみのお尻をたたくべきだな！」

彼女は冷やかに答えた。

「それはすすめられないわね……あたし、嚙みつくから」

ぼくは信じて疑わなかった。そのうえ、引っかくとくるのだ。ほかにも、いろいろあるのだろう。どれも気持のいいものじゃない。ぼくは話題を変えた。

「どうして話してくれなかったんだ、おちびさん？」

「あなたが出ていこうとするんじゃないかと思って、こわかったの」

「へえ？　そりゃ、とっくにそうしていたろうよ！」

「でしょ。でもあたしは、どうしてもあのパネルに閉じていてほしかったの……あいつが外にいる限りは」

ひょっとするとおちびさんは天才なのかもしれない。ぼくなんかに比べたらだ。

「要点はわかったよ。よし、あけられるかどうかやってみよう」

ぼくはパネルを調べた。ガムの塊りはそこにあった。おちびさんの手がとどく精一杯の高さにあり、そのつぶれ具合からみると、どうやらパネルが滑りこむ溝につまっていそうだ。だが縁にそって隙間《すきま》は見えなかった。

ぼくはナイフの大きいほうの刃先を立ててみた。パネルが八分の一インチほど右へ滑ったかに見えた――そして、刃が折れてしまった。

残りの部分を折りたたみ、ナイフをしまった。

「何か考えはあるかい？」

「あたしたちの両手をぴったりおしあてて引っぱってみたらどうかしら？」

ぼくはシャツで両手の汗をふき取った。

「オーケイ……じゃあ、ゆっくりやろう。滑らないだけの力でおしつけて」

パネルは一インチばかり右へ滑った――あとはビクともしない。

それでも床から天井まで、髪の毛ほどの隙間ができた。

こんどは大きな刃の残りまで折ってしまった。隙間は広がらなかった。おちびさんはいった。

「ああ、だめよ！」

「まだ負けちゃいないさ」

ぼくは後ずさりし、ドアにむかって走った。〝ドアにむかって〟で〝ドアまで〟ではない——足が滑って真横になり、腹ばいの格好でゆっくりと落ちていった。おちびさんは笑わなかった。

ぼくはおきあがり、ドアの反対側の壁に行くと、片足を壁におしつけて競泳のスタートのようにやってみた。

足を滑らすことなくドアパネルまでたどりついた。それほど強くはあたらなかったが、パネルがゆがむのがわかった。すこしふくらんでから反りがもどった。おちびさんはいった。

「ちょっと、キップ……靴下をぬいで。あたし、あなたの後ろへ行っておしてみるわ……テニス・シューズなら滑らないから」

おちびさんのいうとおりだった。月では、ラバー・ソールの靴を手に入れられなければ素足になるのがいい。ぼくたちは反対側の壁に背をむけ、おちびさんが後ろでぼくの腰に両手をあてた。

「一……二……三……それ！」

ぼくたちは河馬のような優雅さで進んで行った。

ぼくは肩を痛めてしまった。しかしパネルがたわんで溝からはずれ、底のほうで幅四インチの隙間ができ、上へゆくにつれて狭まっていた。

ドア・フレームに当たったところはすりむけ、シャツも破れたが、女の子の手前、口にはしなかった。そんなことより、隙間が広がったのだ。頭が通るだけの広さになったところで、腹ばいになって外をのぞいてみた。見える範囲ではだれもいない――あれだけ騒音をまき散らしたのだから、初めからわかりきっていることだ。あいつらが鼠をいじめる猫のような遊びをしているのでない限りはね。もっともあいつらならやりかねない。とりわけあいつは。

おちびさんがもぞもぞと抜け出ようとしたので、ぼくは引っぱりもどした。

「悪い子だな！　ぼくが先だよ」

さらに二回がんばったところで、ぼくが通れるだけの広さになった。ぼくは、ナイフから小さいほうの刃を出しておちびさんに渡した。

「兵士よ、食うか食われるかだぜ」

「あなたが持ってて」

「ぼくには不要さ。拳骨の殺し屋って、裏通りでは呼ばれたもんだぜ」

これははったりだが、おちびさんによけいな心配をかけずにすむ。恐れることもなく非難す《サン・ペール・エ・サン》ることもなく《・ルプローシュ》――女性の救出はお安く承ります、パーティー用の特別料金だ。

ぼくは匍匐《ほふく》前進でするすると抜け出して立ち上がり、あたりを見まわした。

ぼくは声をひそめていった。

「出てこい」

おちびさんは出てき始めたかと思うと、とつぜん後ずさりした。ふたたび姿を現わしたとき、彼女はあの薄汚れた縫いぐるみをしっかりと手にしていた。

「もうちょっとでマダム・ポンパドゥールを忘れるところだったわ」

と、おちびさんはあえぎながらいった。

ぼくはにこりともしなかった。おちびさんは弁解がましくいった。

「あのね……あたし、夜になるとマダム・ポンパドゥールを寝かしつけてあげなければいけないの。それがあたしの神経質な癖なのね……でもパパは、大きくなれば直るっていってるわ」

「ああ、そうだろうともよ」

「なによ、変に気取らないでちょうだい！　こんなもの、フェティシズムでもなければ、原始的なアニミズムでもないわ。ただの条件反射よ。人形にすぎないことはわかってるわ……感傷的な嘘のことだって……ええ、何年も何年も前からわかっているのよ！」

ぼくは真面目にいった。

「いいか、おちびさん……きみがどうやって眠ろうと知ったことじゃない。ぼくならハンマーで自分の頭をぶんなぐるさ。もうおしゃべりはやめてくれ。この船のレイアウトは知っているか？」

おちびさんはぐるりと見まわした。

「これはあたしを追いかけた船だと思うわ。でもあたしが操縦したのと同じ型みたい」

「ようし。操縦室へ行こうか？」

「え？」

「きみは別の船を飛ばしたんだ。こいつも飛ばせるだろう？」

「うーん……そうねえ。ええ、できるわ」

「じゃあ行くか」

ぼくはこの前、やつらに引きずられていったほうへ歩き出した。

「だけどあのときはママさんがいて、どうすればいいのか教えてくれたんだもの！　ママさんを探しましょう」

ぼくは立ちどまった。

「きみはこいつを離陸させられるかい？」

「ええ……まあね」

「彼女を探すのは空中に出てから……つまり『宇宙に』出てからにしよう。もし乗っていれば見つかるさ。乗っていなけりゃ、ぼくらにできることは何ひとつないことになるな」

「そうね……いいわ。あなたの論理はわかるわ。といって、あたしが気に入る必要はないけど」そういいながらも彼女はついてきた。「キップ？　あなた、どれくらいの重力に耐えられる？」

「え？　ぜんぜん見当がつかないな。なぜだい？」

「こういう船は、あたしが逃げたときに思いきってやってみたより、ずっと速く動かせるからよ。それがあたしの間違いのもとだったのね」

「きみの間違いはニュージャージーへむかったことさ」

「だってあたし、パパを見つけなきゃいけなかったんだもの！」

「そうそう、最終的にはね。でもきみは、月基地へ逃げこんで連邦宇宙軍に助けてくれと泣きつきゃよかったんじゃないか。これは豆鉄砲で片づく事件じゃない。ぼくらには助けが必要だ。ここがどこなのか、心当たりはあるかい？」

「うーん……それもそうね。あいつが自分たちの基地へ連れもどしたのなら。空から見ればわかるわ」

「よし。月基地がここから見てどこなのかが決めることができれば、ぼくらが行くのはそこだ。わからなければ……そう、全速力でニュージャージーへつっ走ろう」

操縦室のドアにはラッチがかかっていた。ぼくにはあけ方がわからなかったが、おちびさんはこうすれば動くはずだといって、小指をひとつの穴につっこんだ。ぼくの指ではとても入りそうにない。そしておちびさんは錠がかかっているに違いないといった。ぼくはあたりを見まわしてみた。

通路にかけられている金属棒が目にとまった。長さは五フィートほど、片端がとがり、もう一端にはブラス・ナックルのような四つのハンドルがついている。何なのかはわからない――悪魔版火かき棒、というところか――とにかく破壊用としてはおあつらえむきの鉄棒《バール》だ。

ぼくは三分もするとドアをメチャメチャにしていた。二人で中に入った。

初めは鳥肌のたつ思いだった。ここはあいつに絞りあげられたところだったからだ。ぼくはそれを顔に出すまいと努力した。あいつがひょっこりもどってきたら、あの薄気味悪い両眼の真ん中に火かき棒をお見舞いしてやるつもりでいた。ぼくはあたりを見まわした。ここをまともに見るのは初めてだ。部屋の中央にはネットのようなものがあり、それを囲むように何とも奇妙な形の、コーヒーメーカーともタコの乗る三輪車ともつかないものがある。おちびさんがどのボタンをおすのか知っていてよかった。

「外を見るにはどうするんだい？」

「こうするの」

おちびさんは体をくねらせて進み、ぼくの気づかなかった穴に指をつっこんだ。

天井は半球状でプラネタリウムそっくりだ。いや、星の光を映し出してプラネタリウムそのものだった。ぼくは息をのんだ。

ふいにぼくらのいるところは床ではなく、プラットホームになった。明らかにさえぎるもののない三十フィートほどの高さの空中に出ている。頭上には、暗黒の「空」に何千という星の像――そして正面にあったのは、満月の十倍もある緑で美しく鮮やかな、地球！

おちびさんがぼくの肘をつついた。

「しっかりしてよ、キップ」

ぼくはかすれた声でいった。

「おちびさん、きみの心には、詩情ってものがないのか？」

「もちろんあるわよ。ありあまるほどにね。でも、あたしたちには時間がないのよ。ここがどこなのかわかったわ、キップ……あたしが出発したところへもどっているわ。あいつらの基地よ。あの長いぎざぎざの影のある岩が見える？　そのうちのいくつかは、カムフラージュした船なの。それから左のほう……あのそびえ立った山、真ん中が鞍《くら》みたいに低くなっているでしょう……もうすこし左、ほとんど真西のほうにトンボー・ステーションがあるの。四十マイル先よ。その二百マイルばかり向こうに月基地、その先にルナ・シティがあるわ」

「どのくらいかかる？」

「二百、二百五十マイル近くを？　うーん、あたし、まだ月では決まった二点間《ポイント・トウ・ポイント》を飛んでみたことがないから……でもせいぜい数分しかかからないはずよ」

「よし行こう！　あいつらがいつもどってくるかわからないからな」

「いいわ、キップ」

おちびさんはあのカラスの巣にもぐりこみ、制御卓に身をのり出した。

まもなく彼女は顔を上げた。その顔は青ざめて痛々しく、いかにも小さな女の子らしかった。

「キップ……あたしたち、どこにも行けないわ。ごめんなさい」

ぼくは叫び声を上げた。

「何だって？　動かし方を忘れちまったのか？」

「ううん。〈頭脳《ブレイン》〉がなくなっているの」

「何がだって？」

おちびさんは手で示した。

「〈頭脳《ブレイン》〉よ。ここの穴にはめこむ、クルミくらいの大きさの小さな黒いものよ……この前はママさんがうまく盗んでくれたから逃げられたの。あたしたち、だれもいない船に閉じこめられていたのよ、ちょうどいまのあなたとあたしみたいにね。でもママさんがそれを持っていたからこそ、逃げられたんだわ」おちびさんは淋しそうで、どうしていいかわからないようだった。「あいつがそれを操縦室においていくようなことを、するはずがないと、わかっているべきだったのに……あたし、そんなことがわかっていても、認めたくなかったのね。ごめんなさい」

「あの……ねえ、おちびさん、ぼくらはそう簡単に音を上げたりしないんだ。ぼくがそのソケットに合う何かを作れるかもしれない」

　おちびさんは首をふった。

「自動車の中の配線みたいに？　そんな単純なものじゃないのよ、キップ。車にエンジンの代わりに木の模型を入れても動く？　どんな働きをするのかはよくわからないけど、すごく複雑だから〈頭脳《ブレイン》〉といったのよ」

「だけど……」

　ぼくは口をつぐんだ。ボルネオの未開人がスパーク・プラグ以外何もかもそろったぴかぴかの新車を手に入れて、それを動かせるようにできるだろうか？　木霊《こだま》がひびくような声でぼくは悲しく話した。

「おちびさん、次にいい方法は何だろう？　何か考えがあるかい？　もしないのならぼくをエアロックまで連れていってくれ。こいつを持っていって……」ぼくは鉄棒《バール》をふった。「……入ってくるやつは何だろうとぶんなぐってやる」

　彼女はうなずいた。

「困ったわ……あたしはママさんを見つけたいの。この船内に閉じこめられているのなら、彼女はどうすればいいか知っているかもしれないわ」

「わかった。でも、まずエアロックへ案内してくれ。ぼくが見張りに立っているあいだに探せばいい」

絶望による怒りが、むらむらとこみあげてきた。いったいどうやれば逃げ出せるものかわからず、もう逃げられはしないのだと思い始めた——しかしまだ貸しがある。他人に不当な扱いをするとタダではすまないことを、あいつに思い知らせてやるのだ。自信はある——相当な自信が——背骨をばらばらにされてしまうまでに一発くらわすことはできると。あのいまいましい頭をたたきつぶしてくれる。

もしぼくがあいつの目を見なければだが。

おちびさんがゆっくりといった。

「もうひとつあるわ……」

「なんだい？」

「とてもいえないわ。あなたを見捨てるつもりだって思われるかもしれないもの」

「馬鹿いえ。考えが何かあるなら、口にしてみろよ」

「いいわ……トンボー・ステーションが向こうのほう四十マイルほどのところにあるわ。もしあたしの宇宙服が船内にあれば……」

そのとたんにぼくは、アラモ砦のボウイーのような気分でいるのをやめた。ことによると、試合は延長戦にもつれこむかもしれないぞ——

「歩いて行けるってわけだな！」

おちびさんは首をふった。

「だめよ、キップ。いいにくかったわけは、それなのよ。あたしは歩いていけるわ……宇宙服を見つければ。でもあなたは、うずくまったってあたしの宇宙服なんか着れっこないじゃない」

ぼくはいらいらといった。

「きみの宇宙服なんていらないよ」

「ちょっと、キップ！ ここは月なのよ、わかってるの？ 空気はないのよ」

「はいはい、そのとおりさ！ ぼくを馬鹿だと思ってるのか？ やつらがきみの宇宙服をしまったのなら、ぼくのもたぶんそのすぐそばにおいてあるだろうし……」

「あなたが宇宙服を持っていたですって？」

と、おちびさんは信じられないようにいった。

ぼくらがそのあとにかわした話はあまりに混乱しているのでくりかえさないが、やっとおちびさんは納得した。ぼくが本当に宇宙服を持っていたのだということ、そして十二時間前に二十五万マイル向こうで宇宙通信周波数帯域で送信していた唯一の理由は、あいつらにつかまったときぼくが宇宙服を着ていたからだという事実を。

「ようし、船内をばらばらにしてもやるぞ！ いや……エアロックへ案内してもらおう。それからきみは別々に探すんだ」

「わかったわ」

彼女はぼくをエアロックへ連れていった。そこはぼくらが閉じこめられていた部屋によく似ていたが、それよりは小さく、圧力負荷に耐えられるように作られた内側のドアがあった。ロックはかけられていなかった。ぼくらは慎重に内側のドアをあけてみた。中は空っぽで、外のドアはしまっていた。そうでなければ、とても内側のドアをあけられなかったろう。ぼくはいった。

「虫けら面《ワームフェイス》が念には念を入れるやつだったら、外のドアをあけっぱなしにしておいたことだろうな。ぼくたちを閉じこめておいたにしてもだ。とすると……まてよ！　内側のドアをあけたままロックする方法はあるのかい？」

「知らないわ」

「見てみよう」

あるにはあったが、ただの掛け金だった。それでも外側からのボタン操作でははずせないように、念のためナイフをくさび代わりにおしこんでおいた。

「エアロックは間違いなくここだけか？」

「別の船には一箇所しかなかったから、きっとみんな同じはずよ」

「気をつけておくことにしよう。とにかくここを通らないことには、だれもぼくらのところにはこられない。さすがの虫けら面もエアロックを使わないわけにはいかないからね」

おちびさんは不安そうにいった。

「だけど、あいつがどうにかして外のドアをあけたりしたら？　あたしたち、風船みたいにはじけてしまうわ」

ぼくはおちびさんを見て、にやりと笑った。

「天才はだれだっけな？　確かにそうなるだろう……あいつがあければの話だが、でも開けないだろうね。二十トンから二十五トンの圧力がかかってドアがしまっているんだからだめさ。きみが教えてくれたとおり、ここは月だからね。外には空気がない、そうだろう？」

「そうか」

おちびさんは恥ずかしそうな表情になった。

そこで、ぼくらは探した。ぼくは楽しみながらドアをぶち壊していった。これで虫けら面はぼくを気に入らないことになる。最初に見つけたもののひとつに、あの太っちょと痩せっぽちが寝起きしていた、悪臭のする小さな部屋があった。そこのドアがロックされていなかったのは何とも残念だった。その部屋から、あの二人組のことがいろいろとわかった。あいつらが、その道徳観同様つまらない習慣をもった豚野郎だということがはっきりした。部屋の様子からみても、たまたま捕虜になったやつらではない。そこが人間用に改装されていたからだ。あいつらと虫けら面の結びつきがどんなものだろうと、それはだいぶ前から続いており、いまも続いているのだ。宇宙服のかかっていないラックが二つ、軍隊の余剰物資店で売っている類の缶詰食料が何ダースかあったが、何よりもありがたいのは、飲料水とトイレらしきものがあったことだ――そして、もし宇宙服が見つかったら、純金や乳香（イスラエルの民が祭式に用いた香）以上に貴重なものがあった。酸素・ヘリウム混合ガスのつまったボンベ二本だ。

ぼくは水を飲み、おちびさんには缶詰をあけてやった――付属の巻取型の缶切であけた。パイナップルの缶詰を持った〝ボートの三人男〟のような苦境にはならなかったわけだ――すこし食べてからその部屋を調べようと彼女にいった。ぼくのほうは、でっかい蛙刺し棒をふりまわして歩いた。充填されたボンベがあったからには、どうしても宇宙服を見つけたくてうずうずした――そして出ていくんだ！――虫けら面がもどってこないうちに。

ぼくは、ウォルラスとカーペンター（〝鏡の国のアリス〟）が牡蠣をこじあけるようなスピードで、一ダースのドアをたたき壊し、虫けら面どものねぐらに違いないところも含めて、ありとあらゆるものを見つけ出した。しかしぼくは、立ちどまって調べてみたりはしなかった――そんなことは宇宙軍に任せておけばいい。いつかやってくれるとすればだが――ぼくは結局、どこの部屋にも宇宙服がないことを確かめたにすぎなかった。

ところがそれを見つけたんだ！――ぼくらが監禁されていた部屋のすぐ隣に。

オスカーと再会できた嬉しさのあまり、ぼくはキスでもしたいところだった。

「よう、おまえ！　会えてよかった《ミラビレ・ヴィス》なあ！」

ぼくはそう叫んで、おちびさんのところへ走っていった。また足が体の下から飛び出していったが、そんなことは気にしなかった。

おちびさんは、ぼくが走りこむと顔を上げた。

「あなたを探しにいこうとしていたところだったのよ」

「あったぞ！　あったんだ！」

「あなたママさんを見つけたの？」

と、おちびさんは熱心にいった。

「え？　違う違う！　宇宙服だよ……きみとぼくの！　さあ、行こう！」

「そうなの」その期待はずれの様子にぼくは傷ついた。「それはよかったわ……それよりママさんを見つけなきゃ」

忍耐の限界を越えかけている感じだった。いまこそ、死ぬよりひどい運命から逃がれられる（言葉のあやではない）、かすかながらも本当のチャンスじゃないか。なのに彼女のほうはベムを探しまわりたがっている。相手がだれか人間だったら、たとえ口臭のある赤の他人でも、ぼくはそうしていたことだろう。犬や猫でも、いやいやながらもそうするだろう。

だがぼくにとってのベムとは何だ？　あいつがやらかしたことといったら、ぼくがこれまでに入れられたことのない最悪の災難に巻きこんでくれただけじゃないか。

ぼくはおちびさんをひっぱたいて宇宙服に押しこんでやろうかとも思ったが、こういった。

「気でも狂ったのか？　行くんだよ……いますぐ！」

「ママさんを見つけなきゃ、あたしたち行けないわよ」

「これできみが本当に狂っているのがわかった。ここに彼女がいるかどうかもわかりゃしないんだぞ……それに、見つけたって連れていけやしないんだ」

「あら、連れていくわよ！」

「どうやって？　ここは月だぞ、覚えてるか？　空気がないんだ。彼女の宇宙服はあるのか？」

「でも……」

これが彼女を黙らせた。しかし長くはなかった。おちびさんは缶詰食料を両膝にはさんで床に座っていたが、とつぜん立ち上がり、すこしはずんでからいった。

「あなたは好きなようにして。あたしはママさんを見つけるわ。さあ」

おちびさんは缶詰をぼくにつきつけた。

ぼくは、力ずくでやるべきだった。しかし、どれほどたたくのが当然な場合だろうと、女性に手を上げてはいけない、と幼いころから仕つけられてきたという弱みがあった。ぼくが常識と仕つけのどちらに従おうかと迷っているあいだに、チャンスもおちびさんもするすると逃げてしまった。ぼくはどうしようもなく、唸《うな》るだけだった。ついで、我慢できないほど引きつけられる香りに気づいた。ぼくは缶詰を持っていた。靴の革を煮しめたものと灰色の肉汁が入っており、やけにうまそうな匂いを漂わせていた。

おちびさんが半分食べていた。ぼくはその残りを食べながら、おちびさんの見つけ出したものを眺めた。ナイロン・ロープの束があったので、ぼくは喜んでそれを空気ボンベといっしょのところにおいた。オスカーのベルトにも五十フィートの物干しロープを留めてはあったが、それは安く上げるための間に合わせだったのだ。採鉱ハンマーに、ヘッドライトなどに使えるバッテリー二個もあった。

ほかに目を引くものというと、ウラン鉱の産出予想についてのパンフレットで、〝月世界学に関する予備報告〟という表題の政府印刷局刊行物と、「ティモシー・ジョンソン」の——あの年上の男の下劣な顔とわかった——期限切れのユタ州運転免許証くらいのものだった。パンフレットは興味をそそったが、いまはよけいな荷物にかかずらっているときではない。

主だった家具は二つのベッドで、凹《へこ》みをつけて体の輪郭線に合わせた椅子のようになっておりぶあついパッドが入っている。それは、痩せっぽちと太っちょが高加速度航行中、この船に乗っていたことを示していた。

肉汁の最後を指でぬぐい取ってから、水をたらふく飲み——あの二人組がのどの渇きで死のうと知ったことじゃないから、ぼくはたっぷりと水を使って手を洗い、分捕り品をひっつかみ、宇宙服のある部屋へむかった。

そこに着くなり、ぼくはおちびさんと鉢合わせになった。おちびさんは金梃《かなてこ》を持ち、大喜びの表情をしていた。

「彼女を見つけたわよ!」

「どこだ?」

「こっちよ!　あたしにはあけられないの、あたしにそれほどの力はないから」

ぼくは宇宙服といっしょにほかのものをおき、彼女のあとに続いていった。ぼくが破壊作業に没頭した廊下のさらに向こうのドアパネルの前で、彼女は立ちどまった。

「この中よ！」

ぼくは見つめ、そして耳を澄ました。

「どうしてそう思うんだい？」

「わかるのよ！　あけて！」

ぼくは肩をすくめ、例のクルミほじりで仕事にかかった。パネルがはじけ飛んだ！　それで片がついた。

床の真ん中で丸くなっていたのは、一匹の生物だった。

ぼくが見る限り、前の晩に牧場で見たものかもしれないし、そうでないのかもしれなかった。照明は貧弱で、状況はひどく違っていたし、はっきり見分けようとしたが、いきなりやめさせられたのだ。だがおちびさんは、何の疑いも持たなかった。喜びのさけび声をあげながら彼女は空中を突進してゆき、二匹の子猫がじゃれあうようにころげまわった。

おちびさんはだいたいのところ英語で歓声をあげていた。ママさんもどきのほうも声を出していたが、英語ではなかった。彼女が英語を話したところで驚きはしなかったろうけどね。虫けら面は話したし、おちびさんはママさんもどきから聞いたことを口にしていたからだ。だが彼女は英語を話さなかった。

ものまね鳥《モッキンバード》が鳴くのを聞いたことがあるかい？　あるときはメロディーを歌い、ときには天まで届けと浮かれたおしゃべりをするだけのこともあるね？　ものまね鳥《モッキンバード》の無限の変化に富んだ歌が、ママさんもどきの話し方に最も近い。

やっと彼らはすこし静かになり、おちびさんはいった。

「ああ、ママさん、ほんとに嬉しいわ！」

その生き物は彼女にむかって歌い、おちびさんは答えた。

「あら、お作法を忘れていたわ。ママさん、こちらはあたしの大切なお友達のキップよ」

ママさんもどきはぼくに歌いかけた。


——するとぼくは、わかったのだ。

ママさんもどきがいったことは、こうだ。

「お近づきになれて嬉しいわ、キップ」

それは言葉として出たのではない。それは英語だったのと同じだった。しかもそれはぼくがオスカーと話したり、おちびさんがマダム・ポンパドゥールと話したりするような半分冗談の一人芝居でもない——ぼくがオスカーと話すとき、ぼくは会話の両方だ。それは自分の潜在意識に話しかけている自分の顕在意識、とでもいったようなものにすぎない。ママさんもどきの言葉がわかるのは、それではない。

ママさんもどきはぼくに歌いかけ、ぼくはわかったのだ。

驚きはしたものの、信じられないことでもない。虹が見えるとき、人は立ちどまって光学の法則を議論したりはしない。それはそこにあるんだ、空に。

ママさんもどきがぼくに話しかけているのだとわからなければ、ぼくは痴呆《ちほう》もいいところだった。なにしろ彼女が話すたびにぼくは、はっきりとわかったのだから。彼女がおちびさん一人に言葉を向けると、ぼくにはいつも鳥のさえずりにしか聞こえない——ところが、ぼくに向けられると意味がわかるのだ。

それをテレパシーと呼びたければそう呼んでもいい。ただ、デューク大学で研究しているものとは違うようだ。ぼくは一度だってママさんもどきの心は読めなかったし、ママさんもどきのほうがぼくの心を読んだとも思えない。ぼくらは話し合っただけだ。

啞然《あぜん》としながらも、ぼくは自分の行儀作法に気をつけた。母さんから、ずっと年上の貴婦人の友達の一人に紹介されたときと同じような気持だった。そこでぼくは軽く頭を下げてこういった。

「あなたを見つけて、ぼくらはとても嬉しく思っています、ママさん」

それは簡単で控えめな真実だった。ぼくは説明されるまでもなく、おちびさんがママさんもどきを探すのをあきらめるよりはむしろ、もう一度つかまる危険をおかそうと頑固なまでに心を決めたのはなぜか、そのわけがわかった——彼女を〈ママさん〉とした特質のためなのだ。

おちびさんにはいろいろなものに名前をつける癖があったし、その選び方が常にぼくの趣味にぴたりというわけではなかった。しかしこればかりはまったく疑問なしだ。ママさんは、そのとおりだからママさんなのだ。彼女のそばにいると、人は幸せで安全で暖かい気持になる。ほら、覚えがあるだろう、膝《ひざ》をすりむいて泣きながら家へ帰ると、お母さんがおまじないのキスをして、メルチオレイトを塗ってくれる、それですべてが良くなってしまうのだ。看護婦さんの中にもそういった人がいるし、教師の中にだって……ただ悲しいことに、そうでない母親もいるのだが。

ところがママさんもどきはそれを実に強く持っていたから、ぼくは虫けら面に気持をわずらわされることさえなかった。ママさんもどきがいっしょなので、何事もうまくいきそうだった。論理的には、ママさんもぼくらと同じく傷つきやすいということはわかっていた——あいつらが彼女をなぐり倒すのをぼくは見たのだから。ママさんはぼくほどの背丈も力もなければ、おちびさんのようにこの船を操縦することもできなかった。そんなことはどうでもいいのだ。

ぼくはママさんの膝の上にはいこみたかった。だが彼女は小さすぎるし、膝というものもなかったから、ぼくのほうからありがたく膝の上に抱きしめさせてもらうのだ、いつどんなときでも。

ぼくは父さんのことはより多く話してきたが、だからといって母さんがそれほど大切でないというのではない——それは違うことなのだ。父さんは活動的、母さんは受動的。父さんはよく話し、母さんは口数少ない。だが、もし母さんが死んでしまったら、父さんは根こそぎ引き抜かれてしまった木のようにしおれてしまうだろう。母さんあってのぼくたちなんだ。

ママさんもどきは母さんと同じ効果をぼくに及ぼした。ただぼくは、母さんからのそれには慣れている。それをいまぼくは得ている。家から遠く離れ、それを必要としているときにだ。

　おちびさんは興奮していった。

「これであたしたち行けるわ、キップ。急ぎましょう！」

　ママさんもどきは歌った。

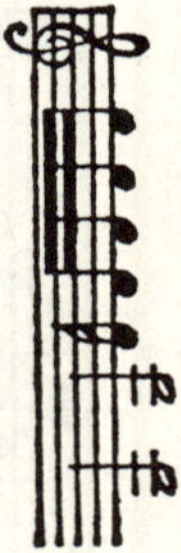

（「どこへわたしたち行くの、子供たち？」）
「トンボー・ステーションよ、ママさん。あそこなら助けてもらえるわ」
　ママさんもどきが目をしばたたいた。落ち着いてはいたが悲しそうだった。ママさんもどきの目は大きく、穏やかで、情け深い目をしている——ほかの何よりもキツネザルにそっくりだが、霊長類ではない——ぼくたちの進化の系統にさえ属さず、この世のものでなかった。だがママさんもどきにはそのすばらしい目と優しく無防備な口があり、そこから音楽が流れ出るのだ。おちびさんほどの背丈もなく、両手はさらに小さい——指は六本、ぼくたちの親指同士がつき合わさるように、ママさんもどきも指一本一本がたがいにむかい合うようについている。体つきは——いや、それは一度も同じ形のままに留まっていなかったから表現しにくいが、ママさんもどきにはそれがぴったりのことなのだ。

服は着ていないが、素肌をさらしてもいない。柔らかく、クリーム色の毛皮でおおわれ、チンチラのようにつやつやとしてきれいだ。初めは何も身につけていないのかと思ったが、すぐに一個の小さなブローチ、三つの角に二重螺旋《らせん》のついたきらりと光る三角形に気づいた。どうやってそれを留めていたのかは、わからない。

一度にこれだけのことを見て取ったのではない。あの瞬間はママさんもどきの目に浮かんだ表情のため、それまで感じていた幸福感をなくしてしまうような悲しみがもたらされたのだ。

ママさんもどきの答で、彼女がすぐに奇跡をおこせるわけではないことがわかった。

（「どうやってわたしたち船を飛ばすの？　こんどはあいつらもほんとに気をつけてわたしを監視していたのよ」）
おちびさんは宇宙服のことを熱心に説明し、ぼくは胃袋に氷の塊りをつめた馬鹿のように、その場につっ立っていた。ぼくのほうが強いのだから、おちびさんをぼくの思うとおりに行動させたものかという問題にすぎなかったものが、いまや解決できそうにないジレンマとなっていた。ぼくがおちびさんを見捨てられないのと同じようにママさんもどきを見捨てることはで

きない……そして宇宙服は二着しかないときている。

たとえ彼女に人間型の宇宙服が着られたにしろ、それは事実上、蛇を足にはいてローラースケートをやるようなものだった。

ママさんもどきは、自分の真空装置《ヴァキューム・ギア》が破壊されてしまっていることを穏やかに指摘した。(これからは、ママさんもどきの歌を全部が全部は書きとめないことにする。どのみち正確に思い出せるわけではないのだから)

そこで喧嘩がおっぱじまった。それは妙な喧嘩で、ママさんもどきのほうは、もの静かで、愛情がこもり、思慮もあり、しかもあくまで断固としていたが、おちびさんのほうは目に涙をためて、わがまま娘の癇癪《かんしゃく》をぶちまけていた――そしてぼくはというと、仲裁もできず、みじめな気持でそばに立っていた。

ママさんもどきは事態を理解するとすぐ分析して、必然的な答を出した。彼女には行く方法がない以上(そして、たとえ彼女用の宇宙服の類があったにしても、それほど遠くまで歩くことはできそうにもないから)、唯一の答は、ぼくら二人が直ちに出発することだ。もしぼくらが無事にたどり着けば、虫けら面一味の脅威を人類に納得させられないこともない――その場合は、彼女も助かるかもしれない……そうなればいいが何も絶対にそうならなければいけないということもない、と。

おちびさんはまったく、きっぱりと、絶対的に、ママさんもどきをあとに残していく案には、どんなものにも耳を貸そうとしなかった。ママさんが行けないなら、自分も一歩も動かないというのだ。』

「キップ！　あなたが行って助けを呼んできて！　早く！　あたしはここにいるから」

ぼくはおちびさんを見つめた。

「おちびさん、そんなことはできないよ」

「だめ。行くの！　行かなきゃだめ。行かないっていうんなら、あたし……あたし、あなたには二度と口をきかないから！」

「ぼくが行ったら、ぼくは自分にだって二度と口をきけなくなるよ。いいかい、おちびさん、そんなことといったって通らないんだ。きみは行かなきゃいけ……」

「いや！」

「おいおい、たまには黙ってみろよ。きみが行ってぼくが残る、そして棍棒でドアを守る。きみが兵隊をかり集めているあいだ、ぼくはあいつらを近づけないでおく。だけど急ぐようにいってくれよ！」

「あたし……」

おちびさんは口をつぐんだ。すっかり真顔になり、完全に裏をかかれた様子だった。ついで彼女はママさんもどきにすがりつき、すすり泣いた。

「ああ、もうあたしを愛してくれないのね！」

それは、おちびさんの論理が影も形もなくなっていることを示していた。ママさんもどきはおちびさんにそっと歌いかけていたが、こうしていい争っているあいだにも最後のチャンスがしだいに遠のいているのではないかという思いで、ぼくは気が気でなかった。虫けら面はいつなんどきもどってくるかしれないのだ——入ってきたら思いきりなぐりつけてやりたいものだと思ってはいたものの、あいつの悪知恵に出し抜かれるということのほうがもっとありそうだ。いずれにしても、ぼくらは逃げられまい。

とうとうぼくはいった。

「よし、みんなで行こう」

おちびさんは泣きやみ、ぽかんとしていた。

「行けないってわかってるくせに」

ママさんもどきは歌った。

(「どうするの、キップ?」)

「そうか、教えなければいけないな。立ってごらん、おちびさん」

ぼくらは宇宙服のあるところへ行った。そのあいだ、おちびさんはマダム・ポンパドゥールをかかえ、ママさんを半ばかかえるようにして歩いていた。

ラース・エクランドというのは、作業記録によると最初にオスカーを着た技術者だが、きっと二百ポンドほどの体重だったのだろう。ぼくがオスカーを着るには、ストラップをきつく締めて、ふくらまないようにしなければいけなかったのだ。オスカーを気密にすることなどよもやなかろうと思っていたので、自分のサイズに合わせて作り直すことなど考えてもいなかった。腕と足の長さはいい。大きすぎるのは胴まわりだった。

宇宙服の中には、ママさんもどきとぼくの入る余裕があったのだ。

ぼくが説明すると、おちびさんは目をまん丸くし、ママさんは質問と賛同の歌を歌った。そう、ママさんを背負うことができるんだ——そしていったん服を密閉してストラップを締めてしまえば、彼女がずり落ちることもない。

「よし。おちびさん、宇宙服を着てくれ」

ぼくは靴下を取りにゆき、おちびさんは身仕度にかかった。もどってくるとぼくは、おちびさんのヘルメットのフェイス・プレートごしに、内部の計器類を逆さに読みながらチェックしていった。

「すこし空気を入れたほうがいいな。半分くらいしか残ってないぞ」

そこでとんだ災難に出くわした。あの人喰い鬼どもから失敬してきた予備ボンベは、ぼくのと同じネジこみ式だった——ところがおちびさんのボンベはバヨネットのハメこみ式だったのだ。それでいいんだろう、観光客用には。つまり付添い人や保護者の同伴があり、ボンベ交換も素早く完了しないと恐慌状態に陥りかねない観光客に使うのなら——だが本格的な作業にはあまりむいていない。自分の工作室でなら二十分もあればアダプターを作りあげるところだが、ここにはまともな工具ひとつない——これならいっそのこと、予備ボンベなど地球にあればよかった。おちびさんには何の役にも立たないことを思えばだ。

このとき初めて、二人を残したまま、ぼくが強行軍をやって助けを呼ぼうかと真剣に考えた。ただ、そのことを口にしなかった。おちびさんだって、またあいつの手に落ちるくらいなら途中で死ぬほうがいいだろう――ぼくもそれに賛成したくなった。

ぼくはゆっくりといった。

「なあ……それでは空気が充分じゃない。四十マイルももたないぞ」

彼女の計器には、圧力だけではなく時間の目盛もついていた。見ると五時間足らずのところだった。おちびさんが馬の速足ほどの速さで走れるというのか？　月の重力だろうと？　そんなことはありそうもない。

おちびさんは真顔でぼくを見た。

「これは大人用に計算されているのよ。あたしは小さいもの……そんなに空気を使わないわ」

「ああ……どうしてもという以上には速く使わないようにな」

「そうするわ。行きましょう」

ぼくがおちびさんのガスケットをしめようとすると、おちびさんはぼくの手をとめた。

「ちょっと！」

「どうした？」

「マダム・ポンパドゥールよ！　取って……お願い。足元にあるから」

ぼくは例の変ちくりんなお人形さんをつまみ上げ、渡してやった。

「そちらの方にはどのくらい空気がお入り用ですかな？」

おちびさんの顔にとつぜん笑窪《えくぼ》ができた。

「息をしないように注意しておくわ」

彼女はその人形をシャツの中におしこみ、ぼくは彼女の服を閉じてやった。ぼくが大きく広げた宇宙服の中に座ると、ママさんもどきははげますように歌いながら背中にはい上がり、ぴったりとよりそってきた。ママさんに触れられると気持よく、この二人を安全にしてやるためなら、ぼくは百マイルでも歩けそうだった。

自分で宇宙服を閉じるのは厄介だった。ストラップを出しておき、ママさんもどきの余裕もみながら締めなければいけないし、それにおちびさんもぼくも素手ではなかったからだ。それでもぼくらは何とかやった。

予備ボンベ用の吊り紐《ひも》をぼくの物干し綱で作《つ》った。それを首に巻きつけ、オスカーの重量とママさんもどきを合わせると、月の六分の一Gでぼくは五十ポンドほどになるだろう。それで初めて、やっと足が地についた。

ぼくはエアロックのラッチからナイフを抜き取り、それをオスカーのベルトのナイロン・ロープや採鉱ハンマーのわきにさしこんだ。それからぼくらはエアロックへ入り、内側のドアをしめた。ぼくは空気の抜き方を知らなかったが、おちびさんが知っていた。それはシュッという音とともに抜け始めた。

「大丈夫ですか、ママさん？」

（「ええ、キップ」）

と、ママさんは優しく抱きしめてきた。

「ちびすけよりこがね虫へ」ぼくのイアホーンから声が聞こえてきた。「無線チェック。アルファ、ブラヴォ、コーカ、デルタ、エコー、フォクストロット……」「こがね虫よりちびすけへ。感度良好。ゴルフ、ホテル、インディア、ジュリエット、キロ……」

「感度良好よ、キップ」

「了解」

「圧力に気をつけて、キップ。あなた、ふくらむのが速すぎるわよ」

ぼくは計器を見ながら、顎バルブをちょこんとつついた――そして、初歩的な思い違いを小さな女の子に見つけさせるような自分もつついた。そうはいっても、おちびさんは前にも宇宙服を使ったことがあるのだし、それにひきかえ、ぼくはそんなふりをしているだけだ。いま見栄を張っている場合じゃないんだ。

「おちびさん？　できるだけのアドバイスをしてくれ。こういうことでは新米なんでね」

「そうするわ、キップ」

外のドアが音もなく、さっと内側に開いた――眼下に広がるのは、寒々と輝く月の平原の地表だった。ふとホームシックの思いにかられた瞬間、ぼくは子供のころ遊んだ月世界旅行ゲームを思い出し、いまごろセンターヴィルにいられたらなあと祈った。そのとき、おちびさんがヘルメットをふれてきた。

「だれか見える？」

「いいや」

「幸運ね、ドアがほかの船のいないほうを向いているのよ。よく聞いて。地平線の向こうへ行くまで、無線を使わないことにするわ……ぎりぎりの非常事態にならない限りはね。彼らはこちらの周波数に耳を澄ましているわ。それははっきりわかるの。ところで、真ん中がへこんだあの山、見える？　キップ、ちゃんと聞いて！」

「うん」

ぼくはそれまで地球を見つめていた。操縦室での影絵劇《シャドウ・ショウ》で見た地球さえ、美しいものだった――だがとても実感がわかなかった。いまはそこにある、あまりに近くて手が届きそうなところに……それでいながらあまりにも遠く、もう帰れないかもしれない。ぼくらがどれほど美しい惑星をもっているのかは、外から見てみるまでは、とても信じられない……そのウエストのあたりを取り巻く雲、小粋にかぶった春先の帽子のような極冠。

「ああ、へこんだところが見える」

「あたしたち、あそこの左へむかうの、峠が見えているところへ。ティムとジョックは月面車《クローラー》でもまず、あそこを通って、あたしを連れてきたの。いったんその跡が見つかれば、あとは楽になるわ。でもまず、そのすぐ左側にある近いほうの丘へ行くの……そうすればあたしたちが視界から出るあいだ、この船が、あたしたちとほかの船とのあいだに入ったままになっているはずだから。そう望みをかけてるの」

地面までは十二フィートかそこら、ここでの重力ならどうということもなかろうと、ぼくは飛び下りようとした。おちびさんは、ぼくをロープを使って下ろすといい張った。

「さかさまになって落ちちゃうから。いい、キップ、ちびおばさんのいうことを聞いて。あなたの足はまだ月には慣れていないわ。初めて自転車に乗ったときみたいになるのよ」

そこで彼女がエアロックのふちにナイロン・ロープをこすって動かし、ぼくとママさんもどきを下ろした。ついでおちびさんがわけなく飛び下りてきた。ぼくがロープをまるめだすと、おちびさんはそれをとめもう一端を自分のベルトにくくりつけ、ヘルメットをふれ合わせた。

「あたしが先に立つわ。速すぎたり、用があったりしたら、ロープを引っぱって。あなたが見えなくなるでしょうから」

「アイ・アイ・キャプテン！」

「ふざけないでよ、キップ。これは真剣なことなんだから」

「ぼくはふざけたんじゃないさ、おちびさん。きみがボスなんだ」

「行くわよ。ふりむかないでね。何にもならないし、ころぶかもしれないから。あの丘を目指して進むわよ」

6

本来なら、この奇妙でロマンティックな体験をじっくり味わうべきはずなのだが、ぼくは氷の上を渡るイライザのように忙しく、踵《かかと》にくいついてくる代物はブラッドハウンド犬よりもひどかった。ふりむいてみたかったが、立ったままでいようとするのに忙しすぎた。自分の足元が見えないため、前方をよく見ながら足元に注意してゆっくり進むしかなかった——それで、丸太乗り競技をやる木こりなみの忙しさになった。地面がでこぼこなので足は滑らなかった——むき出しの岩の上に塵《ちり》や細かな砂がかぶっている——それに五十ポンドの体重は足がかりとして充分だ。しかし、体重が軽くなっているからといって、三百ポンドの質量はほんのすこしも減るわけではない。そのことが、生まれてこのかた身についている反射作用に対して、多くの影響を及ぼす。ちょっと向きを変えるにも、大きく体を傾け、スピードを落とすには反りかえって地面に足をつき立て、スピードを上げるには深く前にかがみこまなければいけない。力のベクトル表現を図に描くことはできるが、それを実行するのは別の問題だ。赤ん坊が歩くことを学ぶには、どれぐらいかかる？　ぼくという月世界での新生児は、自分にできるだけの速さで、半ばやみくもに強行軍をやりながら学び取らなければいけなかったのだ。

だから、ぼくにはいつまでも、いちいち驚いているような暇などなかった。

おちびさんは軽快な足取りになり、そのままペースを上げ続けた。ほとんどいつもロープがぴんと張るので、ぼくはさらにスピードを上げようと苦労しころばないように努めた。

ママさんがぼくの背中でさえずった。

（「大丈夫、キップ？　苦しそうよ」）

「ぼくは……大丈夫！　あなたのほうこそ……どう……ですか？」

（「とても楽よ。疲れないようにね」）

「オーケイ！」

オスカーの調子は良かった。かなりの労働とじかに照りつける太陽のため、ぼくは汗をかき始めたが、血色表示計で空気不足とわかるまでは顎のバルブをたたかなかった。システムの働きは完全で、四ポンドの圧力では関節部分も異常がなかった。牧場で何時間か練習したおかげだ。現在のところ不安のひとつはというと、岩と車が通った跡によく気をつけていることだった。ぼくらは行動開始時刻後約二十分で低い丘に入っていた。これまで以上にでこぼこなところに着くと、おちびさんが初めて急に方向を変えたので、ぼくは不意打ちをくらって驚き、ころびそうになった。

おちびさんはスピードを落とし、深い谷に入りこんでいった。しばらくすると彼女は立ちどまった。ぼくが追いつくと、彼女はヘルメットをぼくのにくっつけてきた。

「調子はどう？」

「大丈夫だ」

「ママさん、聞こえる？」

（「ええ」）

「気分はどう？　ちゃんと息ができて？」

（「ええ、もちろんよ。キップがとてもよくしてくれるわ」）

「よかった。お行儀よくしているのよ、ママさん。聞こえた？」

（「そうしますよ」）

ママさんは、優しそうな笑い声を小鳥の歌の中にこめた。

「呼吸といえば……きみの空気をチェックさせてくれ」

と、ぼくはおちびさんにいって、彼女のヘルメットの中をのぞきこもうとした。

おちびさんは体を引き離し、ついでまたヘルメットをくっつけた。

「あたしは大丈夫だったら！」

「そうきみはいうがね」ぼくは両手で彼女のヘルメットをつかんだが、ダイヤルは見えなかった——まわりの太陽光線のため、中を見るのは壁をとおして見ようとするようなものだった。

「どう出ているんだ……ごまかすなよ」

「しつこいわね！」

ぼくはおちびさんの体をまわし、ボンベの目盛を読んだ。一本はゼロ。もう一本はほぼいっぱいだ。

ぼくはヘルメットをくっつけて、ゆっくりと話しかけた。

「おちびさん……ぼくらは何マイル来たんだい？」

「三マイルぐらい、と思うわ。どうして？」

「それじゃ、まだ三十五マイル以上もあるじゃないか？」

「少なくとも三十五マイルね。キップ、そういらいらしないで。一本が空《から》なのは知っているわ。立ちどまる前に満タンのほうに切り替えたの」

「一本では三十五マイルもたないぞ」

「いいえ、もつわよ……だってもたせなければいけないんだから」

「いいかい、ぼくらは空気をたっぷり持っているんだ。何とかしてそれをきみに補給する方法を考え出してみるよ」

ぼくの心はぐるぐるまわりをしていた。どんな工具がベルトについていたっけ、ほかには何があったのか、と。

「キップ、そちらの予備ボンベがあたしの宇宙服につけられないのは知ってるでしょ……だったら黙ってて!」

(「どうしたっていうの、あなたたち? なぜあなたたちいい争いをしているの?」)

「喧嘩してるんじゃないの、ママさん。キップは心配性なのよ」

(「まあまあ、子供たち……」)

ぼくはいった。

「おちびさん、そりゃあ予備のをきみの服につけられないことは認めるよ……だけど何としても、きみのボンベに詰め替える方法を考え出すよ」

「でも……どうやって、キップ?」

「まかせておいてくれ。ぼくは空のほうにしかさわらない。うまくいかなくたって、いまより悪くなるわけじゃない。うまくいくようなら、やらなくちゃあ」

「それにどれぐらい時間がかかるの?」

「よくて十分。悪くて三十分」

「だめよ」

おちびさんはきっぱりといった。

「おい、ちびすけ、馬鹿なことを……」

「あたし馬鹿なことなんかいってないわ！　あたしたち山の中に入るまでは安全じゃないのよ。そこまでなら行けるわ。そうすれば、もう皿にとまった虫みたいには目立たないから、休めるし、空のボンベにも補給できるわ」

もっともだ。

「わかった」

「あなたもっと速く歩ける？　あいつらがあたしたちのいないのに気づく前に山へ着けば、もう見つかることはないと思うの。もし着けなかったら……」

「もっと速く歩けるさ。この邪魔っけなボンベがなければね」

「まあ」おちびさんはためらう。「あなた、一本捨てたいの？」

「はあ？　とんでもない！　そうじゃなくて、これがあるとバランスを取りにくいんだよ。何度もころびそうになったんだ。おちびさん、こいつがゆれないように、結び直してくれるかい？」

「なんだ、いいわよ」

ぼくはそれらのボンベを首にかけて前にぶら下げていた――いい格好じゃないが、急いでいたからね。おちびさんはしっかりと結わえてくれたが、それでも前には自分のボンベ、背中にはママさんという具合で——おちびさんの目には「一ドル均一特売日」なみの賑《にぎ》わいと映ったにきまっている。おちびさんは物干しのロープをぼくのベルトの下に通し、肩枠にまきつけてくれた。彼女はヘルメットを合わせてきた。

「これでいいと思うわ」

「こま結びにしたかい？」

彼女はヘルメットを離した。だが一分後また合わせてきて、小声で認めた。

「縦結びだったわ……でも、こんどはこま結びよ」

「ありがとう。ひっかかってころばないように、両端をベルトにはさんでくれ。そしたら出発だ。きみは大丈夫かい？」

おちびさんはゆっくりといった。

「ええ……ただ、あのガムを持ってきていたらなって思うわ、ずいぶん古くて、くたびれていたけど。のどがカラカラなの」

「すこし水を飲めよ。飲みすぎないようにね」

「キップ！　それいい冗談じゃないわよ」

ぼくは見つめた。

「おちびさん……きみの服には水がないとでも？」

「なんですって？　馬鹿なこといわないでよ」

あいた口がふさがらない。ぼくは力なくいった。「それにしても……なぜきみは出発前にタンクに水を入れておかなかったんだ？」

「何のこと？　あなたの宇宙服には、飲料水タンクがあるの？」

　とても答えられなかった。おちびさんの宇宙服は観光客用だった——宣伝文句が約束している〝太古のままの月面の比べもののない絶景のまっただ中をゆく遊び歩き用〟のものだった。ガイドつきの散歩であることはもちろんで、一回に三十分以上はかからない——飲料水タンクを中につけようとなどしないだろう。観光客の中には、息をつまらせたり、吸口を嚙みちぎってヘルメットの中で溺《おぼ》れかかったり、そのほかにもおかしなことをしたりする者がいないとも限らない。それに、水タンクなしのほうが安上がりなのだ。

　ぼくは、安物の装備にありそうなほかの欠点を心配し始めた——おちびさんの命は、それにかかっているんだ。

　ぼくはみじめな気持でいった。

「悪かった……そうだな、きみに水をあげる方法が何かないか考え出してみるよ」

「そんなことができるか怪しいものね。あっちに着くまでは、のどの渇きくらいじゃ死んでも死にきれないわ。だから心配しないで。あたしは大丈夫よ。ただ風船ガムを持っていたらなって思っただけなんだから。準備できた？」

「うん……いいよ」

　その丘は、溶岩が流れたときの大きな皺《しわ》ぐらいのものだった。でこぼこの激しい地面を慎重に進まなければいけなかったが、ぼくらはそこをすぐに通り抜けた。その向こうは西カンザスよりも平たく見える地面で、近くの地平線まで広がっており、遠くには太陽の光を受けてギラギラと輝く山々がそびえ立ち、黒い空の中にボール紙の切抜きのようにその輪郭を見せていた。ぼくは地平線までどれぐらいかを考えようとした。月の半径は千マイル、目の高さは六フィート——頭の中ではできなくて、計算尺があったらなと思った。しかしずいぶん近い。一マイルたらずだ。

おちびさんはぼくが追いつくまで待ち、ヘルメットを合わせた。

「オーケイ、キップ？　大丈夫、ママさん？」

「もちろん」

(「いいわよ」)

「キップ、あいつらにここへ連れてこられたとき、峠から見たコースは東八度北だったわ。あいつらがいい争っているのが聞こえたので地図を盗み見したの。だからあたしたち、西八度南へもどることね……この丘への方向転換は計算に入れてないけど、だいぶ近いから峠は見つかるわ。いいかしら？」

ぼくは感心した。

「すばらしいね……おちびさん、きみはもと、インディアンの偵察兵でもやってたのかい？それともデヴィ・クロケットか？」

「ふーんだ！　地図なんかだれにだって読めますよ」おちびさんは嬉しそうだった。「コンパスを調べたいんだけど。あなたのでは、地球はどの方向になってる？」

ぼくは声をたてずに話しかけた。オスカー、がっかりだよ。おちびさんの宇宙服に水がないことで腹を立てていたんだけどな——こんどはおまえがコンパスを持っていないとはね。

（オスカーは抗議してきた。「おい相棒、そりゃないよ！　第二宇宙ステーションでどうしてコンパスが必要だったんだ？　おれが月へくることになるなんて、だれ一人いってくれなかったぞ」）

ぼくはいった。

「おちびさん、この宇宙服は宇宙ステーションの作業用なんだ。宇宙じゃ、コンパスなんか何の役にも立たないからな。ぼくが月へくることになるなんて、だれ一人いってくれなかったんでね」

「でも……ねえ、そんなことで時間をむだにしてわめき立てないことね。あなたは地球を見て方角がわかるんだから」

「ぼくがきみのコンパスを使えばいいじゃないか」

「冗談じゃないわよ。それ、あたしのヘルメットに埋めこまれているんだから。ちょっと待って……」

おちびさんは地球のほうにむき直り、ヘルメットを前後に動かした。それからまたヘルメットにふれた。

「地球はどんぴしゃり北西ね……ということは、その左五十三度がコースってことになるわ。それを見分けてみて。地球の視直径は二度、知ってるわね」

「そんなのは、きみが生まれる前から知ってたよ」

「そうでしょうよ。負けず嫌いな人っているものよね」

「へらず口が！」

「そっちが先にけしかけたんでしょ！」

「だがねえ……いや、悪かった、おちびさん。喧嘩はあとのお楽しみに取っておこう。先に二回分、きみにハンディをあげるよ」

「そんなの要らないわよ！　あなたになんかわからないんだから、あたしがどんなに嫌味になれるか……」

「すこしは、わかっているよ」

「ごめんよ、おちびさん」

（「子供たちったら、ピリピリしてるのよ。あそこに行けるかしらって」

「あたしもね。おやめなさい！」）

「ぼくもさ。進路を計算させてくれ」

ぼくは地球を物差しにして角度を測った。目分量で区切っておき、次に、九十度に対する割合で五十三度を判断しようとした。結果が一致しなかったので、いくつかの星を選んでその助けにしてみた。月からは、太陽が空に出ているときも星が見えるといわれている。なるほど見えるには見える——だが、たやすくはない。太陽は背にあったものの、正面には地球があった。ほとんど四分の三まで満ち、そのうえ月面は目がくらむほどに輝いていた。偏光プリズムがまぶしさをカットする――と、星まで暗くされてしまうのだ。

そこで、いくつかの推理を整理し、ここという点を決めた。

「おちびさん、あの鋭い頂き、左側に顎《あご》のようなものがあるやつが見えるかい？　あれがコースのはずだ、だいぶ近いよ」

「チェックしてみるわ」彼女はコンパスで調べ、ヘルメットをくっつけた。「うまいわね、キップ。右へ三度でどんぴしゃりだわ」

ぼくは、もったいをつけてみたくなった。

「出発といたしますか？」

「ええ。あの峠を通っていけば、トンボー・ステーションは真西よ」

山までは十マイルばかりだったが、急いで歩ききった。月では急ぐことはできる――もし地面が平坦で、もしバランスが保てるなら、だ。おちびさんはペースを上げ続け、ついには二人とも飛んでいるといってもいいほどになり、大股に低く地面をまたいでいくのはダチョウそっくりだ――それに、わかるかな、ゆっくりよりは速いほうが楽なんだ。コツをのみこんでからのたったひとつの危険は、岩とか穴とか何かの上に着地してつまずくことだ。それでもあのスピードでは足元にいちいち注意していられない以上、だいぶ危険なものだった。倒れるのはこわくなかった。オスカーならその衝撃に耐えられるのは確実だからね。それよりも、背中から着地したとしたら？　恐らくママさんをつぶしてしまうことだろう。

おちびさんのことも気がかりだった。あの安物の観光客用宇宙服は、オスカーほど頑丈でない。爆発性減圧については本を読んで知っていた——そんなものは絶対に見たくない。特に小さな女の子のは。しかし、たぶん虫けら面からは遮蔽《しゃへい》されていることだろうが、あえて無線を使ってまでおちびさんに警告する気にはなれなかった——それに、もし紐をぐいと引くとおちびさんをころばしかねない。

　平地が上りになってきたため、おちびさんのスピードは落ちてきた。やがて歩くようになり、ぼくらは石ころだらけの坂を登っていった。ぼくはつまずいたが両手をついて着地し、おきあがった——六分の一の重力は、危険ばかりではなく都合のいいこともあるのだ。頂上に着くと、おちびさんはぼくらを岩のくぼみに入れた。そこでおちびさんは立ちどまってヘルメットをくっつけた。

「中にいる？　二人とも大丈夫？」

（「大丈夫よ」）

　ぼくはうなずいた。

「もちろんだ……ちょっと息切れがするくらいかな」それは控えめな表現にすぎたが、おちびさんに耐えられるなら、ぼくだって耐えられるのだ。

「休んでいいわよ……ここからはのんびり行きましょう。できるだけ早く、開けたところから抜け出したかったの。ここならもう見つからないわ」

　彼女のいうとおりだろう。上空を飛ぶ虫けら面の船が、上も下も見られるとしたら——たぶん操縦装置にふれるかどうかだけの問題だが——ぼくらを見つけるだろう。だがここまでくれば、ぼくらの可能性は高くなっていた。

「きみの空《から》のボンベにつめなおすべきときだ」

「オーケイ」

早すぎるどころではない——満タン同様だったボンベが三分の一ほど落ち、むしろ半分に近くなっている。これではとてもトンボー・ステーションまでたどりつけない——簡単な算術だ。ぼくは、中指と人さし指を重ねるおまじないをして、仕事にかかった。

「相棒、このあやとりをほぐしてくれるかい？」

おちびさんが結び目をいじくっているあいだに、ぼくは水を飲もうとした——そしてやめた。自分が恥ずかしかった。おちびさんは、きっといまごろ舌をしぼるようにして唾液を出そうとしていることだろう——そしてぼくは、彼女に水をやる方法を何ひとつ考え出せずにいるのだ。飲料水タンクはぼくのヘルメットの中だから、これに手をのばすには途中でぼくを——そしてママさんを——殺してしまうほかないのだ。

もし生きていつかエンジニアになれたら、ぼくがこれを改良してやる！

ぼくは心を決めた。彼女が水を飲めないからといって、自分も飲まないでいるなど馬鹿な話だ。みんなの命は、ぼくができる限りの良い健康状態でいることにかかっているかもしれない。それでぼくは水を飲み、麦芽乳剤三錠と塩剤一錠を食べ、さらに水をもう一口飲んだ。それでずいぶん助かったが、おちびさんに気づかれないようにと願った。おちびさんはせっせと物干し綱をほどいていた——とにかくヘルメットの中をのぞきこむのは難しかった。

ぼくはおちびさんの空のボンベを背中からはずした。外側の止め弁がとめてあるのを十二分に確認したうえでのことだ――空気ホースがヘルメットに入っている部分には一方通行の弁がついているはずだが、ぼくはもう彼女の宇宙服を信用していなかった。まだまだ費用を節約することでの欠点があるかもしれない。空のボンベを満タンのボンベのそばにおき、よく眺め、背をのばし、そしてヘルメットをくっつけた。

「おちびさん、ぼくの背中の左側のボンベをはずしてくれ」

「どうして、キップ？」

「だれがこの仕事をやっているんだい？」

こちらに理屈があるとはいえ、おちびさんがつっかかってきやしないかと思った。左側のボンベは純粋酸素入り、もう一方は酸素・ヘリウムだった。前の晩、センターヴィルで数分間むだ使いしただけで、いっぱいにつまっている。おちびさんのボンベをいっぱいにしてやることはとてもできないから、次善の策は純粋酸素を半分充塡《じゅうてん》してやることだ。

おちびさんは黙ってボンベをはずした。

ぼくは、接合部が合わないボンベ二つのあいだで圧力を移すことにした。それを正しくおこなう方法はなく、工具類も二十五万マイル彼方にあって手元にはない――トンボー・ステーションにあるにしても、役に立たないことに変わりはない。それでも粘着テープがあった。

オスカーの説明書には、救急用品二組を備えるようにと指示されていた。何を入れることになっているのか、ぼくは知らなかった。説明書には合衆国空軍の物品整理番号しか記されていなかったのだ。外側につけるキットに何を入れておくと役に立つのか考えつけなかった――皮下注射針あたりだろうか。刺しとおせるほど鋭くて、モルヒネがひどく必要になったときに注射するための。それにしてもわからなかったので、ぼくは内側にも外側にも包帯、外傷用医薬類、そして外科用テープ一巻きを入れておいた。

ぼくはそのテープに賭けようとしていたのだ。

合わないホースの結合部どうしをつき合わせ、包帯をちぎってその継ぎ目にぐるぐると巻きつけた――結合部分にねばねばする材料をつけたくなかった。そのために宇宙服の動きが変になるかもしれないからだ。次に、継ぎ目にテープをしっかりと包むように巻きつけ、丹念に作業を進めてゆき、結合部分ばかりでなく両側三インチまでテープを巻いた――テープが圧力に僅かの時間耐えられるとしても、なお継ぎ目を引きちぎろうとする猛烈な力がかかるだろう。最初のショックだけではずれてほしくはなかったのだ。ぼくはテープ一巻きをまるまる使った。

ぼくはおちびさんに、ヘルメットをくっつけるよう合図した。

「これから満タンのボンベをあける。空《から》のボンベのバルブはもう開いてある。ぼくが満タンのほうのバルブをしめ始めたら、空のほうをしめるんだ……急いでだぞ！　わかったな？」

「あなたがしめ始めたらバルブをしめる、急いでね。了解」

「用意。バルブに手をおいて」

ぼくは包帯でふくれた継ぎ目を片手でつかみ、力いっぱい握りしめ、もう一方の手をバルブにかけた。もしその継ぎ目がはずれたら、ぼくの手までいっしょに吹き飛んでしまうかもしれない——だがこの離れ技に失敗すると、かわいいおちびさんはそう長くは生きていられないのだ。だから本気で握った。

両方の計器を見ながら、コトリとも音がしないほど慎重にバルブを動かした。ホースが震えた。〈空《から》〉を示していた針がピクピクとふれる。ぼくはバルブを大きくあけた。

一方の針が左にふれ、もう一方が右にふれる。すぐ半充塡に近づいた。「いまだ！」とぼくは必要もないのに叫び、バルブをしめ始めた。

そして、つぎはぎの継ぎ目がはずれかかるのを感じた。

ホースがぼくの拳から抜け出たが、ぼくらのなくした空気はほんの僅かだった。気がつくと、きっちりとしまったバルブをまだしめようとしていた。おちびさんは彼女のボンベをしめ終わっていた。計器はどちらも半分の僅かに下をさしている——これでおちびさんの空気ができた。

ぼくは溜息をつき、それまで息をつめていたことに気づいた。

おちびさんはヘルメットをぼくのにくっつけると、ひどく真面目にいった。

「ありがとう、キップ」

「チャートン薬局のサービスです、お嬢さん……チップは要りません。後片づけをしたら、きみに縛りつけてもらい、出発するとしよう」

「これで余分のボンベは、一本しか運ばずにすむわね」

「違うね、おちびさん。この曲芸は五、六回やるかもしれない、残りがほんのささやくほどしかなくなるまでね」——あるいはテープが馬鹿になるまでだ、と心の中でぼくはいいそえた。

ぼくがまずやったのはテープをそのスプールに巻き直すことだった——これが簡単だと思うなら、手袋をはめ、巻き取るそばから粘着剤が乾いてしまうテープを使って試してみるといい。包帯を巻いたにもかかわらず、ホースがはずれたとき、粘着剤が結合部についてしまった。だがそれはひどく固く乾いたので、ハメこみ式の継ぎ目からあっさりと削り取れた。ネジこみ式の継ぎ目のほうは気にしなかった。それを宇宙服に使うつもりはなかったからだ。おちびさんの再充塡したボンベを取りつけて、彼女にそれが純粋酸素であることを注意した。

「圧力を下げて両方のボンベから送るんだ。血色の表示はどう出ている？」

「あたし、それをわざと下げておいたわ」

「馬鹿！　ぶっ倒れたいのか？　顎のバルブをおすんだ！　正常な範囲にもどすんだ！」

ぼくは盗んできたボンベの一本を背中に取りつけ、もう一本と酸素入りボンベは前につけて、進み始めた。

地球の山は見当がつくものだが、月の山となるとそうはいかない。水の浸蝕を受けたことが、まったくないからだ。ぼくらは穴に出くわした。ロープを使わなければ下りられない急な角度だ。その向こうにある絶壁となると、ぼくらに登れたものかどうかわからない。ピトンとスナップ・リングがあり、宇宙服がなければ、ロッキー山脈でもそう登りにくくはないだろう——しかしぼくらの状態ではだめだ。おちびさんはしぶしぶ引き返した。石ころだらけの斜面は下りるとなると、もっと大変だった——ぼくは両手両足をつき、後ろむきになって下りていった。

上にいるおちびさんに、ロープで引っぱってもらいながらだ。ぼくとしては、英雄を気取っておちびさんを引っぱっていたいところだ——そのためちょっといい争った。

「なによ、偉そうなこといったり、男になりたがったり、カラ威張りしたりしないで、キップ！　大きなボンベを四本も持ったうえにママさんもいるんじゃない。あなた重心がうえすぎるし、あたしなら山羊《やぎ》のように身軽なんだから」

　ぼくは黙った。

　下に着くと彼女はヘルメットを合わせ、困りはてたようにいった。

「キップ……どうしたらいいのかわからないわ」

「どうかしたのかい？」

「いままであたし、月面車が通ってきたところのすこし南を歩いてきたわ。月面車が横切ったところをそのまま通るのは避けたかったのよ。でもそれ以外には道がないんじゃないかという気がしてきたの」

「もっと早くいってくれたらよかったのに」

「だってあたし、あいつらに見つかりたくなかったんだもん！　月面車が来た道はあいつらが最初に探すところよ」

「うーん……そうだな」

　ぼくは立ちはだかっている山脈を見上げた。写真で見ても、月の山々は高くけわしく、ぎざぎざだ。宇宙服のフェイス・プレートに区切り取られてみると、それはもう想像を絶するほどだ。

ぼくはまたヘルメットをくっつけた。

「別の道が見つかるかもしれない……時間と空気と本格的な探険の装備があるならだけどね。月面車の通ったルートを行くしかないな。どちらだい？」

「すこし北のほう……だと思うわ」

丘陵地帯にそって北へ進んではみたが、時間もかかり、歩きづらかった。やっとのことでぼくらは平原の端までもどった。びくびくすることになったが、一か八かやるしかない。ぼくらは足早に、しかし駆け足にならないように歩いた。月面車の通った跡を見落とす危険をおかしたくなかったからだ。ぼくは歩数をかぞえ、千になったところでロープを引いた。おちびさんは立ちどまり、ぼくらはヘルメットを合わせた。

「半マイル来たよ。あとどれぐらいだと思う？　もしかしたら通りすぎているんじゃないのか？」

おちびさんは山々を見上げた。

「わからないわ……何もかも違っているみたい」

「道に迷ったのか？」

「うーん……どこか先のほうにあるはずなんだけど。でもだいぶ遠くまで来たわね。あなた、引き返したい？」

「おちびさん、ぼくには郵便局へ行く道だってわからないぞ」

「だったら、どうすればいいの？」

「峠の道が前方にはないときみがはっきり確信するまでは、進み続けるべきだと思うな。きみは峠に気をつける、ぼくは月面車の跡に気をつける。それで、ぼくらが来すぎていたと確信したら引き返そう。うろちょろと探しまわっているわけにはいかないんだ。犬が兎の匂いのあとをかぎつけようとするのとは違うからな」

「わかったわ」

さらに二千歩、つまりもう一マイルをかぞえたとき、おちびさんが立ちどまった。

「キップ？　この先にはないわ。山が前よりも高く、けわしくなっているもの」

「確かか？　よく考えるんだ。ろくに進みもせずにとまるよりは、あと五マイル進んだほうがいいぞ」

おちびさんはためらった。ヘルメットを合わせているあいだ、彼女は顔をフェイス・プレートにおしあて見上げていたので、眉をよせるのが見えた。ようやくおちびさんはいった。

「先にはないわ、キップ」

「それで決まった。まわれ右、進め！　『さあ来い、マクダフ、先に〝待て、参った〟とぬかしたほうが地獄行きだぞ』」

「リア王ね」

「マクベスさ。賭けるかい？」

車のわだちは、ほんの半マイル後ろにあった――ぼくが見落としていたのだ。それは、ごく僅か塵をかぶっている裸岩についていた。初めにそこを通ったときは太陽が背中から照りつけていたので、キャタピラのつけた跡がほとんど見えなかった――もどるときも危うく見逃すところだった。

それらは平原を離れ、山の奥へまっすぐにのびていた。

月面車の跡をたどらなければ、とうてい山越えはできなかったろう。おちびさんは子供らしくのん気にかまえていたのだ。それは道などではなく、キャタピラのついた月面車でなければとても進めないものだった。ぼくらは月面車さえ走れなかったところをいくつも見た。そこに道をひらこうとした者が馬鹿でかい発破をしかけ、邪魔になる山のひとかたまりがなくなるのを後ろに下がって待った場所だ。痩せっぽちと太っちょがこの山羊の道を切りひらいたとは思えない。あいつらは骨の折れる仕事など好きではなさそうだ。たぶん、探険隊のひとつだろう。もしおちびさんとぼくとで新しい道を切りひらこうとなどしていたら、ぼくらはいまでもあそこにいて、後世の観光客のための遺跡となっていたことだろう。

しかしキャタピラ付きの車が進めるところなら人間にも登れる。ピクニックとはいかない。てくてく、てくてく歩き、上へ、上へと登る――ぐらつく岩に気をつけ、足を進める場所に用心しながらだ。ときにはロープでつなぎあった。それでも、そのほとんどがまったくあきあきするものだった。

おちびさんが半分まで充塡した酸素を使いきると、ぼくらは立ちどまり、もう一度圧力を等しくしたが、こんどは僅か四分の一にしかしてやれなかった——アキレスと亀の競走のようなもので、残っている量の半分は、いつまでも移し続けられる——ただし、テープがそこまでもてばだ。粘着力はかなり落ちていたが、圧力は満タンの半分しかなかったので、バルブをしめるまで何とかホースをつなぎとめておけた。

ぼく自身は、結構不自由なくやっていたといっていい。水も食料も錠剤もデキセドリンもあった。最後のは特に助けとなり、疲れたと思ったときはいつも、興奮剤の力を借りて元気をつけた。かわいそうに、おちびさんには空気と勇気のほか何もなかったのだ。

おちびさんには、ぼくにある冷却用空気さえなかった。おちびさんはボンベの一本が純粋酸素という濃い代物を使っていたので、血色表示の読みを落とさないようにするにも、ぼくほどの量を吸いこまずにすんだ——それでも、必要以上にはほんのすこしも使わないようにとぼくは彼女に警告した。空気を冷却用にまわす余裕はない。それを呼吸するほうにまわさなければいけないのだ。

彼女はぷりぷりと答えた。

「わかってるわよ、キップ……いまは針が危険信号のところをさして振れているわ。あたしを馬鹿だと思うの?」

「ぼくはきみを生かしておきたいだけのことさ」

「わかってるわよ、でもあたしを子供あつかいするのはよしてちょうだい。あなたは片足をもう片足の前に出してりゃいいの。あたしはやるわよ」

「そのとおりきみはやるさ!」

ママさんもどきはというと、いつも大丈夫というばかりで、ぼくが(すこし使った)空気で息をしていた。だがママさんにとって何が困難なことなのか、ぼくにはわからなかった。一日じゅう逆さにぶら下がっていたら、人間は死んでしまう。コウモリにとっては結構なお休みだ——それでもコウモリはぼくらの従弟みたいなものだが。

ぼくは登ってゆきながらママさんと話をした。何でも構わなかった。彼女の歌には、味方のチア・ガールの応援を聞くのと同じ効果があったのだ。おちびさんはかわいそうなことに、立ちどまってヘルメットをくっつけるとき以外、その慰めすらなかった——ぼくらはまだ無線を使わずにいた。山に入ったとはいえ、ぼくらは注意を引きつけることが恐ろしかったからだ。

ぼくらはまた立ちどまり、おちびさんに八分の一の充塡をした。それがすむと、テープはほとんど使い物にならない状態になっていた。もう一度役に立つかどうかは怪しいものだった。

「おちびさん、酸素・ヘリウムのボンベを使っちまえよ、そのあいだこの一本をぼくが持っててやるから。そうすれば体力を消耗せずにすむよ」

「あたしは大丈夫」

「な、もっと軽くなると、それほど早く空気を使わずにすむんだぞ」

「あなたは両手を使えるようにしておかなくちゃ。滑ったらどうするの?」

「おちびさん、ぼくはそれを両手で抱いていくわけじゃないよ。バックパックにつけてる右側のボンベは空《から》だから捨てる。ぼくが交換するのを手伝ってもらえると、持つのは四本ですむことになるわけだ……ちょうどうまくバランスがとれる」

「いいわ、手伝ってあげる。でもあたしが二本持つわ。嘘はつかないわ、キップ、重さはどうってことないの。そんなことより、酸素・ヘリウムのボンベを使い切ったら、次の補給をしてもらうあいだ、あたし何を呼吸すればいいの?」

ぼくはいいたくなかった。前より少ない量でさえ、もう一度補給できるかどうかはわからない、などとは。

「わかったよ、おちびさん」

彼女はボンベを交換してくれた。使い切ったボンベは黒い穴に放りこみ、歩き続けた。どれぐらい登ったのか、どれぐらい時間がたったのかもわからない。何日ものように思われた——あれだけの量の空気で、そんなことはあり得ないがだ。一マイルまた一マイルと道をたどりながら、ぼくらは少なくとも八千フィートを登った。高度というのは推測しにくいものだ——それでもぼくは高度のわかっている山々を見てきている。自分で調べてみるといい——トンボー・ステーションのすぐ東の山脈だ。

六分の一Gとはいえ、大変な山登りだった。

それは果てしない道のりのように思えた。あとどれだけあるのかも、これまでどれだけ歩いてきたのかもわからないからだ。二人とも時計を持っているには持っていた——宇宙服の中にだ。ヘルメットには作りつけの時計があったほうがいい。地球の表面からグリニッジ標準時を読み取るべきだったが、ぼくには経験がなかったし、山の奥深く入っていたので、ほとんどの場合地球は見えなかった——どのみちぼくらが船を離れたのがいつなのかがわからなかったのだ。

もうひとつ、宇宙服にあったほうがいいのは、バックミラーだ。これをつけると同時に、顎の部分にも窓をつけ加え、足元が見えるようにすることだ。その二つのどちらかといえば、ぼくはバックミラーをとる。自分の後方はちらりとも見えない、体全体をまわすほかない。ぼくは、数秒おきにでもあいつらが追ってきていないかどうか見てみたかった——そして、厄介だからといってそれを省くことはできなかった。あの悪夢の旅のあいだじゅう、あいつらがすぐ後ろにいるんじゃないか、いまにもあののたうつ手が肩におかれるんじゃないかと思いどおしだった。真空の中では聞こえるはずもないのに、足音に耳を澄ましもした。

きみが宇宙服を買うときは、バックミラーを装備させることだ。虫けら面に跡をつけられることはないだろうが、親友にだって後ろから忍びよられたらぎょっとするものだ。そう、それにもし月へ行くつもりなら、日よけも持ってゆくことだ。オスカーは精一杯がんばっていたし、ヨーク社も空調装置ではいい仕事をやってくれた——だが、直射日光は信じられないほどに暑い。それでもぼくは冷却用のためだけに空気を使うことはしなかった。おちびさんにできないことはしないのだ。

そのため暑さは増し、暑いままとなり、汗が流れ落ちて、全身がむずがゆくなってもかくことができず、汗が目に入ってひりひりした。おちびさんは蒸し焼き同然になっていたに違いない。深い峡谷をぬって曲がりくねる月面車の跡が反対側の岩壁からの反射光だけで照らされ、あまりの暗さにヘッドランプをつけたときでさえも、まだ暑かった——そしてふたたび直射日光の下にカーブしてもどったときには、ほとんど耐えられなくなった。顎のバルブをおして空気を流しこみ、体を冷やそうという誘惑はもうおさえられそうもないほどだった。涼しくなりたい欲求のほうが、これから一時間の呼吸の必要性よりも重大に思えた。

もしぼく一人だったら、それを実行して死んでいたかもしれない。だがおちびさんは、ぼくよりもさらにひどかった。おちびさんが耐えられるのなら、ぼくは耐えなければいけなかった。

人間が住んでいるところのすぐ近くなのにどうすればこれほど迷えるものかと、ぼくはいぶかしく思った——また、あの怪物どもが、トンボー・ステーションからたった四十マイルしか離れていない基地をどうやって隠せたのかもだ。まあ、考える時間はあるし、まわりの景色は見えるから、その見当をつけることはできた。

月に比べると、北極など人でごったがえしている。月の表面積はだいたいアジア州に等しい——そこにセンターヴィルより少ない人口だ。虫けら面が基地をおいた平原をだれかが調査するまでに一世紀が過ぎてしまうかもしれない。たとえカムフラージュされていなくとも、上空を通過するロケット船は何も気づかないだろう。人間も宇宙服着ただけではそこまで決して行くまい。月面車で行くにしても、ぼくらが来た道を通り、その平原を探りまわったところで、彼らの基地を見つけるのは偶然によるだけだろう。月面地図作成用の人工衛星ならそれを写真に撮れるから、もう一度撮りなおしたときに、ロンドンの技術者が二枚のフィルムの僅かな違いに注目するかもしれない。ひょっとするとだが。何年もたってから、だれかが調べるかもしれない――もし開拓者の前線基地《パイオニア・アウトポスト》でそうする以上に急を要することが何もないのならだが、そこではすべてがいますぐ緊急を要するときているのだ。

レーダー映像はというと――ぼくが生まれる前にだって、説明のつかないレーダー映像はあった。

だから虫けら面はトンボー・ステーションに近いそこ、ダラスからフォートワースほども近いところに座りこみ、あせりもせず、家の床下にいる蛇のように居心地よくぬくぬくとしていられたのだ。あまりにも多くの平方マイル、そして少なすぎる人間。

信じられないほど多くの平方マイル……荒々しく輝く絶壁と暗い影と黒い空、そして果てしなく一歩また一歩と足を運ぶこと、それだけがぼくらのいる世界だった。

それでもついに上りより下りが多くなり、我慢もこれまでというところで状況は一変し、暑く輝く平原を見晴らせるようになった。恐ろしく遠いところに山脈がある。ぼくらのいるところ、千フィートかそこらの高さだったろうか、そこからでさえ地平線の向こうにあるのだ。ぼくはその平原を見渡したが、疲労困憊《こんぱい》していてとても勝ち誇った気分にはなれないまま、地球に目をむけて真西をわり出そうとした。

おちびさんがヘルメットを合わせてきた。

「あそこよ、キップ」

「どこだ?」

おちびさんは指さし、ぼくは銀色のドームのきらめきを目にした。

ママさんもどきが、ぼくの背中でさえずった。

（「何なの、子供たち？」）

「トンボー・ステーションよ、ママさん」

ママさんの返事は、言葉にこそなっていなかったが、あなたたちはりっぱな子供だからやりとげられるのはわかっていた、という確信がこもっていた。

トンボー・ステーションまでは十マイルもあったろうか。奇妙な地平線やら、比べるものが何ひとつないやらで、距離が判断しづらかった――ドームの大きさがどれぐらいかも知らなかったのだ。

「おちびさん、思い切って無線を使ってみようか？」

おちびさんはふりむいて、後ろを見た。ぼくも見た。ほかには人っ子ひとりいない。

「やってみましょう」

「周波数は？」

「前と同じよ。宇宙通信用。でいいと思うわ」

そのとおりに試してみた。

「トンボー・ステーション。応答せよ。トンボー・ステーション。聞こえますか？」

次におちびさんがやった。ぼくは取りつけてある周波数帯域の端から端まで耳を澄ました。

うまくいかなかった。

ホーン・アンテナに切り替え、きらきらと輝く光に狙いをつけた。返事はない。

「時間のむだだ、おちびさん。歩こう」

おちびさんは向きを変え、ゆっくりと歩いていった。がっかりするのはよくわかった――ぼくだって期待に身をふるわせていたのだ。ぼくはおちびさんに追いつき、ヘルメットを合わせた。

「がっかりするなよ、おちびさん。ぼくらが呼ぶのを、向こうは一日じゅう聞いていられるわけじゃないんだ。基地は見えている、さあ歩いて行こう」

「わかってるわ」

おちびさんは、けだるそうにいった。

下り始めると、トンボー・ステーションは見えなくなった。道が曲がりくねっていたためばかりでなく、地平線の向こうに落ちたからでもある。すこしでも望みがありそうな限り呼び続けてから、ぼくは呼吸とバッテリーの節約のため無線を切った。

外側の斜面を半分ほど下ると、おちびさんは遅くなり、立ちどまった――と、地面にへなへなと座りこんでしまった。

ぼくは彼女のところに急いだ。

「おちびさん！」

彼女は弱々しくいった。

「キップ……あなた、だれか連れてきてくれない？　お願い。もう道はわかるでしょ。あたし、ここで待ってるわ。ね、キップ？」

ぼくは鋭くいった。

「おちびさん！　立つんだ！　歩かなきゃだめだ」

おちびさんは泣き出した。

「あ、あ、歩けないんだもん！……のどがあまりカラカラで……足も……」

彼女は気を失ってしまった。

ぼくは肩をゆさぶった。

「おちびさん！　ここであきらめちゃだめだ！　ママさん！　彼女にいってやって！」


おちびさんの瞼《まぶた》がぴくぴく動いた。

「彼女にそのまま話し続けて、ママさん！」

ぼくはおちびさんをあおむけにして、作業にかかった。酸素欠乏にやられるのは速い。顎に一発くらうのと変わらないほどだ。彼女の血色表示を見て〈危険〉と出ているのを知る必要もなかった。ボンベの計器でわかったのだ。酸素ボンベは空《から》で、酸素・ヘリウム・タンクのほうもほとんど空だった。ぼくは排気バルブを閉じ、外部バルブを顎のバルブにつなぎ、酸素・ヘリウム・ボンベに残っている分を宇宙服に流しこんだ。宇宙服がふくらみだすと流す量を絞り、ほんのすこし排気バルブをあけた。ここまでしておいて、ストップ・バルブを閉じ、空のボンベを外した。

ぼくは、とんでもないものに邪魔されていることを知った。

おちびさんはあまりにうまく結びすぎていたのだ。結び目に手がとどかない！　場所は左手でわかるのだが、右手がまわせない。前にぶら下げてあるボンベが邪魔になる——片手では結び目をゆるめられない。

あせるまいと自分にいいきかせた。ナイフは——そうか、ナイフだ！　ベルトにつるす輪がついているボーイスカウト用の古いナイフだ。それがあるのだが、それをつけるオスカーのベルトの地図用フックが大きかったので、ぼくは力まかせにつけなければいけなかった。ぼくはナイフをねじり曲げて輪をちぎった。

こんどは小さい刃を出せなかった。宇宙服の手袋には、親指の爪がないのだ。

ぼくは自分にいいきかせた。キップ、堂々めぐりをするのはやめろ。簡単なことじゃないか。ナイフの刃を出しさえすればいいんだ——何としてもやらなければ……おちびさんが窒息しかかっているからだ。細長い石はないだろうか。親指の代わりになる物なら何でもいい。ついでぼくはベルトを調べた。

採鉱ハンマーが役に立つ。ノミ状の端が鋭くて、刃を出すには充分だ。ぼくは物干し用のロープを切った。

まだ障害はあった。背中のボンベに何としてでも手をとどかせたかった。あの空《から》ボンベを捨て最後の手つかずのボンベを背中につけたときから、ぼくはそれから供給し始めていて、もう一本はほぼ半分のまま残しておいた。まさかのときのためにそれをおいておき、それをおちびさんと分け合うつもりだったのだ。いまこそ、そのときだ――おちびさんは空気を使い切っている。ぼくも一本では事実上そうだが、片方にはまだ半分ある――そのうえ、八分の一そこの純粋酸素ボンベもある（圧力を平均させるにはこれがいちばんいいのだが）。四分の一入っている酸素・ヘリウムでおちびさんを驚かすつもりでいた。これなら長保ちするし、もっと冷やしてもくれる。

正に騎士道的な方法だと思っていた。だが、その考えを捨て去るのに、二秒とかからなかった。

肝心のボンベを自分の背中からはずせないのだ！

規格外ボンベ用にバックパックを改造していなければ、はずせたのかもしれない。説明書にはこう書いてあった。〝肩の上に反対側の手をのばし、ボンベとヘルメットのストップ・バルブを閉じ、留め金をはずす――〟ぼくのバックパックには留め金がなかったので、ストラップで代用していた。

しかし、いまでも、圧力のかかった宇宙服を着こんだ人間が、肩の上に手をのばし、満足なことができるとは思えない。あんなものは机上の空論だろう。書いたやつは、都合のいい条件でやるのを見ていたのかもしれない。自分でやってみたのだとすると、そいつは両肩をはずせる変わり種だったのだろう。満タンの酸素ボンベ一本を賭けてもいいが、第二宇宙ステーションにいた技術者たちは、おちびさんとぼくのようにおたがいにやっていたか、宇宙ステーションの中に入ってから空気を抜いていたのだ。

機会さえあれば、ぼくがそれを変えてやる。宇宙服を着たままでしなければいけないものは、何だろうと前面に配置すべきだ――バルブ類も、留め金も、何もかも。たとえ後ろにある何かに影響があろうともだ。ぼくらは虫けら面とは違う。前にも後ろにも目があり、何か所も曲がる腕を持っているやつとは違うのだ。ぼくらの体は、前で用をたすようにできている――宇宙服を着たときは、それが三倍にも役立つのだ。

自分のしていることを見られる顎の窓も必要だ！　物事は紙の上ではよく見えても、実際の場面になると、ばらばらに崩れてしまうものだ。

だが、ぼやいて時間をむだにすることはない。八分の一入っている酸素ボンベは手の届くところにある。ぼくはそれをつかんだ。

粘着力の衰えた使いすぎの粘着テープはみじめな姿だった。包帯にかかずらってはいなかった。まがりなりにもくっつくテープがあればぼくは幸せだ。ぼくはそれを金箔のように注意深く扱いしっかりと巻きつけ、その半分ほどでやめ、おちびさんの排気バルブを完全にしめた。彼女の宇宙服がしぼみかけているように見えたからだ。ぼくはふるえる指で作業を終えた。

おちびさんにバルブをしめてはもらえない。ぼくは片手で間に合わせの継ぎ目を握りしめ、おちびさんの空《から》ボンベをもう片方の手であけ、急いでその手を移して酸素ボンベを大きくあけた――すかさず手を引き、おちびさんのボンベのバルブをつかんで計器を見つめた。

二本の針が近づき合う。それが遅くなってくると、彼女のボンベを閉じ始めた——そこでテープを巻いた継ぎ目が吹っ飛んだ。

ぼくは急いでバルブを閉じた。おちびさんのボンベからはそれほど多くのガスを失わなかったが、補給側に残っていた分は漏れてしまった。手をとめてくよくよしたりはしなかった。粘着テープの切れ端をむしり取り、ハメこみ式の結合部分がきれいなのを確かめ、ほんのすこし補給したボンベをおちびさんの宇宙服につけなおしてストップ・バルブをあけた。

彼女の宇宙服がふくらみ始めた。排気バルブのひとつを僅かにあけ、ヘルメットを合わせた。

「おちびさん！　おちびさん！　聞こえるか？　目をさませ！　ママさん！　彼女をおこしてくれ！」

「おちびさん！」

「なに、キップ？」

「おきるんだ！　立ち上がれ、チャンピオン！　立て！　かわい子ちゃん、頼むから立ってくれ」

「なによ？　ヘルメットを取ってくれない……息ができないの」

「いいや、できるよ。顎のバルブをおして……わかるだろ、うまい味だろ。きれいな空気だよ！」

彼女は弱々しく、そうしようとした。ぼくは彼女の顎のバルブのある部分を、外側から急いで強くなぐりつけた。

「ああ！」

「わかったかい？　空気がきたろう？　たっぷりあるぞ。さあ、立ってごらん」

「ねえ、お願い、ここに寝かせておいて」

「だめだ、だめだ！　この汚らしい、根性曲がりの、わがまま娘め……立たなかったら、もうだれもきみを愛さなくなるぞ。ママさんもきみを愛さなくなるぞ。ママさん！　彼女にそういってくれ！」

(「お立ちなさい、娘や！」)

おちびさんは立とうとした。そうしようとするとすぐ、ぼくは手を貸した。彼女はふるえながら抱きつき、ぼくは彼女が倒れないように支えてやった。

おちびさんは弱々しくいった。

「ママさん？　やったわよ。まだ……あたしを愛してる？」

(「もちろんよ、ダーリン！」)

「くらくらして……歩けそうも……ないわ」

「もういいんだよ、かわいい子ちゃん。もう歩かなくてもいいんだ」

と、ぼくは優しくいって、おちびさんを抱き上げた。
おちびさんはぜんぜん重くなかった。

山を下りて麓《ふもと》の丘陵地帯を出ると、道はなくなったが、月面車のキャタピラの跡が土の上にくっきりとあり、真西へのびていた。ぼくは空気を調節して血色表示の針を危険領域すれすれまで下げた。そこに保ち、顎のバルブをおすのは、針が〈危険〉に入ったときだけにした。宇宙服の設計者は、車のガソリン・メーターにあるような、ある程度の余裕をもたせておいたはずだと、ぼくは判断したのだ。おちびさんには自分の計器から絶対に目を離さず、危険ぎりぎりのところに保っておくよう、前々から注意していた。彼女は約束したし、ぼくも何度も念をおし続けた。ぼくは彼女のヘルメットを、こちらの肩枠におしつけておいた。話ができるようにだ。

ぼくは歩数をかぞえ、半マイルごとにトンボー・ステーションを呼ぶよう、おちびさんにいった。地平線の向こう側だとはいえ、遠くが「見える」高いマストがあるかもしれないのだ。

ママさんもどきも彼女に話しかけた――彼女をふたたび気絶させないようにしておくことなら何でもだ。ママさんもどきに話してもらうと、ぼくは体力を消耗せずにすむし、ぼくらみんなのためによかったわけだ。

しばらくして、自分の計器の針がまた赤い部分に入りこんでいることに気づいた。バルブをおして待った。何の変化もない。もう一度おすと、針はゆっくりと白い部分に動いていった。

「空気の具合はどうだ、おちびさん？」

「とてもいいわ、キップ、とてもいいわよ」

オスカーがぼくにむかって怒鳴っていた。ぼくはまばたきをし、自分の影がなくなっていることに気づいた。いままでは道に対して一定の角度で前方へのびていたのだ。車の跡はそこにあるが、自分の影がない。びくっとしてふりむき、それを探した。影は後ろにあった。

そのいまいましい代物は隠れんぼなんかしていやがった。遊んでる場合か！

(「いいぞ！」と、オスカーがいった)

「この中は暑くてな、オスカー」

(「外がすずしいとでも思ってるのか？　その影から目を離すなよ……それにその車の跡からもだ」)

「わかった、わかった！　やかましくいうな」

ぼくは二度と影を見逃すまいと決心した。隠れんぼをしたいだと、え？

「もうここはほとんど空気がないぞ、オスカー」

(「浅く息をするんだ、相棒。何とかなる」)

「もう、靴下を吸ってるんだぞ」

(「だったらシャツを吸えよ」)

「船が上空を飛びすぎるのを見たか？」

(「おれの知ったことか。おめめが見えるのはきみだけだよ」)

「生意気いうな。冗談がいえる気分じゃないんだ」


ぼくはおちびさんを膝に乗せたまま地面に座りこんでおり、オスカーは本気で怒鳴っていた
——そしてママさんもどきもだ。

(「立て、このでっかい猿め! 立って頑張れ」)

(「立ちなさい、キップ! あとほんのすこしよ」)

「息をつきたいだけなんだ」

(「そうとも、息はつけるぞ。トンボー・ステーションを呼べ」)

ぼくはいった。

「おちびさん、トンボー・ステーションを呼んでくれ」

彼女は答えなかった。ぼくは恐怖をおぼえ、はっとわれに返った。

「トンボー・ステーション、答えてくれ! 答えてくれ!」ぼくは両膝をつき、ついで立ち上
がった。「トンボー・ステーション、聞こえるか? 助けてくれ! 助けてくれ!」

だれかの声が返ってきた。

「聞こえるぞ」

「助けてくれ! 助けて!《メイデイ》 小さな女の子が死にかけているんだ! 助けてくれ!」

とつぜん、それはぼくの目の前におどり出た——光り輝く大ドーム、高い鉄塔、電波望遠鏡、

巨大なシュミット・カメラが。ぼくはそこにむかってふらふらと歩いていった。

「メイ・デイ！」

巨大なエアロックが開き、月面車がやってきた。イアホーンに声が響く。

「いまそこへ行く。そこを動くな。以上、切るぞ」

月面車はぼくのそばにとまった。一人の男が現われ、近づいてきてヘルメットを合わせた。

ぼくはあえぎながらいった。

「手を貸して、この子を中へ入れてくれ」

ぼくはたじたじと後ろに下がった。

「世話をやかせたな、坊主。おれは面倒をかける野郎など虫が好かねえんだ」

大きな太っちょの男がそいつの後ろから現われた。

小さいほうのやつがカメラのような物を取り上げて、ぼくに狙いをつけた。わかったのはそこまでだった。

7

あいつらがぼくらを月面車に乗せて、あのうんざりする道をずっと連れもどしたのか、それとも虫けら面が船を一隻よこしたのかはわからない。平手打ちをくらって目が覚めてみると、中で横になっていたのだ。痩せっぽちがぼくをひっぱたいていた――太っちょが「ティム」と呼んでいた男だ。抵抗しようと思ったが、できないとわかった。拘束衣らしきものを着せられ、ぐるぐる巻きのミイラさながらにされていたのだ。ぼくは怒鳴り声をあげた。

痩せっぽちがぼくの髪をつかんで顔をぐいと上にむかせ、大きなカプセルを口へ入れようとした。

かみついてやろうとした。

彼はぼくを前よりも強くひっぱたき、またカプセルをつき出した。顔色ひとつ変えない――下劣なままだ。

「飲めよ、坊主」

その声に、ぼくはそいつから目をそらした。反対側にいた太っちょがいった。

「飲んじまったほうがいいぜ……これから先の五日間はひどいからな」

ぼくは飲んだ。その忠告のせいではなく、鼻をつままれ、苦しくて口をあけるとカプセルを放りこまれたからだ。太っちょが持っていた水でカプセルを流しこんだ。これには抵抗しなかった。必要だったのだ。

痩せっぽちが、馬にでも使うほどの大きな注射針をぼくの肩につきさした。ぼくはこれまで使ったこともない言葉で、彼をどう思っているかいってやった。痩せっぽちは耳が聞こえないのかもしれない。太っちょのほうは、けらけら笑った。ぼくはそいつをにらみつけて弱々しくつけ加えた。

「おまえは、その倍だ」

太っちょはぼくをたしなめた。

「おれたちに命を救われたのを喜ぶべきだぜ」そしてつけ加えた。「もっともおれの考えじゃなかった。おれには、おまえなんざ取るに足らねえクズに思えたがな。あいつが生かしておきたがったのよ」

痩せっぽちがいった。

「黙れ……そいつの頭をストラップでとめろ」

「ほっといて首っ玉折らしてやろうぜ。こっちはてめえの心配をしたほうがいいぞ。あいつは待っちゃくれねえからな」

だがそいつはいわれたとおりにやりだした。

痩せっぽちが自分の時計に目をやった。

「四分だ」

太っちょはあわててぼくの額にストラップをしめ、ついで二人は素早く動き、カプセルを飲んだり、たがいに注射をした。ぼくは見物しているしかなかった。

ぼくは船にもどっていた。天井は同じように輝き、壁も同じに見えた。そこは、あの二人の使っている部屋だった。ベッドが両側にあり、ぼくはそのあいだにある柔らかな寝椅子に縛りつけられていた。

二人とも急いで自分のベッドに入り、寝袋のようなきつい布のジッパーをしめ始めた。どちらも最後の仕上げに、頭をストラップで固定した。ぼくは二人には興味がなかった。

「おい！　おちびさんをどうした？」

太っちょはくすくすと笑った。

「聞いたか、ティム？　いいこというぜ」

「黙れ」

「この野郎……」

と、ぼくは太っちょの特徴を手短にののしってやろうとしたが、頭がぼうっとなり、舌がもつれた。ほかにママさんもどきのことも聞きたかったのだが。

次の言葉は出ずじまいだった。とつぜん自分が信じられないほどの重さになり、寝椅子は岩のように固くなったのだ。


長い、長いあいだ、ぼくは目覚めているのでもなく、本当に寝ているのでもなかった。初めは恐ろしい重さ以外何も感じられなかったが、ついで全身が痛み、悲鳴を上げたかった。それだけの力もなかった。

ゆっくりと苦痛が消えてゆき、何も感じなくなった。体がない――自分という意識だけで、五体がない。いろいろな夢をみたが、どれもこれもわけがわからなかった。ぼくは漫画の本に、ＰＴＡが反対決議をしそうな漫画の本に閉じこめられたらしく、ぼくがどうあがこうと悪漢どもは先まわりしていた。

いったん寝椅子が急旋回すると、にわかに体がもどってきたが、くらくらした。それから長い歳月がたったように思われたあと、ぼくはぼんやりと、瞬間反転航《スキュー・フリップ・ターン・オーバー》法を経験したのだろうと、ぼんやりだがわかった。頭がまともに働いているあいだは、非常な速さで、猛烈な加速でどこかへむかっているのだとわかっていた。ぼくは中間点にいるに違いないとおごそかに考え、果てしない時間の二倍はどれぐらいの長さになるのか考え出そうとした。結果はいつも八十五セントに売上税を加えた額だった。キャッシュ・レジスターにはベルとともに〈売切〉の表示が出て、初めからやり直すことになった。

太っちょがぼくの頭のストラップをはずしていた。ストラップはへばりついていたので、皮膚がはがれた。

「おきろ、坊主。ぐずぐずするな」

どうあがいても、しわがれ声しか出せなかった。痩せっぽちはぼくを覆っていたものをあけていた。足はすっかり萎《な》えており、痛かった。

「立て！」

がんばったが、体がいうことをきかなかった。痩せっぽちがぼくの片足をつかんで揉みだした。ぼくは悲鳴を上げた。

太っちょがいった。

「おい、おれにやらせろ……トレーナーをやったことがあるんだ」

確かに太っちょは多少の心得があった。親指がふくらはぎに食いこんでうめき声を上げると、太っちょは手をとめた。

「強すぎるか？」

答えられなかった。太っちょはマッサージを続けながら、楽しいといわんばかりに話した。

「八Gで五日間じゃあ、とても愉快な旅とはいえねえわな。だがすぐよくなるぜ。注射はできてるか、ティム？」

痩せっぽちがぼくの左ももにズブリとつきさした。ほとんど感じなかった。太っちょがぼくを引っぱりおこして座らせ、コップを渡した。水だと思ったがそうではなく、むせて吹き出してしまった。太っちょは待ってから、もう一杯よこした。

「すこし飲め、こんどはな」

ぼくはそうした。

「よし、立て。休暇はおしまいだ」

床は揺れ、おさまるまで太っちょにつかまっていなければいけなかった。ぼくはかすれ声で尋ねた。

「ここはどこなんだ？」

太っちょは、とんでもなく面白いジョークを知っているとでもいうように、にやにや笑った。

「もちろん、冥王星よ。いいところだぜ、冥王星は。避暑地だな」

「黙れ。そいつを歩かせろ」

「しゃんとしろよ、坊主。おまえもあいつを待たせたくはないだろうが」

冥王星だって！　そんなはずはない。あんな遠くへはだれも行けないんだ。それどころか、木星の衛星にさえだれもまだ試みていないじゃないか。冥王星はそれよりずっと遠い――

ぼくの頭脳は働かなかった。ついいましがたの経験にあまりにひどくゆさぶられたので、その経験自体がぼくが間違っていることを証明しているという事実を、受け入れることができなかった。

それにしても冥王星とは！

いぶかしがっている暇はなかった。ぼくらは宇宙服を着た。それまで知らずにいたが、オスカーはそばにいたのだ。会えた嬉しさのあまり、ほかのことはすっかり忘れてしまった。オスカーはつるされずに、床にただ放り出されていた。ぼくはかがみこんで（体じゅうに筋肉痛《チャーリー・ホース》が走った）オスカーを調べた。どこも壊れてはいないようだった。

太っちょが命令した。

「そいつを着るんだ……もたもたするなよ」

「わかったよ」ぼくは歓声を上げんばかりに答え、それからためらった。「ええと……空気がぜんぜんないんだ」

太っちょがいった。

「ようく見てみろ」

ぼくは見た。充塡済の酸素・ヘリウム・ボンベがバックパックにのっていた。

太っちょは続けた。

「だがなもしあいつの命令がなかったら、リンバーガー・チーズの匂いだってかがせねえところだ。おまえはおれたちから盗みやがった。ボンベ二本と……採鉱ハンマー……それに地球で四ドル九十五セントのロープだ。そのうちおまえの生皮を剝《は》いでも、礼はたっぷりとさせてもらうからな」

彼は悪意など持っていないような口調でそういった。

痩せっぽちはいった。

「黙れ……さっさと支度しろ」

ぼくはオスカーを広げてもぐりこみ、血色検出器を取りつけると、ガスケットをジッパーで閉じた。それから立ち上がってヘルメットのクランプをとめると、宇宙服の中にいるというだけで気分が良くなった。

「気密だな？」

（「気密だ！」オスカーが応じた）

「家からはずいぶん遠くへ来たもんだな」

（「それでも空気があるさ！　顎を出したりするなよ」）

その言葉で、顎のバルブをチェックすることを思い出した。ひとつ残らず作動していた。ナイフがなくなっているし、ハンマーやロープも同じだったが、そういう物は付けたしだ。ぼくらは気密だったのだ。

ぼくは痩せっぽちについてゆき、太っちょは後ろから来た。廊下で虫けら面と――あるいは虫けら面どもの一匹と――すれ違ったが、戦慄しながらも、オスカーを着ているからあいつもぼくに手を出せまいという気がした。エアロックでもう一匹の生き物が加わったが二度見なおしてやっと、そいつが宇宙服を着た虫けら面の一匹だとわかった。服の材質は滑らかで、ぼくらのもののようにふくらんでいなかった。葉のない枝と太い根がついている枯木の幹のように見えたが、格段の進歩を見せていたのは、その「ヘルメット」――ガラス状の滑らかなドーム、だった。マジック・ミラー、だろうと思う。その中が見えなかったのだ。そんなふうにケースに入れられていると、虫けら面も恐ろしいというより、むしろグロテスクな滑稽《こっけい》さがあった。それでもぼくは、必要以上には近よらずにいた。

圧力は下がっていっており、ぼくはこまめに空気を放出して、ふくれあがらないようにした。そこで最も知りたいことが何かを思い出した。おちびさんとママさんもどきはどうなったのか。ぼくは無線の周波数を合わせて話した。

「無線チェック。アルファ、ブラヴォー、コーカ――」

「むだ口をたたくな。用がありゃ、こっちから話してやる」

外のドアが開き、ぼくは初めて冥王星の景色を眺めた。

何をぼくは期待していたのかはわからない。冥王星はあまりにも遠い外にあって、月面の天文台でさえ満足のいく写真は撮れないのだ。ぼくは〝サイエンティフィック・アメリカン〟誌の記事を読んだり、〝ライフ〟誌ではボーンステルの描いた写真のような絵を見ており、冥王星はこれから夏になるところなのも覚えていた――もっとも〈夏〉というのが、空気が溶けるだけの暖かさに使う言葉だとすればだ。これを思い出したのは、冥王星が太陽へ近づくにつれて、大気を見せるといわれていたからだった。

しかしぼくは、冥王星に大きな興味を持ったことは一度もなかった――あまりに少なすぎる事実とあまりに多すぎる推測、あまりに遠すぎて望ましい不動産ではない。それに比べると、月は居住用郊外としておすすめ品だ。トンボー教授（この人物にちなんで基地が命名された）は、グッゲンハイムの助成金を受けながら、巨大な電子望遠鏡を使って月の写真を撮っていたが、特別な興味を持っていた。ぼくが生まれるよりずっと前に、彼は冥王星を発見したのだ。

ドアが開いていくにつれてまず気づいたのは、カチッ……カチッ……カチッ――そしてヘルメットの中の四回目のカチッという音で、オスカーの暖房装置がフルに作動した。

太陽は正面にあった――初めは何なのかわからなかった。地球で見る金星か木星ほどの大きさしかなかったからだ（それよりずっと明るかったが）。それとはっきりわかる円を持たず、電気の弧光《アーク》のように見えた。

太っちょがぼくの脇腹をつついた。

「ボケッとしてるんじゃねえ」

はね橋が、そのドアと二百ヤードほど向こうの山腹へと続く高架道路とを結んでいた。道路は地形に合わせて二、三フィートから十、あるいは十二フィートまでの蜘蛛《くも》のような橋脚に支えられている。地面は雪に覆われ、あの針先《ピンポイント》の太陽に照らされているだけだが、それでもまぶしいほどの白さだった。橋脚がいちばん長い中間地点あたりで、高架道路は小川を渡っている。

あれはどんな〈水〉なのだろう？　メタンか？　〈雪〉は何だろう？　固体アンモニアか？〈夏〉を楽しんでいるときとはいえ、酷寒の冥王星では何が固体で、何が液体で、そして何が気体でいるのか、それを教えてくれる表をぼくは持ち合わせていなかった。知っているのは、冬ともなればあまりの寒さに、どんな気体も液体もなくなる——月のような、まったくの真空になる——ということだけだった。

ぼくは急いで進むのが嬉しかった。風が左手から吹き、オスカーの最大の努力にもかかわらず、体の左側が凍えるばかりか、足取りもままならなくなった——ぼくは、月での強行軍をもう一度やるほうが、あの〈雪〉の中に落ちるより遙かに安全だろうと判断した。もがき苦しみながら、体も宇宙服も粉々に砕けてしまうのだろうか？　それとも落ちたとたんに死ぬのだろうか？

風の危険とガード・レールがないことに加えて路上には、宇宙服を着た虫けら面どもが動いていた。ぼくらの倍の速さで移動し、犬が骨を自分のものとするように、その道路を自分たちのものとしていた。痩せっぽちでさえ、おかしな足取りでやっと歩いており、ぼくは三度も危い目に会った。

道路はトンネルの中へと続いていた。十フィート奥のパネルが、そこへ近づくなりぱっと道をあけた。二十フィート向こうにまた同じ物があった。やはり同じように開き、通りすぎると閉じた。二ダースほどのパネルがあり、どれもが瞬時作動の閘門《こうもん》のように動き、一回ごとに気圧がすこしずつ高くなった。明るく輝いている天井のせいでトンネルの中は明るかったが、パネル群の制御法はわからなかった。最後に頑丈なエアロックを通ったが、気圧はすでに補整がすんでおり、ドアはあけっぱなしだった。そこは大きな部屋に続いていた。

虫けら面が中にいた。あの虫けら面だ、と思う。英語で「来い！」といったからだ。ヘルメットからはそう聞こえてきた。しかしあいつだという確信は持てなかった。まわりにはほかのやつもいたし、ぼくにはイボイノシシを見分けるほうがまだ難しくなかったはずだからだ。

虫けら面はそそくさと離れていった。そいつは宇宙服を着ていなかったので、背をむけたとき、あのもぞもぞ動く口をもう見ずにすむと思って、ほっとした。ところがそれもつかのまのことで、こんどはそいつの後ろについている目を見るはめになってしまった。

遅れないようについてゆくのが大変だった。あいつは先に立って廊下を進み、右へ曲がって、またあけっぱなしの二つ一組のドアを抜け、やっと出し抜けに立ちどまったのは、下水道のマンホールにそっくりな、床にあいた穴のふちだった。

「ぬげ！」

と、そいつは命令した。

太っちょと痩せっぽちがヘルメットをはずしたので、ある意味で危険はないとわかった。だがほかのすべての点で、ぼくはオスカーの中にいたかった――虫けら面がそばにいる限りはだ。

太っちょがぼくのヘルメットの留め金をはずした。

「その皮から出ろ、坊主。さっさとやれ！」

痩せっぽちがベルトを緩め、ぼくは抵抗したにもかかわらず、二人はすぐに宇宙服を脱がしてしまった。

虫けら面は待っていた。オスカーから出るなり、そいつは穴を指した。

「下りろ！」

ぼくは息をのんだ。穴は井戸のように深そうだし、魅力的ではなかった。そいつはくりかえした。

「下りろ、さあ」

太っちょは忠告した。

「いわれたとおりにしろ、坊主……飛び下りるか、つき落とされるかだぞ。怒らす前に穴へ下りちまえ」

ぼくは逃げようとした。

虫けら面はぼくの向こうにまわり、飛び離れる前にぼくをもとのところへ追いもどした。ぼくは両足をふんばってブレーキをかけ、後ずさりした――ぎりぎりのところで一瞬ふりむき、落ちそうになったとき、不格好ながら飛び下りる体勢に立て直した。

底まではかなりの距離だった。地面にあたっても地球でのような怪我はしなかったが、片方の足首をくじいてしまった。どうということはない。どこにも行くつもりはないからだ。天井の穴が唯一の出口なのだ。

ぼくの独房は約二十フィート四方だった。固い岩をくり抜いたらしいが、そうだといえそうなものはなかった。壁も床も天井も、宇宙船に使われていたものと同じ象の皮だったからだ。照明パネルが天井の半分を占めているので、読むものを持っていれば読めたろう。ほかに目立つものというと、壁の穴から吹き出る水があるだけで、たらいほどの窪《くぼ》みに落ちて、どこか知らないところへ流れていくのだ。

そこは暖かかった。ベッドとか寝具類らしいものは何もなかったから、それはありがたかった。かなりのあいだここにいることになるかもしれないと、ぼくはもう結論をくだし、食べることと眠ることを、どうしたものかと考えた。

こんなわけのわからないことには、まったくうんざりだった。ぼくは、自分の家の裏で自分のやりたいことをやっていただけじゃないか。あとは何もかも虫けら面のせいなんだ！　床に座り、どうやってあいつをなぶり殺しにしてやろうかと考えた。

ぼくは結局、そんな馬鹿なことはあきらめ、おちびさんとママさんもどきのことを考えた。ここにいるのだろうか？　それともあの山脈とトンボー・ステーションのあいだのどこかで死んでしまったのだろうか？　考えあぐねた末、あの二度目の昏睡《こんすい》から覚めていなかったとしたら、かわいそうなおちびさんにはそれがいちばんいいのだということにした。ママさんもどきについてはあまり知らないので、何ともいえない——だがおちびさんの場合は、はっきりしている。

もっとも、ぼくがこんなはめになったのには、それなりに筋が通っているところがあった。

騎士の冒険は、たいていある時点で牢屋に放りこまれるものだ。ところが本当なら、麗《うるわ》しい乙女が同じ城の塔に幽閉されているはずだ。すまなかったな、おちびさん。騎士役をやるにも、ぼくはしがないソーダ注ぎでしかないんだ。それとも馬鹿なのかな。テニスンのギャラハド卿じゃないが、〝かの男が百人力なのは、その心の高潔さのせいなのだ〟

くそ面白くもない。

ぼくは自分を責めるのが嫌になり、何時なのか見てみた——時間が問題だったわけではない。ただ、捕虜は伝統的に、壁をひっかいてマークをつけ、放りこまれている日数を記録することになっているから、始めたほうがいいと思ったのだ。時計は手首につけていたが、動いていないし、動かすこともできなかった。たぶん八Gの重力にはとても耐えきれなかったのだろう。耐震・防水・耐磁性で、非米活動の影響に免疫になっていたにしてもだ。

しばらくしてから、ぼくは横になって眠った。

コトンという音に目が覚めた。

缶詰の食料が床にあたった音だった。落ちてきたからといってうまくなるわけではないが、缶切がついていたのであけた——コンビーフで、とてもうまい。空缶を使って水を飲んだ——水には毒が入っているかもしれないが、かといって、選択の余地はあるか？——ついで缶を洗って匂わないようにした。

水はなまぬるかった。ぼくは体を洗った。

過去二十年間のアメリカ市民で、そのときのぼくほど風呂を必要とした者は多くなかったのではないだろうか。そのあとぼくは衣類を洗った。シャツ、パンツ、靴下は、ノー・アイロンの合成繊維だった。スラックスはデニムで、こちらは乾くのに長くかかるが気にしなかった。ただ、ぼくの物置の床にある二百本のスカイウェイ石鹸のうち、一個でもあればよかったのだが。冥王星に来るとわかっていれば、持って来たんだが。

服を洗ったので、何を持っているのか調べることになった。持っていたのは、ハンカチ一枚、小銭で六十七セント、汗まみれでぼろぼろになりワシントンの絵もわかりにくくなった一ドル札一枚、シャープペンシルが一本、その刻印は、〈ドライブ＝イン・ジェイ――町でいちばん濃いモルト！〉――嘘だ。ぼくがいちばん濃く作るのだから――そして母さんにいわれて揃えておくはずだったのに、チャートン薬局のあのもうろくエアコンのおかげでやってないままになった食料品リストだ。このリストは、シャツのポケットに入っていたので、一ドル札ほどは汚れていなかった。

ぼくは全財産をならべ、眺めてみた。どう見ても大したコレクションではなく、どう手を加えてみても、奇跡の武器にすることはできそうもなかった。それで自分の突破口を開き、船を盗み、その操縦法を自分で覚え、意気揚々ともどって大統領に警告し、国を救うなどということは。それらをならべ直してみたところでだめだった。

そりゃそうだ。物が物なのだから。

ぼくは恐ろしい悪夢から目が覚め、ここがどこかを思い出すと悪夢の中にもどりたくなった。

そこに横になっていると自分が情けなくなり、やがて涙がぽろぽろこぼれだし、顎も震えた。「泣き虫になるな」と叱られたことはなかった。父さんは、涙を流しても何も悪いことはない、といっているのだ。世間では通用しないだけのことだ——ある文化では泣くことも世間的な美点とされている、とも彼はいった。しかしホーレス・マン中学校《グラマースクール》では、泣き虫に一文の値打もなかった。だからぼくは、何年も前に泣くことをやめにしたのだ。そのうえ、泣けば疲れるし、事態がどうなるわけでもない。ぼくは涙をおさえ、じっくりと考えてみた。

ぼくの行動リストはこうなった。

一、この独房から脱出する。

二、オスカーを見つけて着る。

三、外へ出て、船を盗み、地球へもどる——その操縦法を考え出せるとしたらだが。

四、虫けら面どもをやっつけるか、やつらをきりきり舞いにさせておく武器なり作戦なりを考え出し、そのあいだに抜け出て、船を盗む。何でもないことだ。テレポーテーションやほかのいろいろと変わった超能力トリックができるスーパーマンなら、だれにでもできるのだから。ただし計画は絶対確実に、保険料は払っておくようにすることだ。

五、緊急優先事項：エキゾチックな冥王星のロマンティックな岸辺とそこの友好的で原色的な原住民に別れを告げる前に、おちびさんもママさんもどきもここにいないことを確認する——もしいれば、彼らを連れてゆく——一部の人々の意見には反するが、人間の屑として生きるより英雄として死んだほうがましだからだ。死ぬというのは厄介で不便なものだが、どんなに生きながらえようとしたところで屑もいつかは死ぬし、自分の選択を永久に弁明していなければいけないのだ。ぼくが英雄になりそこなってみてわかったのは、それは望ましいとはいえない行為だったが、もうひとつの道はさらに魅力のないものだ、ということだった。

おちびさんが船の操縦法を知っている、あるいはママさんもどきがぼくに教えられるという事実は、心に浮かんでこなかった。その証明こそできないが、ぼくにはわかるんだ。

脚注：彼らの船の一隻を操縦できるようになったとして、八Gの重力でも同じことができるだろうか？　虫けら面なら半円形の支持台があるだけでいいかもしれないが、ぼくが八Gでどういうことになるかはわかっていた。自動操縦は？　もしそうであれば、その取扱法が、英語で表示してあるだろうか？（馬鹿なことをいうな、クリフォード！）

追加脚注：一Gでは、地球へ着くのにどのくらいかかるだろうか？　今世紀いっぱいか？　それともちょうど餓死する程度か？

六、難問で頭が鈍ったとき、一息つくための作業療法。これは継ぎ目がばらばらになってしまうのを避けるためには重要なことだ。Ｏ・ヘンリーは獄中で小説を書き、聖パウロはローマで幽閉されながらも最も説得力ある使徒書簡を書き送り、ヒトラーは獄中で〝わが闘争《マイン・カンプ》〟を書いた――この次は、タイプライターと紙を持ってこよう。今回は魔方陣が解けるし、チェスの問題も作れる。何だろうと、みじめな気分になるよりはいい。ライオンなら動物園に甘んじてもいるが、ぼくはライオンよりは賢明だろう？　とにかく、すこしは？

さて実際はというと——その一、この穴からどうやって出るか？

単純明快な答に行きついた。どんな方法もない、ということだ。独房は一辺が二十フィート、天井までは十二フィートある。壁は赤ん坊の頬のようにすべすべしており、借金取り同様に、取りつくしまがなかった。ほかに目立つものというと、天井からさらに六フィートほど上にあいた穴、流れる水とその集水溝、天井の発光部分だった。道具としてぼくが持っていたのは、前にあげた（何オンスかの数少ない、鋭くもない、爆発性もなければ、腐食性もない）もの、衣類、それにブリキの空缶だった。

ぼくは、どれぐらい高く飛び上がれるか試してみた。補欠のガードだって、足のバネは必要なんだ——ぼくは天井にふれた。ということは、重力はだいたい二分の一Gか——なにしろ果てしなく長いあいだ六分の一Gですごし、引き続いて二度の永遠を八Gですごしたのだから、見当をつけられずにいたのだ。ぼくの反射作用は酷使されどおしだったんだ。

しかし、天井にふれられたとはいっても、そこを歩けるわけではないし、宙に浮けるわけでもない。あの高さまで届きはしたが、鼠がしがみつけるものすらなかった。

なるほど、服を引き裂いてロープをなうことはできる。上の穴の近くに、それを引っかけるものはあるか？　頭に浮かぶのは、つるつるの床ばかりだった。それでもとにかく、引っかかるとしたら？　それからどうする？　裸でうろちょろしたあげく、虫けら面に見つかり、こんどは衣類なしに追いもどされるのか？　虫けら面とその一族の裏をかく次の段取りを考え出すまで、ロープ作戦は延期することにした。

溜息をつき、あたりを見まわした。残るはあの吹き出す水と、それを受ける床の水たまりだけだ。

クリームの壺《つぼ》に落ちてしまった二匹の蛙の話がある。一匹はあまりに見込みがないことを知り、あきらめて溺れ死んでしまう。もう一匹はあまりに愚かなため自分の負けがわからず、そのままばちゃばちゃ暴れ続ける。何時間かするとだいぶかきまわしたためにバターの島ができる。そこに乗って涼しくのんびり浮かんでいると、いつか乳しぼりの農婦がやってきてつまみ出してくれる。

あの水は流れこんできて、出てゆく。流れ出てゆかないとしたら？

集水溝の底を探ってみた。排水口はぼくたちの標準よりは大きかったが、ふさぐことはできそうだ。部屋いっぱいになり、穴の上までたまってぼくをその口から押し出すまで浮いていられるだろうか？　そうか、考えてみられるぞ、缶があるんだ。

缶は容量一パイントらしかった。「一パイントはほぼ一ポンド」だから、一立方フィートの水の重さは（地球で）六十ポンドすこしとなる。しかし確かめるに越したことはない。ぼくの足は長さ十一インチだ。十歳のころからこの寸法だ——これに釣り合う体に育つまで、ずいぶんからかわれたものだ。一セント銅貨二枚で床に十一インチのしるしをつけた。それでわかったのは、一ドル札は二インチ半の幅があり、二十五セント銀貨は一インチにわずかに足りないことだった。まもなく穴蔵と缶の寸法がかなり正確にわかった。

缶を流れの下に保ち、いっぱいにしては素早く捨てた。そして水が缶で何杯かを左手で指折りながら、秒数をかぞえた。ようやくのことで、ぼくは、水が部屋をいっぱいにするのにかかる時間を計算した。答が気に入らなかったので、やり直した。

部屋と穴の上まで満たすのに十四時間、大ざっぱな方法だということを考慮に入れて余分に一時間プラスだ。そんなに長く浮いていられるのか？

おれならできるさ――やらなけりゃならないのなら――と、うかれるつもりか！　だが、ぼくはやらなければいけないんだ。パニックに襲われなければ、人が浮かんでいられる時間に限界などないんだ。

ズボンを丸めて排水口につめた。危うく吸いこまれてしまいそうになったので、靴下で缶をくるみ、その包みを栓《せん》にした。こんどはきちっとはまり、ぼくは残りの衣類で隙間をつめた。そして、ぼくはうぬぼれた気分で待った。水かさが増すことで、これからの冒険に必要な気分転換ができるかもしれない。ゆっくりと水たまりがいっぱいになった。

水は、床面より一インチほど下のところまでたまるととまってしまった。

水圧スイッチだろう。八Gでずっと加速してこられる宇宙船を作れる連中なら配管を〈フェイル・セーフ〉に設計するだろうことをぼくは察しておくべきだった。ぼくたちにもできればいいのだが。

片方の靴下以外は衣類を取りもどし、乾かそうとそれらを広げた。その靴下がポンプにつまるかどうかすればいいのだが、怪しいものだ。やつらは大したエンジニアだからな。

ぼくは決して、あの蛙の話を頭から信じていたわけじゃあないんだ。

またひとつ、缶詰が投げ落とされた――ローストビーフと水っぽいジャガイモだった。それで腹の虫はおさまったものの、桃が欲しくなってきた。缶には〈ルナ助成再販用〉とステンシル印刷されていた。ということは、痩せっぽちと太っちょが正当に手に入れた可能性がある。二人には自分の食料を分けてくれたりする気がどの程度あったのだろうか？　きっと虫けら面に彼らも腕をねじり上げられたので、そうしたのだろう。となると、虫けら面はなぜぼくを生かしておきたがるのだろう？　ぼくにしてみれば好都合だが、虫けら面にとってはなぜそれが好都合なのやらわからなかった。ぼくは缶一個ずつを〈一日〉とかぞえ、空缶をカレンダーとすることにした。

そこで考えついたのは、一Gの加速で地球へもどるにはどれぐらいかかるかを、まだはじき出していないことだった。もしぼくに自動操縦を八Gにセットできないとわかったならのことだが。独房を脱出することにかまけていたので、もし脱出したとして（訂正――脱出してから）どうするのかを考えてもいなかった。それでも弾道計算はできた。

本は要らない。いまどき、こんな時代にもなって、恒星と惑星の区別もつけられず、天文学的距離をただ「大きい」と考えるだけの人々に出会ったことがある。そんな人を見ると、数を四つしか知らない未開人を思い出す。一、二、三、そして「たくさん」という数だ。しかしボーイ・スカウトとなると、どんな新米でも基本的な事実は知っているし、宇宙虫に取りつかれた（ぼくのような）やつなら、たいていいくつかの数字を知っているものだ。

「母が《マザー》　とても《ベリィ》　やさしく《ソートフリー》　作った《メイド》　ひとつの《ア》　ジェリー　サンドイッチ　なんの《アンダー》　文句も《ノー》

なしに《プロテスト》」二、三度口にしたら忘れようがないだろう？　それを、こんなふうにならべてみるんだ‥

マザー	水　星《マーキユリイ》	$〇・三九
ベリイ	金星《ビーナス》	$〇・七二
ソートフリー	地球《テラ》	$一・〇〇
メイド	火星《マーズ》	$一・五〇
ア	小惑星群《アステロイズ》	（いろんな値段、重要ではない）
ジェリー	木星《ジュピター》	$五・二〇
サンドイッチ	土星《サターン》	$九・五〇
アンダー	天王星《ウラヌス》	$一九・〇〇
ノー	海王星《ネプチューン》	$三〇・〇〇
プロテスト	冥王星《プルート》	$三九・五〇

〝値段〟は、太陽からの天文単位による距離だ。一天文単位とは太陽から地球までの平均距離のことで、九千三百万マイルだ。だれでも知っている数字ひとつや、小さな数字いくつかのほうが、何百万とか何億とかの数字よりも覚えやすい。ドル記号を使ったのは、数字をお金と思えばより親しみがわくからだ――もっとも父さんはそれを、嘆かわしいことだと考えている。

何とかしてそれを覚えることだね。でないと、自分の近所がわからないことになるからな。

ここで一人の変わり者にぶつかる。リストによると冥王星の距離が地球の三十九・五倍になっている。ところが冥王星と水星は非常に偏心した軌道をもち、冥王星のほうは驚いたものだ、ほぼ二十億マイルも変化する。それは太陽から天王星までの距離より大きいのだ。冥王星は海王星の軌道にゆっくりと近づき、僅かに内側に入ったあとすぐに出てきて、二世紀そのままでいる——千年間にたった四回転しかしないのだ。

だが、冥王星がどのようにその〈夏〉に入っていくのかという記事は見たことがある。だからいまは、海王星の軌道に近いことも、それがぼくの寿命——センターヴィルでの平均余命——が尽きるまで続くことも、わかっていた。ここではぼくは要注意危険分子じゃなさそうだからね。さてこれでわかりやすい数字が得られる——三十天文単位だ。

加速度の問題は単純だ。$S=\frac{1}{2}at^2$、つまり距離は、経過時間の二乗に加速度の半分を掛けたものに等しい。もし航宙術がこれほど単純なら、高校二年生はだれでもロケット船を操縦できるところだが——重力場や、すべてのものが同時に十四の方向にむかって動くという事実から、問題はこじれてくる。それでもぼくは、重力場と惑星運動を無視できた。虫けら面の船の速度では、だいぶ接近しない限り、どちらの要因も問題にならない。ぼくが欲しかったのはだいたいの答なのだ。

計算尺がなくて残念だった。父さんがいうには、計算尺が使えない者は文化の面での文盲なんだから投票資格を認めるべきではないそうだ。ぼくの計算尺はすばらしいものだ——K&E

社製二十インチ複式対数尺だ。多相十インチ尺をマスターしたぼくを、父さんはこの計算尺で驚かせた。あの週ぼくのうちの食事はポテトスープだったのに——でも父さんは、まず高級品に予算をあてるべきだというのだ。それがどこにあるかは知っている。家の机の上だ。どうってことはない。ぼくには数字があり、公式があり、鉛筆と紙もあるんだ。

まずは問題の検討からだ。太っちょは「冥王星」、「五日間」、「八G」と口にしていた。二つに分けて考える問題だ。つまり、半分の時間（半分の距離）を加速する、瞬間反転《スキュー・フリップ》をする、そしてあと半分の時間（距離）を減速するのだ。「時間」が二乗となって表われるから、全距離は方程式の中で使えない——それは放物線だ。

冥王星は衝《しょう》だろうか？　矩《く》だろうか？　あるいは合《ごう》だろうか？　冥王星を見ている者などいない——だったら、黄道のどこにあるかを覚えているわけがない。まあいい、平均距離は三十天文単位だったな——これなら近似値は得られそうだ。

その距離の半分は、フィートで：$\frac{1}{2} \times 30 \times 93{,}000{,}000 \times 5{,}280$ になる。

八Gは：$8 \times 32.2\text{ft./sec.}^2$——速度は瞬間反転まで毎秒二百五十八フィート毎秒ずつふえ、それ以後は同じ速度だけ減少する。従って——

$$\frac{1}{2} \times 30 \times 93{,}000{,}000 \times 5{,}280 = \frac{1}{2} \times 8 \times 32.2 \times t^2$$

——そして旅の半分の時間が、秒数で出る。全行程はそれを二倍すればよい。三千六百で割れば時間の単位、さらに二十四で割れば日の単位になる。計算尺を使えばこんな問題は四十秒でできる。そのほとんどは小数点を正しくつけるための時間だ。売上税を計算するのと変わらない容易さだ。

それにぼくは少なくとも一時間かかり、別の順序でやったため検算にも同じくらいかかった――答が合わなかったので三度目もやった（五二八〇を掛け忘れていたり、片方ではマイルを、もう片方にはフィートを使ったりしていた――算数をやるのにあるまじきことだ）――それでも自信がなかったので四度目をやった。まったくの話、計算尺は女の子以来の最も偉大な発明だね。

しかし、検算した答が得られた。五日半。ぼくは冥王星にいるのだ。

またはひょっとすると海王星かも――

いや、海王星ならばぼくは十二フィートの天井に飛びつけたはずはない。冥王星だけが、すべての事実に一致しているのだ。そこでぼくは消し、反転を使った一Gでの旅を計算した。

十五日。

一Gでは少なくとも八Gのときの八倍はかかりそうなものだ――六十四倍のほうが、まだありそうな話だ。解析幾何学を苦労してやりとおした甲斐《かい》があった。というのもぼくはざっとした計画を立て、そして問題点がわかったからだ。時間が二乗されることで有利な点が減ってくる――加速すればするほど旅は短くなり、旅が短くなるほど大きくしておいた速度に費やす時間が少なくなるためだ。時間を半分にするには四倍の加速が必要となる。四分の一にするには十六倍の加速が要り、以下同様に続く。このまま続けると破産ということになる。

一Gでも二週間ほどで地球へもどれるとわかって元気が出た。二週間で餓死するはずはない。船を盗めたら。操縦できたら。この穴から抜け出せたら。ああ――

「できたら」じゃない、「したら」だ！　今年大学へ行くにはもう手遅れだ。そうならあと十五日くらい、別にどうということはない。

最初の問題で気づいたことがある。瞬間反転の時点で出していた速度だ。毎秒百十一万マイル以上だった。宇宙空間でも大変な速度だ。それでぼくは考えることになった。いちばん近い恒星プロクシマ・ケンタウリを考えてみよう。この距離はクイズ番組でよく耳にするが、四・三光年だ。八Gでどのくらいかかるだろうか？

同じ類の問題だが、小数点に気をつけなければならない。桁《けた》が大きくなるからだ。一光年は――忘れていた。そこで、十八万六千マイル毎秒（光速）に一年の秒数（365.25×24×3600）を掛けて求めると――五兆八千八百億マイル

――これに四・三を掛けると――

二十五兆二千八百四十億

二十五兆マイルということにしよう。ひゃー！

そうすると一年五か月ということになる――ついこの前の世紀にホーン岬をまわっていた旅ほどもかからない。

何てことだ、あの怪物どもは恒星間旅行を達成しているのか！

なぜ驚いたのかはわからない。それは明白な事実だったのだ。虫けら面は彼らの惑星にぼくを連れてきたとか、虫けら面は冥王星人か冥王星の支配者か、それに対する言葉は何だろうと、そういうやつだとか、決めてかかっていた。しかし、そんなやつのはずはないのだ。

あいつは空気を吸っていた。船を、ぼくにとっても暖かいくらいにしていた。急がないときは一Gかそこらの巡航速度で飛んだ。照明はぼくの目にもちょうどいいものを使っていた。ということは、あいつはぼくが生まれたのと同じ型の惑星に生まれた、ということだ。

プロクシマ・ケンタウリは、きみがクロスワード・パズルをやるならわかるだろうが、二重星であり、そのひとつはぼくたちの太陽と双子のように似ている——大きさも、表面温度も、スペクトル型も。その星が地球のような惑星をもっていると考えてもいいのではないか？　どうやら虫けら面の生まれ故郷のあるところがわかったんじゃないかという嫌な気がした。

あいつがどこの生まれでないのかなら、わかっている。二世紀をかけて公転し、そのあいだまったく空気がなく、温度は絶対零度に近い、そのあとにやってくる〈夏〉には何種類かの気体が溶けるものの、水は固い岩であり、虫けら面さえ宇宙服を着なければいけない、そんな惑星で生まれたのではない。太陽系のどこかでもない。虫けら面が地球のような惑星にいるときだけくつろげるのは、税金ほどにも間違いないからだ。あいつの外見がどうかなど、どうでもいい。蜘蛛はぼくらに似ていないが、ぼくらが好むものを彼らも好む——きっとどこの家にも、一人あたり千匹の蜘蛛がいるだろう。

虫けら面とその一族は、地球が気に入るだろう。ぼくが恐れるのは、彼らがそこをあまりに気に入りすぎることだった。

あのプロクシマ・ケンタウリの問題を考えて、ほかにもすこし気づいたことがあった。反転の速度は百十一万マイル毎秒、光速の六倍だった。相対性理論によれば、こんなことはあり得ない。

これを父さんと話し合いたかった。父さんは〝憂鬱の構造《アナトミー・オブ・メランコリー》〟から〝アクタ・マテマティカ〟や〝パリ・マッチ〟まで何でも読み、〈八ページに続く〉を見るためなら、道ばたに座りこみ生ごみをくるんで湿っている新聞を抜き出しもするだろう。父さんが本を引っぱり出してきては、ぼくたちがそれを調べたものだ。そのあとさらに、別の見方がのっている四、五冊に当たってみるのだ。父さんは「活字になるからには正しいに決まっている」という考え方をよしとしない。どんな意見も神聖なものとは思わないわけだ——父さんがペンを取り出し、ぼくの数学の本の一冊のある箇所を初めて書き変えたときはショックを受けたものだ。

それにしても、光速が限界としたって四、五年なら不可能ではないし、非現実的でさえない。ぼくらがあまりにも長いあいだ告げられていたのは、恒星間旅行は、いちばん近い恒星に行くのすら何世代もかかるということだ。これは考え方が間違っているのかもしれない。月の山中の一マイルは長い道のりでも、宇宙空間の一兆マイルは違うのかもしれない。

それより、虫けら面は冥王星で何をしているのか？

もしきみがほかの太陽系を侵略するとしたら、手始めに何をする？　冗談をいっているのではない。冥王星の地下牢は笑い事ではないし、ぼくは一度も虫けら面をあざ笑ったりしなかった。あっさり殴りこみをかけるだけかい？　それともまず宣戦布告をするのかい？　あいつらの工学技術は、ぼくたちよりも遙かに進んでいそうだが、それほど前から知っていたはずはない。目標の太陽系のうち、どこかまだだれも訪れていない地点に補給基地を作るのが利口ではないだろうか？

それから、めぼしい惑星の空気のない衛星あたりに、目標惑星の地表を偵察できる前進基地を作ることができる。偵察基地を失ったら主基地まで引き返し、改めて攻撃計画を練るわけだ。

忘れてならないのは、冥王星はぼくたちにとっては遠く離れていても、虫けら面にしてみれば、月からたったの五日のところにあるということだ。何をするにものんびりしていた第二次世界大戦のころで考えてみよう。主基地（USA／冥王星）は武力が及ばず安全だが、僅か五日離れたところに前進基地（イギリス／月）があり、そこは戦線（フランス－ドイツ／地球）からは三時間だ。この方法ではてきぱきとした作戦はおこなえないが、第二次世界大戦では連合国側に効を奏した。

ぼくは、それが虫けら面にはうまく働かないことだけに望みをかけた。

もっともぼくがそんなことを食いとめる何かの方法を思いつくわけでもないが。

だれかがまた一缶放り投げてよこした——スパゲッティとミートボールだった。これが桃の缶詰だったら、次にぼくがやったような勇敢なことはやっていなかったろう。それは、缶をあける前に、ハンマー代わりに使うことだった。ぼくは空缶をたたきのばして平たく細長い形にし、切っ先をたたき出した。それを集水溝のふちで研いだ。それがすむと、短刀になった——

大した物ではないが、無力感はやわらいだ。

そのあと食べた。眠気をおぼえ、柔らかい光の中で眠りこんだ。まだ囚人のままとはいえ、武器らしき物は手に入り、当面の問題は解決したものと考えた。問題を分析できると、三分の二は解決したことになるのだ。ぼくは悪夢を見なかった。


次に穴へ投げ落とされてきたのは、太っちょだった。

数秒後、痩せっぽちがその上に落ちてきた。ぼくは後ずさりし、短刀をかまえた。痩せっぽちはぼくを無視し、体をおこしてあたりを見まわし、噴水口まで行って水を飲んだ。太っちょのほうは何もできない状態だった。息が止まっていたのだ。

ぼくは彼を眺め、何て胸くそ悪い肉の塊りなんだと考えた。ついで考えた。くそっ、何てことだ！——ぼくが必要としたとき、彼はマッサージをしてくれたじゃないか。ぼくは太っちょを腹を下にころがして、人工呼吸を始めた。四、五回もおすと彼のモーターがかかり、彼は息ができるようになり、あえぎながらいった。

「もういい！」

ぼくは後ずさりし、ナイフを取り出した。痩せっぽちは壁にもたれて座り、ぼくらを黙殺していた。太っちょはぼくの頼りない武器を見て、いった。

「そんなもの、しまっとけ、坊や。こうなったからにゃ、おれたちゃ親友だ」

「ぼくらが？」

「そうとも。おれたち人類は、くっついていたほうがいいんだ」彼は惨めたらしい溜息をついた。「あんなに働いてやったのによ！　大したご恩返しだぜ」

「どういうことなんだ？」

ぼくが鋭くそういうと、太っちょは答えた。

「なに？　いまいっただけのことよ。あいつは、おれたちなしでもやっていけると決めたんだな。だからアニーは、ここではもう生きちゃいけねえってわけだ」

「黙れ」

と、痩せっぽちはぴしゃりといった。

太っちょはふくれ面になり、憤然としていった。

「てめえこそ黙れ。もう、うんざりだぜ。あっちでも黙れ、こっちでも黙れと一日じゅうだ……それで、おれたちがどうなったというんだ」

「黙れ、とおれはいったんだぞ」

太っちょは口をつぐんだ。何があったのか、ぼくにはまったくわからなかった。太っちょはめったに同じ説明を二度はしなかったからだ。その年上の男は、いったところでどうなるわけでもないのに、相変わらず「黙れ」とかふたことみことの退屈な命令のほかは、口を開かなかった。

それでもひとつだけは、はっきりしていた。二人はギャングの手先、または第五列員、とにかく自分たちの民族を裏切ってスパイ行為を働く人間といった仕事は、首になったのだ。一度、太っちょはいった。

「本当のところ、こうなったのはおまえのせいなんだぞ」

「ぼくのせい？」

ぼくはブリキ缶製のナイフに手をかけた。

「そうともよ。おまえが邪魔に入らなかったら、あいつも腹を立てたりしなかったんだ」

「ぼくは何もしなかったよ」

「よくいうぜ。おまえはあいつの極上の獲物を二つもかっさらいやがって、そのうえ、あいつがここまで高飛びしようってときには引きとめやがったしな」

「なんだ。でもそれは、あんたのせいじゃなかったよ」

「おれだって、あいつにそういってやったさ。自分でいってみるんだな。そんなちゃちな爪やすりからは、手を引っこめておけよ」太っちょは肩をすくめた。「おれがいつもいってるように、過ぎたことは水に流そうぜ」

やっとのことでぼくはいちばん知りたいことを聞き出した。五度目ぐらいにおちびさんのことを持ち出したとき、太っちょはいった。

「あの餓鬼のことでいったい何を知りたいんだ？」

「彼女が生きているのか死んでいるのかを知りたいだけさ」

「なんだ、生きてるぜ。少なくともおれが最後に見たときには生きてた」

「それはいつのことだった？」

「何だかんだとうるせえな。ここにきまっているだろうが」

「ここだって？」

と、ぼくはせきこんでいった。

「そういったじゃねえか、え？　あちこちに出て来るから邪魔になってしょうがねえ。いっとくが、お姫さまみてえな暮らしだよ」太っちょは歯をつつき、眉をよせた。「あいつもどういうつもりであの小娘を甘やかして、おれたちをこんな目に会わせるんだか、参っちまうぜ。まともじゃねえよ」

ぼくもそう思った。といっても別の理由からだ。あの勇敢なおちびさんが虫けら面のお気に入りとなってちやほやされている、などということがぼくにはとても信じられない。何かわけがあるのだ――でなければ、太っちょが嘘をついているかだ。

「あいつが、彼女を監禁していないっていうのかい？」

「それであいつが何の得になる？　あの子供がどこへ行くっていうんだ？」

ぼく自身、考えないわけではなかった。どこへ行けるっていうんだ？――外へ出るのは自殺行為だというときに。たとえおちびさんが自分の宇宙服を（少なくともそれは、たぶんしまいこまれているだろうが）手に入れ、表に出たとき、船が手近にあり、だれも乗っていないとし、たとえそれに乗りこめたとしても、彼女はまだ〈船の頭脳〉、例の錠前の働きをするちっぽけな装置を持っていないんだ。

「ママさんはどうした？」

「何がだって？」

「マ――」ぼくはためらった。「ほら、ぼくといっしょに宇宙服の中にいた人間でない生き物だよ。知っているだろう、あんたは現場にいたんだから。生きてるのか？　ここにいるのか？」

しかし太っちょは考えこんでいた。

「そんな虫けらなんざ、おれの知ったことか」

彼はいまいましげにそういい、それ以上何も聞き出せなかった。

だがおちびさんは生きている（胸につかえていた堅い塊りが、とつぜん消えた）。彼女はここにいるんだ！　彼女のチャンスは、たとえ同じ囚われの身にしても、月にいるほうがずっとよかったろう。それでも彼女が近くにいるとわかって、ぼくはまるで天にも昇る気分だった。

ぼくは、どうすれば彼女と連絡できるか、と考え始めた。

彼女が虫けら面にこそこそ取り入っているという太っちょのあてこすりは、まったく気にならなかった。おちびさんは予想がつけられない相手で、ただの小娘のときもあれば、癪《しゃく》にさわるほどうぬぼれたり、高慢ちきになったり、かと思うとすっかり子供っぽくなったりすることもたびたびあるんだ。そんな彼女でも、売国奴になるくらいなら、生きながら火あぶりにされるほうを選ぶだろう。ジャンヌ・ダルクとてこれほどのしっかり者ではなかったはずだ。

ぼくら三人は、落ち着かない休戦状態を続けた。ぼくは彼らを避け、片目をあけて眠り、二人が先に眠らないうちはぼくも眠らないようにし、あの短刀をいつも手にしていた。二人がいっしょにいるようになってからは、水浴びもしなかった。そんなことをすれば、不利な立場に追いこまれるだろうからだ。年上のやつはぼくを無視したが、太っちょのほうはなれなれしいくらいだった。ぼくのちっぽけな武器をこわがっていないふりをしていたが、そうではなかったろう。というのは、いっしょになってから初めて食料を与えられたときのことからだ。缶詰が三個、天井から落ちてきた。痩せっぽちが一個拾い上げ、太っちょが一個取り、ぼくが二人を避けながらそれを取りに行くと、太っちょがそれを横取りした。

「それをくれないか、頼むよ」

太っちょはにやりと笑った。

「これがおまえのものと、どうしてわかるんだ、坊やよ?」

「ああ、缶詰は三個、人間は三人だ」

「だからどうした? おれはちょいとばかり腹がすいてるんだ。こいつを食わずにいられるとは思えねえな」

「ぼくだって腹ぺこだ。無理をいうなよ」

太っちょは考えこんだようなふりをした。

「ふうむ……いいことがある。こいつをおまえに売ってやろう」

ぼくはためらった。これには裏があるぞ。虫けら面が月基地の購買部へのこのこ出むいてゆき、こうした食料を買ったなどということはあり得ない。太っちょか、その相棒が買ったのだろう。借用証書にサインするのはかまわない――一食が百ドルだろうと千ドルだろうと、いや百万ドルだってかまわない。金などもはや無意味なんだから。太っちょに媚《こ》びへつらったところで、どうってことはないじゃないか。

違う！　もし降参したら、もし自分の囚人食のためにも取り引きしなければいけないとゆずったら、太っちょのいいなりにされてしまう。いたれりつくせりの世話をし、いいつけられたことは何から何までしてやることになる。ただ食べるだけのために。

ぼくはブリキのナイフをちらつかせてやった。

「そいつのためなら、相手になってやるぞ」

太っちょはぼくの手元をちらりと見ると、大きく笑いを浮かべた。

「冗談がわからねえのかよ？」

太っちょは缶詰を投げてよこした。以後、食事時のもめごとはなくなった。

ぼくらの生活は、ときどき移動動物園で見かける〈幸福な家族〉に似ていた。小羊といっしょにライオンが檻に入っているやつだ。驚くばかりの見世物だが、小羊をしょっちゅう入れ替えるほかない。太っちょは話し好きで、ぼくは彼からいろいろと知った。彼のつく嘘から事実をふるい分けられるときはだ。太っちょの名前は――彼はそういったのだが――ジャック・ド・バール・ド・ヴィニュ（「『ジョック』と呼んでくれ」）といい、年上のやつはティモシー・ジョンソンといった――しかしあいつらの本名を知りたければ、郵便局にはってある手配書でも調べるほかないのではないかという気がした。ジョックは何もかも知っているふりをしていたにもかかわらず、虫けら面の素性については何も知らず、計画や目的についてもほとんど知らないことがすぐにわかった。虫けら面は〈下等動物〉と話し合いをするようなやつではなさそうだった。ぼくらが馬を使うように、それらを利用するだけなのだろう。

ジョックは、ひとつだけすぐに認めた。

「ああ、おれたちがあのあまっ子をかっさらったのよ。月にはウラニウムなんぞありゃしねえ。ああいった話は、おめでたい連中をおびきよせるためだけのものさ。おれたちゃ、むだ骨折ってたわけだ……それでも人間、食わなきゃならねえ、だろ？」

はっきりとした返事はいわずにおいた。ぼくが欲しいのは情報なのだ。ティムはいった。

「黙れ！」

「ほう、何だってんだ、ティム？　ＦＢＩがおっかねえか？　サツにとっつかまるとでも思ってんのか？　こんなところでよ」

「黙れ、とおれはいったんだ」

ジョックは言葉を続けた。

「おあいにくさまだが、喋りてえんだ。大きなお世話だ……やさしいもんだったぜ。あの小娘の好奇心ときたら、猫七匹以上の凄《すご》さだよ。あいつは小娘が来ることも、それがいつかも知っていた」ジョックは考えこんだ顔つきになった。「あいつはいつだってわかっているんだ……あいつはたくさんの人間を働かせている、中には地位の高いやつもいるぜ。おれはルナ・シティで小娘に近づくだけでよかった……おれがやったのは、このティムの野郎がおれのような親父タイプじゃねえからだ。おれはあの娘と話すようになると、コーラを買ってやり、月でウラニウムを探すロマンやら何やらとご託をならべたりしてな。それから溜息をついて、おれと相棒の鉱山を見せられなくてほんとに残念だといってやった。お膳立てはそれだけさ。観光団がトンボー・ステーションを訪ねたとき、娘はずらかってエアロックからこっそり抜け出た……それをあの娘はみな自分一人でやったんだぜ。油断もすきもあったもんじゃねえよ、あの小娘は。おれたちは話しておいたところで待っているだけでよかった……手荒な真似もせずにすんだ。月面車にしては鉱山へ着くのに、おれがいってたより時間がかかると気をもみ出すまではな」ジョックはにやりとした。「あの重さにしちゃ、なかなかの戦いっぷりだったぜ。派手にひっかきやがってな」

かわいそうなおちびさん！　彼女がジョックを引きずりまわして八つ裂きにしなかったとは残念無念！　だが話は本当らしい。それがおちびさんのやり方だからだ——自分に自信を持ち、だれもこわがらず、「ためになる」経験ができるとなると矢も楯もたまらなくなる。

ジョックは話し続けた。

「あいつが用のあるのはあの小娘じゃなかった。あの小娘の親父に用があったんだ。彼を月へ連れてくるいかさまがすこしあったが、それはうまくいかなかったんだ」ジョックは苦笑いをした。「ひどい目に会ったぜ。あいつの思いどおりにいかねえときは、そりゃひでえものなんだ。それでもやつは、あの小娘で手を打つしかなかった。このティムが交換取り引きができると、あいつに指摘したのさ」

ティムはひとこと吐きすてるようにいったが、ぼくはそれを、十把ひとからげの否定だと感じた。ジョックは眉をつり上げた。

「はねっ返り娘のいったことを聞いたろうが。こいつはいい行儀をしているじゃねえかよ、え？」

ぼくが探っているのは事の真相であって、哲学ではないのだから、ぼくはおとなしくしているべきだったのかもしれない。だが、おちびさんの欠点はぼくにもある。わけがわからないと、どうしてなのか知りたくて耐えられないくらいうずうずするのだ。ぼくは、何がジョックを動かしたのか、わからなかった（そして、いまもわからない）。

「ジョック、なぜそんなことをしたんだ？」

「はあ？」

「な、あんたは人間じゃないか」（少なくともそう見えた）「あんたがいったとおり、ぼくたち人間は助け合ったほうがいい。なのにどうして小さな女の子をさらったりできたんだ？　しかもその彼女をあいつに引き渡すなんてことが」

「気でも狂っているのか、坊や？」

「そうは思わないが」

「おまえ、気違いじみたことをいうぜ。おまえ、これまでに、あいつが求めることをするまいとしたことがあるのか？　いつかやってみるこった」

ジョックのいうことはわかった。虫けら面をはねつけるのは、兎が蛇の目に唾を吐きかけるのと同じことだ――ぼくには、わかりすぎるほどわかっていた。ジョックは続けた。

「ほかの人間の物の見方もわからなくちゃいけねえぞ。持ちつ持たれつと、おれは前々からいってるがな。おれたちはウラニウム原鉱を探してうろついているところを、とっつかまった……そのあと、おれたちにチャンスなんぞありゃしなかった。市庁舎《おやくにん》とは戦えねえ、そんなことをしてもどうにもなりゃしないからな。そこで取り引きをした……おれたちはあいつの使い走りをする、あいつはウラニウムで支払いをする」

かすかにあった同情も消え失せた。へどが出そうだった。

「金をもらっていたのか？」

「まあ……時間給をもらっていたってところかな」

ぼくは監房の中を見まわした。

「割の悪い取り引きをしたもんだな」

ジョックは顔をゆがめた。すねた赤ん坊そっくりだった。

「そうかもしれん。だが無理をいうもんじゃないぞ、坊や。避けられないものとは、仲良くやっていくほかないんだ。あの連中は移住してきているんだ……あいつらは要るものは手に入れる。それは自分の目で見たな。ま、人間、いちばん強いやつを見きわめなきゃいけねえ、なあ？　これは確実なことだが、ほかのだれも気づかねえ。ところでだ、おれがおまえくらいの年ごろにこんなことがあってな、それで身にしみて教えられたぜ。おれのいた町は何年も平穏無事だったが、ボスのやつが老いぼれるにつれて統率力がなくなってきた……するとセントルイスからかなりの連中が乗りこんできた。しばらくはごったがえしていた。だれもがどっちの側につくか考えるしかなかった……でなけりゃ、おきてみると棺桶《かんおけ》の中ってところだな。先を見越していたやつらは、うまいことやった。そうでないやつらは……まあ、流れに逆らうとろくなことはない、おれはいつもそういってるんだ。これでわかったろ、ええ？」

彼の〈論理〉についていくことはできた——ただし、彼の「根っからの屑人間」の基準を受け入れての話だ。しかし肝心な点が抜けていた。

「そうだとしてもだよ、ジョック、小さな女の子にどうしてあんな真似ができたのか、ぼくにはわからないね」

「なに？　どんなふうにそうするほかなかったかを説明したばかりだろうが」

「それでも仕方なくはなかったんだ。あいつに面とむかって命令を拒むのがどれほど難しいかはわかるにしても、あんたが逃げ出すのにもってこいのチャンスはあったぞ」

「どういうこったい？」

「あいつはあんたをルナ・シティに送りこんで彼女を見つけさせた、そういったな。あんたは帰りの運賃を得するところだった……そのくらいはぼくにもわかるし、規則だって知っているよ。あんたがしなければいけないのは、あいつの手が届かないところでじっと待つ……そして地球へもどる次の船に乗るだけだ。あんたは、あいつの汚らしい仕事をすることはなかったんだ」

「でもな……」

ぼくは彼をさえぎった。

「あんたは、月の荒野の中じゃ、どうしようもなかったんだろう。トンボー・ステーションの中でさえ安心できなかったんだろう。でも、ルナ・シティに送られたときはチャンスだったんだ。小さな女の子をさらって、引き渡さなくてもよかったんだよ、あんな……あんなべムなんかに！」

彼は面くらったらしいが、急いで弁解した。

「キップ、気に入ったぜ。いいやつなんだな。だけどおまえ、利口とはいえねえ。わかっちゃいねえんだ」

「わかっているつもりだよ！」

「いや、わかっちゃいねえな」

彼が身を乗り出してきてぼくの膝に手をおこうとしたので、後ずさりした。彼は話を続けた。

「まだおまえに話していないことがちょいあるんだ……おまえに変にとられるんじゃないかと思ってな……つまり、ゾンビーか何かにだ。あいつら、おれたちに手術をしやがったんだ」

「え？」

ジョックはベラベラとしゃべり続けた。

「おれたちに手術をしたんだよ……あいつら、おれたちの頭に爆弾を埋めこみやがったんだ。リモコンだ、ミサイルみたいな。だれかがはみ出したことをすると……あいつがボタンをおす……ドカーン！　頭が吹っ飛んじまうのさ」彼は首筋を手探りした。「傷跡が見えるか？　髪の毛が伸びてきたが……よく見ればきっとわかるぜ。すっかり消えちまってるはずはないからな。わかるか？」

ぼくは見ようとした。そのことに夢中になったといってもいい……このところ、とてもありそうにないことを無理矢理信じこまされるようになっているのだ。ティムは、爆発するようなひとことで、まだ確かめないうちにぼくをさえぎった。

ジョックはひるんだが、元気をふるいおこしていった。

「あいつのことなんざ、気にするな！」

ぼくは肩をすくめ、彼から離れた。ジョックはその〈日〉、それっきり話をしなかった。ぼくには、ありがたいことだった。

あくる〈朝〉、肩におかれたジョックの手で、ぼくはおこされた。

「おきろ、キップ！　おきろったら！」

ぼくは玩具同然の武器を手探りした。

「そっちの壁ぎわだよ……もっとも、いまんとこ何の役に立ちそうにもないがな」

ぼくはそれをつかんだ。

「どういうことだ？　ティムはどこだ？」

「目が覚めなかったのか？」

「え？」

「これがおれのこわがっていたことなんだ。畜生！　やっぱりだれかに話しとくべきだったんだ。おまえ、あのあいだずっと、眠っていたのか？」

「何のあいだだ？　それにティムはどこだ？」

ジョックは震え、汗をかいていた。

「やつらはおれたちに、青い光をあてた、そのあいだのことさ。ティムは連れていかれちまった」彼は震えていた。「あいつでよかった。てっきり……まあ、おまえも感づいていたろうが、おれはちょいとばかり太ってる……あいつらは肉付きのいいのが好きだからな」

「どういう意味？　彼らはティムをどうしたんだ？」

「かわいそうに、ティムのやつ。あいつにも欠点はあった、だれにでもあるようにな。そうはいっても……あいつはスープだぜ、いまごろは……そういうことさ」ジョックはまたがたがた震えた。「あいつらはスープが好きだからな……骨ごとだぜ」

「信じられない。あんたはぼくを、こわがらせようとしてるんだな」

ジョックはぼくを上から下へと見まわした。

「そうかい？　こんどはおまえが連れていかれるだろうよ。なあ坊や、おまえが利口なら、あそこの飼い葉桶のところまでそのペーパーナイフを持っていって、動脈を切るだろうな。そのほうがいいぜ」

ぼくはいった。

「自分がやったらどうだい？　ほら、貸してやるよ」

ジョックは首をふって、ぶるっと震えた。

「おれは利口じゃねえんだ」

ティムがどうなったのか、ぼくにはわからない。虫けら面どもが人間を食べるのかどうかもわからない。（〈共喰い〉とはいえない。ぼくらは羊肉《マトン》なのだろう、あいつらにとっては）ぼくはことさらにこわがっているわけではない。〈恐怖〉回路のヒューズなら、とっくの昔にぜんぶ吹っ飛んでいたからだ。

こんなことを経験してきたいまのぼくには、自分の身にふりかかることなど何でもない。だがジョックにしてみれば、何でもなくはなく、それについての恐怖症になっていた。ぼくはジョックが臆病者だとは思わない。臆病者ならば、月で採掘者になろうなどとはしない。彼は自分の持論を信じ、そのために震え上がっていたのだ。ジョックは、ぼくが知っている以上に自分がそう信じる理由があるのだと半ば認めていた。前にも彼は一度冥王星に来たことがあると、自分でそういったのだが、その旅でいっしょに来た、というか引きずってこられた者は、だれ一人もどらなかったらしい。

食事時になると——缶詰は二個だった——彼は腹が減っていないといい、自分の食料をぼくにさし出した。その〈夜〉、ジョックはおきたままでいた。結局ぼくは、ジョックよりも先に眠るしかなかった。

ぼくは、これまで何度も見た体を動かせない夢から目が覚めた。正夢だった。さほど前ではない、確かにぼくは青い光を浴びたのだ。

ジョックはいなくなっていた。

それきり二人の姿を見ることはなかった。


どういうわけか、二人がいないと淋《さび》しかった……少なくともジョックがいないとだ。四六時中警戒していなくていいというのは、ほっとすることだし、水浴びができて贅沢《ぜいたく》な気分にもなれた。それでもひどく退屈するものだ。一人で檻の中を行ったり来たりするというのは。あいつらにぼくは何の幻想も抱いていなかった。ぼくが牢屋にいっしょに入るならこのほうがまだましという人間は、三十億人を越えるはずだ。しかし、その連中は人間だ。ティムには人に好かれるところなどまるでなかった。ギロチンのように冷酷無惨なやつだった。だがジョックは、ささやかながらも善悪をわきまえていた。でなければ、自分を弁明しようとはしなかったはずだ。彼はただ意気地がなかっただけ、といえる。

しかし、すべてを理解するのはすべてを許すこと、という考えにぼくは賛成しない。この考えを追ってみると最初に気づくのは、殺人者とか強姦犯人、人さらいなどにセンチメンタルになり、その犠牲者を忘れることだ。これは間違いだ。ぼくは、おちびさんのような人々には涙を流しても、そういった人々を餌食《えじき》にした犯罪者どもに涙を流したりはしない。ジョックのおしゃべりがないのは淋しかったが、ああいった下劣な連中を生まれたときになんとか消す方法があるなら、ぼくは死刑執行人に転向してやる。ティムが相手ならなおさらのことだ。

彼らが化け物たちのスープになって最後をとげたとしても、正直いって、気の毒とは思えなかった――たとえそれが、明日は我が身となるのかもしれなくともだ。

スープとして、彼らはたぶん、最高にすばらしいひとときを過ごしたことだろう。

8

ぼくは爆発音にぎくりとし、何の役にも立たないのにない知恵をしぼることから、われに返った。鋭くパーンと鳴り――低いごろごろ――それからシューという減圧の音！　ぼくは飛びおきた――一度でも宇宙服に命を預けたことがある者はだれだろうと、二度と圧力降下には無関心でいられなくなるものだ。

ぼくは息をのんだ。

「いったいどうしたんだ？」

そしてつけ加えた。

「だれが当直に立っているにしても、油断しないでくれよ……でないと、ぼくらは一人のこらず、薄くて冷たい代物を呼吸することになるんだからな」

外に酸素はない。それは確かなことだ――もっとも、そう確信しているのはどちらかといえば天文学者のほうで、自分で検査したくはない。

ついで思った。

「だれかがぼくらを爆撃しているのか？　望むところだ……あるいは地震か？」

これは根拠のない見方ではない。冥王星の〈夏〉に関する例の〝サイエンティフィック・アメリカン〟誌の記事では、気温が上昇するにつれて「急激な地殻平衡移動」がおこることを予測していた――荒っぽくいってみればこうだ。「頭をおさえろ！　煙突が倒れてくるぞ！」

ぼくはサンタ・バーバラで、一度地震にあったことがある。だから追い打ちをかけられるまでもなく、カリフォルニアの人ならだれでも知っていることや、ほかの人々が一度のレッスンで学ぶことを思い出した。地面がジグ・ダンスをしたら、表へ出ろ！

ぼくには、そうできなかっただけのことだ。

アドレナリンのおかげで、十二フィートでなく、十八フィート飛び上がれる力が出るかどうかを調べるのに、ぼくは二分かけた。だめだった。爪を噛《か》んでいる時間を入れなければ、三十分間、そればかりやっていた。

そのとき、自分の名前を呼ぶ声が聞こえた。

「キップ！　ねえ、キップ！」

ぼくは絶叫した。

「おちびさん！　ここだ！　おちびさん！」

永遠のような心臓の鼓動が三回分の沈黙――

「キップなの？」

「この中なんだよ！」

「キップ？　あなた、この穴の下なの？」

「そうだ！　見えないのか？」

ぼくには上の明かりを背にしたおちびさんの頭が見えた。

「うん、もう見えるわ。ああ、キップ、あたし、ほんとに嬉しい！」

「じゃあ、なぜ泣いてるんだい？　ぼくだって嬉しいさ！」

「泣いてなんかいないわ」と、おちびさんは泣きじゃくった。「ああ、キップ……キップ」

「ぼくをここから出せるかい？」

「ええと……」おちびさんは穴の深さを目測した。「そこを動かないでね」

「行かないでくれ！」

おちびさんはもう行ってしまっていた。

彼女は二分と離れてはいなかったのだが、一週間にも思えた。そしてもどってきたとき、このかわい子ちゃんは、ナイロン・ロープを手にしていた！

「つかまって！」

おちびさんは金切り声を上げた。

「ちょっと待て。どんなふうにくくりつけたんだ？」

「あたしが引っぱり上げるわ」

「いや、無理だ……二人ともここへ落っこちるぞ。どこか縛りつけるところを見つけてくれ」

「引っぱり上げられるったら」

「縛りつけろ！　急いで！」

おちびさんは、ロープの端をぼくに持たせたまま、また行ってしまった。まもなく、かすかに聞こえてきた。

「縛ったわよ！」

ぼくは「テストだ！」とさけび、たるみをなくした。体重をかける——大丈夫だ。

「登るぞ！」

そうさけんだぼくは、最後の「ぞ」を追って穴を上がり、追いついた。

おちびさんが飛びついてきた。片腕をぼくの首に、もう片腕をマダム・ポンパドゥールにまわしており、ぼくの両腕は彼女にまわした。彼女はぼくが覚えていたより、さらに小さく、痩せ細っていた。

「ああ、キップ、ほんとにこわかったわ」

彼女のごつごつした肩胛骨《けんこうこつ》を、ぼくは軽くたたいた。

「うん、そうだろうな。これからどうしよう？　どこにいるんだ、あの……」

ぼくは、「どこにいるんだ、あの虫けら面は？」といおうとしたのだが、おちびさんはわっと泣き出した。

「キップ……彼女きっと死んじゃったのよ！」

頭がからまわりした——とにかく、ぼくはいくらか囚人ボケしていたのだ。

「え？　だれが？」

ぼくが混乱していたのと同じぐらい、おちびさんもびっくりした表情になっていた。

「何いってんの、ママさんよ」

ぼくは悲しみがこみあげてくるのを感じた。

「そうか……でも、ねえ、間違いないのかい？　彼女は最後まで元気に話しかけていたよ……それにぼくでさえ死ななかったじゃないか」

「いったいぜんたい、何を話しているの……ああそうか。あのときのことじゃないのよ、キップ。いまのこと」

「え？　彼女がここにいたって？」

「あたりまえよ。ほかにどこだっていうの？」

考えてみれば、馬鹿なことを尋ねたものだ。広い宇宙なんだぞ。ぼくは、ママさんがここに来ているはずはないと、だいぶ前に決めこんでいた――ジョックがその話題を払いのけたからだ。ジョックは、ママさんがいるというか、嘘をつくのが楽しいので手のこむ嘘をでっち上げるかのどちらかだと、ぼくは判断した。彼の頭に彼女のことなどなかったのだ――たぶん彼は、ぼくの宇宙服がふくらんでいるとしか、彼女を見ていなかったのだろう。

ぼくは自分の〈論理〉に自信があったので、先入観を捨てて事実を受け入れるのに、だいぶかかった。

ぼくは生唾《なまつば》をのむ思いでいった。

「おちびさん……自分の母親を亡くした感じだよ。確かなんだな？」

おちびさんは機械的にいった。

「『まるで亡くしたかのような』よ……確かに確かじゃない……でも外にいるの……だから死んだはずよ」

「ちょっと待てよ。もし彼女が外にいるなら、宇宙服を着ているはずだろ。違うのか？」

「そうじゃないのよ！　宇宙服なんかないの……あいつらに船を破壊されてからは持ってないのよ」

ぼくはもっと混乱してきた。

「どうやってあいつらは彼女をここへ連れてきたんだ？」

「ただ彼女を袋に入れて、口をしめて、運んできただけ。キップ……これからあたしたちどうしたらいいの？」

答はいくつかあったが、どれもこれも具合が悪かった——牢獄に放りこまれているあいだに考えておいたことばかりだ。

「虫けら面はどこにいる？　虫けら面どもはみんなどこにいったんだ？」

「あら。みんな死んでしまったと思うわ」

「そう願いたいね」

武器がないかと見まわしてはみたが、見えるのはがらんとした廊下ばかりだった。玩具の短剣はほんの十八フィート下だったが、そのためにまた下りてゆく気にはなれなかった。

「どうしてそう思うんだ？」

おちびさんがそう考えるのには理由があった。ママさんもどきには紙を破る力もなさそうだったが、力のない分は頭で補っていたのだ。彼女はぼくがしようとしていたことをやってしまった。彼ら全員をまとめて片づける方法を考え出したのだ。彼女は急ぐことができなかった、彼女の計画には多くの要素があり、ぜんぶが一度に嚙み合わなければいけないし、そのほとんどが自分の力ではどうにもならないことだからだ。彼女はチャンスを待つほかなかった。

まず彼女は、まわりに虫けら面のほとんどいない時間が必要だった。なるほど基地は大きな補給所だし、宇宙港でもあり、中継地点でもあったが、多くの人員を必要としなかった。ぼくの見た僅かな時間がいつになく混み合っていたのは、ぼくらの船が入港したからだ。

第二に、それは船が入港していないときでなければいけなかった。ママさんは船に立ちむかえない——船を攻撃することはできないからだった。

第三に、行動開始時刻は虫けら面どもの食事中でなければいけなかった。交代で食堂を使わずにすむほどやつらの頭数が少ないときは、全員がいっしょに食べた——でかい桶に群がってすすりあうのだろう——ダンテの描いた場面だ。そのときこそ、ママさんの敵全員がひとつの標的となる。機械や通信機器の当直についている一匹や二匹は別としてもだ。

ぼくは口をはさんだ。

「ちょっと待った！　きみは、みんな死んだといったな？」

「それは……わからないわ。あたし、一匹も見かけなかったわ」

「武器が見つかるまでは何事も慎重にやるんだよ」

「でも……」

「何はさておき、やることをやろう、おちびさん」

武器を探そうとしていたといったところで、見つかるものでもなかった。あの廊下には、ぼくが入れられていたのと同じ穴がほかにもあるだけだった――だからこそ、おちびさんはそこでぼくを探していたのだ。そこは、おちびさんが自由に歩きまわらせてもらえなかった数少ない場所のひとつだった。ジョックはひとつの点では正しかった。おちびさん――それにママさん――は自由のほかはすべての特権が与えられている花形捕虜だったのだ……それにひきかえ、ジョックとティムとぼくときたら三等囚人そして／あるいはスープの骨だった。おちびさんとママさんはふつうの捕虜というよりも人質だという理屈に合っていた。

穴のひとつをのぞいてみると、人間の白骨があったので、そのあとぼくはほかの穴を調べるのはやめた――あいつらは食料を投げ落としてやるのに飽きてきたのかもしれない。立ち上がると、おちびさんはいった。

「どうして震えているの？」

「何でもない。行こう」

「見たいわ」

「おちびさん、一秒一秒が大切なのに、ぼくらはまだむだ話しかしていない。行こう。後ろからついてくるんだぞ」

おちびさんには骸骨を見せなかった。これは、あの好奇心の塊りに対する一大勝利だった

――もっとも、骸骨にもそれほど動揺はしなかったろうが。おちびさんは自分に都合のいいときだけセンチメンタルになるのだ。

「後ろからついてくるんだ」というと、正統派の騎士ふうに聞こえるが、理由があったわけではない。ぼくは後ろから攻撃されることもあるのを忘れていた――こういうべきだった。「ついてこい。後ろに用心するんだぞ」と。

とにかくおちびさんはついてきた。キイキイという音を耳にしてさっとふりむくと、一匹の虫けら面が例のカメラのようなものを手にして、ぼくに狙いをつけていた。ティムがぼくに対して使ったことはあったが、それが何であるかはわからなかった。ぼくは一瞬立ちすくんだ。ところがおちびさんは違った。彼女は宙を飛んでおどりかかり、勇猛果敢に、しかも子猫そっくりにまったくの向こう見ずさで体当たりをくらわせたのだ。

おかげでぼくは命拾いした。彼女の攻撃ではせいぜい別の子猫に怪我をさせるだけだったろうが、彼をだいぶ混乱させたので、彼はやろうとしていたことを果たさずじまいになった。例えば、ぼくを麻痺《まひ》させるなり殺すなりは。そいつはおちびさんに足を取られてつまずき倒れた。ぼくはそいつを踏みつけた。素足で、そいつのザリガニのようなおぞましい頭めがけて踏みつけた。

そいつの頭がバリンと砕けた。ぞっとする感触だった。

苺《いちご》の箱に飛び乗ったのとそっくりだ。割れて、粉々に砕けてしまった。何が何でも戦い、そいつを殺す気ではいたが、その感触にはすくみ上がった。吐き気を感じながら、虫けら野郎を踏みつけて飛びのいた。数秒前にどうしても戦いをいどみたかったのと同じぐらいに、どうしてもその場を離れたかったので、ぼくはおちびさんを助けおこして引きもどした。

ぼくはそいつを殺していなかった。一瞬、また攻撃を加えなければならないのかと思って、背筋が寒くなった。ついでわかったのは、そいつは生きているがぼくらには気づいていないらしいということだった。首を切られたばかりの鶏のようにバタバタと暴れてから動きがとまり、目的を持って動き出した。

しかし、そいつは目が見えなかった。ぼくはそいつの目をつぶしてしまったし、耳もそうだろう――とにかくあの恐ろしい目は確実につぶした。

そいつは注意深く床を探って立ち上がった。頭がつぶされてだめになっているほかは、まだ何ともないのだ。あの三番目の付属器官で三脚のような格好に踏んばって、気配をうかがっていた。ぼくらは大きく後退した。

そいつは歩き出した。こっちへむかってではなかったが、そうだったらぼくは悲鳴を上げていたろう。そいつは離れてゆき、壁にぶつかって立ち直り、ぼくらが前にやってきたほうへもどっていった。

そいつは彼らが囚人用に使っていた穴のひとつまで進み、そこに足を踏み入れ、落ちてしまった。

ぼくは溜息をつくと、おちびさんを息もできないほどきつく抱きしめているのに気づいた。ぼくは彼女を下ろした。

「あなたの武器がそこにあるわ」

「え？」

「床の上。あたしがマダム・ポンパドゥールを落としたところのすぐ向こう。ちょっとした機械よ」

おちびさんは歩いてゆき、自分のお人形さんを拾いあげ、虫けら面の残骸を払いのけ、カメラみたいなものを取り、それをぼくに手渡した。

「気をつけてね。自分にはむけないでよ。あたしにもね」

ぼくはおずおずといった。

「おちびさん……きみは、臆病風に吹かれたことはないのかい？」

「そりゃあるわよ。それをゆっくり楽しんでる暇があればね。いまは違うわ。知ってる、その使い方を？」

「いや。そういうきみは？」

「わかると思うわ。見たことがあるし、ママさんからも聞いていたから」

おちびさんは手に取って何気なくいじってはいたが、ぼくらのどちらにもむけなかった。

「上にあるこれらの穴は……そのカバーのひとつをはずすと麻痺させるの。ぜんぶのカバーをはずすと殺すわ。射つにはここをおすの」おちびさんがおすと、明るい青色の光が発射されて壁にあたった。「光は大丈夫……照準のためなの。あの壁の向こうにだれもいないといいんだけど。ううん、いたほうがいいわね。あなた、意味はわかるでしょ」

それは、鉛レンズをはめこんだ風変わりな三十五ミリカメラだった――口頭で説明したことから製作したカメラだ。自分の手に取り、狙うところには充分に用心して、よく眺めた。そして試射してみた――うっかりしたことに、最大出力だった。

青い光線が宙をつらぬく棒となり、それが壁にぶつかったところは白熱してくすぶりだした。スイッチを切ると、おちびさんにたしなめられた。

「エネルギーがもったいないじゃない……あとで必要になるかもしれないのよ」

「ああ、試してみなければいけなかったからね。さあ、行くとするか」

おちびさんは自分のディズニー時計を、ちらりと見た――ぼくの極上物が耐えきれなかったというのに、それが明らかに大丈夫だったらしいとはうんざりだった。

「ほとんど時間がないわ、キップ。逃げたのはあの一匹だけだったんじゃない？」

「なんだって？ そんなことはわからないよ！ あいつらがぜんぶ死んだと、はっきりわかるまでは、ほかに何もできないんだ。行こう」

「でも……ええ、あたしが先に行くわ。あたしはここをよく知ってるけれど、あなたは違うもの」

「だめだ」

「いいの！」

そこでおちびさんのいうとおりにした。おちびさんが先に立って青い光の放射器《プロジェクター》を持ち、ぼくは後ろを守りながら、虫けら面のように三つめの目が欲しいものだと思った。自分の反射神経が敏捷《びんしょう》でもないのにより敏捷だとは説得できないし、おちびさんのほうが武器については知っているのだ。

それにしても腹立たしいことに変わりはない。

基地は巨大だった。あの山の半分は蜂の巣状になっていたに違いない。ぼくたちは小走りで進んだ。博物館の陳列品なみに複雑怪奇なものも、その二倍も面白いものも無視し、虫けら面がどこにもいないことを確かめることだけに専念した。おちびさんは武器を構えて走りながら、のべつまくなしにしゃべりまくってぼくをせき立てた。

基地が空っぽ同然なばかりか、船も入っておらず、虫けら面どもが食事どき、ママさんもどきの計画では、このすべてが冥王星の夜のある決まった時刻の直前におこっていなければいけなかった。

ぼくは息をはずませて尋ねた。

「どうして?」

「そうすれば自分の仲間に信号を送れたからにきまってるじゃない」

「でも……」

ぼくは黙った。ママさんもどきの種族がどんなものなのかと思ったことはあったが、虫けら面を知っている以上にも、ママさんのことは知らないのだ――知っているのは、彼女があらゆる点からママさんもどきであることだけだった。もう彼女は死んでいる――おちびさんがいうには、宇宙服なしで外へ出たらしいが、それならば確実に死んでいる。小さく柔らかく暖かいあのママさんは、あんな超北極的な天候の中では二秒ともちやしない。窒息や肺出血はいうまでもない。ぼくは絶句した。

もちろんおちびさんは間違えているかもしれない。めったにそんなことはないと、ぼくは認めるほかなかった――だが、これはめったにおこることのひとつかもしれない……その場合はぼくらは彼女を見つけることになるだろう。しかし見つからなければ、ママさんは外に出ていて――

「おちびさん、ぼくの宇宙服がどこにあるか知っているか？」

「え？　もちろん。あたしがこれを手に入れたところのすぐ隣よ」

彼女はナイロン・ロープをぽんとたたいた。それは腰に巻きつけて蝶結びにしてあった。

「じゃあ、虫けら面を一掃《いっそう》したとはっきりしたらすぐ、外へ出てママさんを探そう！」

「そう、そうね！　でもあたしの宇宙服も見つけなくちゃ。あたしもあなたと行くから」

彼女なら行くにきまっている。ひょっとすると、骨まで凍りつくあの風が来ないトンネルの中で待っているようにと、説得することができるかもしれない。

「おちびさん、どうして彼女は夜中に通信しなければいけなかったんだ？　通信先は自転周期軌道上にいる船なのか？　それとも……」

ぼくの言葉は轟音《ごうおん》にかき消された。人も動物も同じようにすくみあがらせるほどのぐらぐらする振動で床がゆれた。ぼくらはその場に凍りついた。おちびさんはささやいた。

「何かしら？」

ぼくは唾をのみこんだ。

「ママさんが計画した騒動の一部でなければ……」

「そうじゃないと思うわ」

「地震《クエーク》だ」

「地震《アース・クエーク》？」

「冥王星《プルート・クエーク》のね。おちびさん、ここからどうしても出なけりゃあ！」

どこへなどということは頭になかった――地震のときは考えられないものだ。

おちびさんはあえぎながらいった。

「地震になんか、あたしたちかまってられないわ。時間がないのよ。急いで、キップ、早く！」

彼女が走り出したので、ぼくも歯をくいしばってあとを追った。おちびさんに地震が無視できるなら、ぼくにもできる――もっともそれは、ベッドにいるガラガラヘビを無視するようなものだが。

「おちびさん……ママさんの仲間って……その船は冥王星のまわりの軌道にいるのか？」

「何ですって？　そうじゃないってば！　彼らは船の中にいるんじゃないの」

「だったら、どうして夜に？　ここには電離層のようなものでもあるのかい？　彼らの基地まで、どれぐらいあるんだ？」

ここでは人間はどのくらい歩いていけるものかと、ぼくは考えていた。ぼくらは月でほぼ四十マイルほどを歩いた。ここでは四十ブロックも歩けるだろうか？　いや、四十ヤードさえどんなものだろう？　足を絶縁することはできる、たぶんね。しかし、あの風は――

「おちびさん、彼らはここに住んでいるわけじゃないだろうね？」

「何いってんの？　冗談じゃないわよ！　彼らにはりっぱな自分たちだけの惑星があるわよ。キップ、馬鹿なことばかり聞いていたら、あたしたち手遅れになってしまうわ。黙って聞いてよ」

　ぼくは黙った。走りながら断片的に聞いたのは次のことであり、いくらかはあとから聞いたものだ。ママさんもどきはつかまったときに、船も宇宙服も通信機器も何もかも失った。虫けら面がそれらをことごとく破壊したのだ。交渉をする一方で、休戦協定を犯して捕虜を取るというような裏切りをおこなった。

「たんま《キングズ・エックス》をかけたことになってたのに、ママさんをつかまえたのよ。汚いったらないわ！　約束したっていうのに」

　というのが、おちびさんの憤然たる説明だった。

　裏切り行為など、虫けら面にしてみれば、アメリカ毒トカゲに毒があるように当然のことだったのだろう。ぼくが驚いたのは、ママさんもどきが彼と交渉をしたなどということだった。あげくのはてが、冷酷な怪物どもの捕虜だ。そいつらの装備ときたら、ぼくらの船など馬なし馬車同然に見える船や〈殺人光線〉を始めとして、とどまるところを知らない武器類、さらには基地・組織・補給品まである。

彼女には、自分の頭とちっぽけな柔らかい両手しかないんだ。

多少なりとも何らかのチャンスを作り出すために必要な、めったにない組み合わせの状況を使えるようになる前に、彼女がしなければいけなかったのは、通信機（ママさんの〈無線〉として考えるが、それは単なる無線以上のものだった）を作り直し、武器を手に入れることだった。そういった物を得られる方法はただひとつ、作り上げるほかなかった。

ママさんは何ひとつ持っていない、ヘアピンひとつも――渦巻が刻まれた三角形のあの飾りしか持っていない。何を作るにしろ、彼女が接近できるようにならなければいけないのは、電子工学の実験室とでもいうべき一連の部屋だ――ぼくが電子工学をいじくったわが家の工作台と似ているというのではなく、電子を動かすことには、それ自体に備わった論理というものがあるのだ。電子がこちらの意のままに動くようにするには、構成要素はある一定の形をとっていなければいけない。作るのが人間であろうと、虫けら面どもであろうと、ママさんもどきであろうとだ。導波管は自然の法則から形が決まり、インダクタンスにはそれに必要な構造がある。だれが技術者であろうともだ。

だからこそ、見るからに電子工学の実験室だったのだ――それも実にりっぱな実験室だ。何やらわからない装置があったが、時間をかければ理解できそうな気がした。ちょっとのぞいてみただけだったが。

ママさんもどきは何時間も何時間もそこで過ごした。彼女が拘束のない捕虜で、ほとんどのことでの自由と何でも望む物とを与えられ、おちびさんといっしょにいられる専用の部屋まであてがわれていたにしても、そこを使うことは許されてはいなかっただろう。捕虜とはいえ、虫けら面は彼女を恐れていたのだろう――だから、むやみには怒らせたくなかったのだ。

彼女は彼らの強欲さを餌でつり、工作室を使う自由を得た。彼女の種族は、虫けら面どもにないものをたくさん持っていた――小型装置類、数々の発明、文明の利器などを。彼女が手始めに聞き出そうとしたのは、なぜもっと能率的なほかの方法をとらず、こんなふうに事を運んだのかだった。慣例か？　それとも宗教上の理由か？

彼女の意味するところは何なのかと尋ねられると、彼女はどうしようもないという表情になり、説明することはできないと抗議した――それは残念なことだった。装置は単純で、作るのが実に簡単なものだったからだ。

監視者をすぐそばにおいて、彼女はある物を作った。その装置は作動した。ついでほかの物を作った。そのうち毎日実験室にこもるようになり、自分を捕えた彼らのためになる物、喜ばす物を作った。いつもそっくり渡した。特権がそれによって得られるからだ。

ところが、どの装置にも、彼女自身が必要とする部品を含んでいた。

おちびさんはぼくに話した。

「彼女は、こまごまとした部品を失敬しては体の袋に隠したの……彼女が何をしているのか、あいつらには正確なところは決してわからなかったわ。そういうものの五つまでは使って、六つめは袋行きってわけよ」

「彼女の袋？」

「きまってるじゃない。そこに彼女は〈頭脳《ブレイン》〉を隠したのよ、彼女とあたしで船をかっぱらってやったときにはね。知らなかったの？」

「知らなかったよ、袋があるなんて」

「そうね、あいつらにだってわからなかったわ。あいつらは、彼女が工作室から何も持ち出さないように監視していたわ……だからママさんは絶対にしなかった。見えるところではね」

「な、おちびさん、ママさんは有袋類なのかい？」

「え？　フクロネズミのような？　有袋類に生まれなくたって、袋はあるわ。リスを考えてごらんなさいよ、頰に袋があるじゃない」

「ふうむ、そうか」

「彼女はちびりちびりとくすね、あたしもいろいろとかっぱらってやったわ。休み時間はずっと、あたしたちの部屋で組み立てていたの」

ママさんもどきは、ぼくらが冥王星に来てからずっと眠っていなかった。長時間みんなの目につくところで働いて、虫けら面どもに役立つ物を作った――タバコの箱ほどのステレオ電話、小さなカブト虫のようなもので、何かの上におくとその全面をはいまわり、積分して体積を算出する装置、そのほか多くの物をだ。しかし休息のために取ってある時間は、自分のための作業に励んだ。たいていは暗闇の中で、あのちっちゃな指を盲目の時計組立工のようにせっせと動かして。

彼女は爆弾二個と長距離通信ビーコン一個を作り出した。

このぜんぶをぼくは、おちびさんの肩ごしに聞きながら、基地を走り抜けたわけではない。話してもらったのは、ママさんもどきがなんとかラジオ・ビーコンを作り上げたことと、ぼくが感じた爆発の張本人だったことだけだ。あとは、何が何でも早く、早く、早くったら、だけだ。

ぼくは息を切らしていった。

「おちびさん、何をそうあわてているんだ？　ママさんが外にいるんなら、ぼくは彼女を中へ連れてきたい……死体をってことだ。でもきみは、まるで、いつまでという時間の制限がありそうな急ぎ方じゃないか」

「あるのよ！」

通信ビーコンは、ある決まった地方時（冥王星の一日は約一週間だ――これまた天文学者が正しかった）に外において、惑星そのものにビームをさえぎられないようにしなければいけなかった。ところがママさんもどきは宇宙服を持っていなかった。二人で相談したのは、おちびさんが宇宙服を着て外に出て、ビーコンをセットすることだった――それはおちびさんがスイッチを入れるだけでいいように設計されていた。しかしそれは、おちびさんの宇宙服のありかをつきとめること、さらには虫けら面どもを片づけてから踏みこみ、それを手に入れることにかかっていた。

宇宙服のあるところを彼女らは探り出せなかった。ママさんは物静かに、自信に満ちた調子で歌い、それは本当にぼくの頭の中で鳴りひびいているようだった。

（「気にしなくていいのよ、ディア。自分で行ってセットできるのだから」）

おちびさんは反対した。

「ママさん！　あなたにはできないわ！　外は寒いのよ」

（「長くはかからないわ」）

「息だってできないのよ」

（「大丈夫よ、すぐだから」）

それで決まりだった。ママさんはママさんなりに頑固で、虫けら面といい争うのと変わりはなかった。

爆弾はできた、ビーコンもできた、条件がみなそろう時刻も近づいた——船の入港予定もなく、虫けら面もほとんどおらず、冥王星の向きも申し分なく、基地要員は食事どきという時刻が——なのにまだ、おちびさんの宇宙服がどこにあるのかわからない——壊されていなければいいのだが。ママさんもどきは決行することにしたのだ。

「でもママさんはいったの。ほんの二、三時間前、そのときに今日がその日だって教えてくれたんだけど、もし十分かそこらでもどらなかったら、あたしが宇宙服を見つけてビーコンのスイッチを入れてくれるといいんだけど……もし彼女にできなかったらってね」おちびさんは泣き出した。「あれが、は、は、初めてだったのよ、彼女が、できるかどうか自信がないって認めたのは！」

「おちびさん！　やめろ！　そのあと、どうした？」

「爆発するのを待ったわ……ちゃんと爆発した……あたしは探し始めたわ、行かせてもらえなかったところをね。でも、あたしの宇宙服はどうしても見つからなかったの！　それからあなたを見つけて……ああ、キップ、彼女が外に出てほとんど一時間もたつわ！」おちびさんは時計を見た。「あと二十分くらいしかないわ。それまでにビーコンのスイッチが入らないと、彼女はさんざん苦労したあげく、い、い、犬死にじゃない！　彼女だって、そんなの気に入らないわよ」

「ぼくの宇宙服はどこだ！」

虫けら面はあれきり一匹も見なかった——どうやら当直についているのは一匹だけで、あとは食事らしい。おちびさんに案内されたドアはエアロック型で、その向こうは食堂だった——その区画は爆弾で破壊されていたのかもしれない。中にいた連中がこっぱみじんに吹き飛ばされたときには、気密ドアはすでに閉じていたからだ。ぼくたちは急いで通りすぎた。

いつものとおり論理的に、おちびさんはぼくの宇宙服を探しあてた。十数着もの人間型の宇宙服といっしょだった——あの人喰い鬼どもは、どれだけのスープを飲んだのだろう。まあい い、もう二度と飲めやしないんだ！　ぼくは時間をむだにしなかった——ただ、「よう、オスカー！」と叫んだだけで、それを着始めた。

(「どこへ行ってたんだ、相棒？」)

オスカーの調子は申し分なさそうだった。太っちょの服がぼくのの隣にあり、ティムのはその向こうにあった。それをちらりと見てぼくはオスカーを広げ、利用できる装置がないものかと思った。おちびさんはティムの宇宙服を眺めていた。

「あたし、これを着られるかもしれないわね」

それはオスカーよりだいぶ小さかったが、おちびさんにはほんの九サイズばかり大きすぎた。

「馬鹿なことをいうな！　鶏が靴下をはいたみたいになるぞ。こっちを手伝ってくれ。そのロープをはずして、輪に巻いたらベルトにとめてくれ」

「要らないわよ。ママさんは歩道を百ヤードばかり行ったところにビーコンを運んで、据えつけるつもりだったの。もし彼女にできなかったようなら、あなたがそうするだけよ。そのあと、てっぺんのスイッチをひねってね」

「ごたごたいうな！　あと時間は？」

「わかったわ、キップ。十八分よ」

「あの風は強いからな……ロープが要るかもしれないんだ」

ママさんもどきはあまり重くない。吹き飛ばされたんだとすると、その死体を回収するのにロープが要るかもしれないんだ。

「あのハンマーを取ってくれ、太っちょの服からはずして」

「おやすいご用よ！」

ぼくは立ち上がった。オスカーが体を取り巻いていると気分が良かった。そこで思い出した。船から歩いて来るとき、足がどれほど冷たかったかを。

「石綿のブーツでもあれば、なって思うよ」

おちびさんにはピンときたらしい。

「ここで待ってて！」

彼女は引きとめるまもなく行ってしまった。身支度を続けながらも気が気でなかった——彼女は発光武器を拾い上げもしなかったのだ。すぐにぼくはいった。

「気密か、オスカー？」

（「気密だぜ、相棒！」）

顎バルブよし、血色よし、無線——要らないだろう——水——タンクはすっからかんだ。かまうものか、のどがかわく暇もないだろう。顎のバルブを作動させて、圧力を下げた。外の圧力はかなり低いとわかっていたからだ。

おちびさんは、赤ちゃん象用のバレー・シューズみたいなものを持ってもどってきた。彼女はぼくのフェイス・プレートに顔をよせて、大声を張りあげた。

「あいつら、これをはくの。あなた、うまくはける？」

はけそうには見えなかったが、サイズがひどく違う靴下のように無理矢理足をつっこんだ。立ってみると、床へのくいつき具合がよくなっていた。体裁は悪いが、歩きづらくはなかった。

一分後にぼくらが立っていたところは、ぼくが最初に見た大きな部屋の出口だった。エアロックのドアがしまっていたのは、ママさんもどきのもう一個の爆弾のためであり、その爆弾をしかけたために向こうのトンネルの閘門が吹っ飛ばされていたのだ。食堂の爆弾はおちびさんがしかけ、そのあと自分たちの部屋へ急いでもどった。ママさんもどきが時限装置で二個の爆弾を同時に爆発させたのか、それともリモコンでスイッチを入れたのかはわからない——それはどうでもよかった。彼らは虫けら面のりっぱな基地をガラクタ置場にしたのだから。

おちびさんはエアロックの空気の抜き方を知っていた。内側のドアが開くと、ぼくはさけんだ。

「時間は?」

おちびさんは時計を見せた。

「十四分よ」

「忘れるなよ、ここを離れるんじゃないぞ。何だろうと動いたら、まず青い光を浴びせ、そのあとで質問するんだぜ」

「覚えておくわ」

中に入って内側のドアをしめ、外のドアにあるバルブを見つけると、圧力が等しくなるのを待った。

二、三分かかってその大きなエアロックから空気を放出したが、そのあいだ、暗い思いに囚《とら》われていた。おちびさんを一人残して行きたくはなかった。虫けら面はぜんぶ死んだものと思っているが、確信はない。あわてて調べまわったのだから、一匹くらいはすれ違いになっていたということもある——あいつらは実にすばしこいからな。

そればかりか、おちびさんは「覚えておくわ」といった。「オーケイ、キップ、そうする」

というべきところをだ。口がすべったのか？　回転の速い心というものは、そうしたいと思っているときだけ、つい「口をすべらす」ものだ。〈了解《ロジャー》〉と〈承諾《ウィルコー》〉とでは大変な違いだ。

そのうえ、ぼくがこんなことをしているのは、馬鹿げた動機からなのだ。ぼくがやろうとしているのは主として、外へ出てママさんもどきの死体を回収することだ——愚の骨頂だ。中へ連れてきたら、ひどい状態になってしまうからだ。彼女のことを思うのなら、このまま自然の冷凍状態においてやったほうがいい。

しかしぼくにはそれが耐えられなかった——外は寒い、そんな寒さの中に彼女を放っておくことはできない。あんなに小さく、暖かく……とても生き生きしていた彼女じゃないか。暖かくなれるところへ連れてこなければいけないんだ。

自分で愚かとわかっていながら、感情的には行動に移さずにいられないとなると、人は惨めなものだ。

さらに悪いことは、ぼくがこんなにがむしゃらに急いでいるのも、ママさんもどきがビーコンを据えつけたがっていた時刻は、いまからほんの十二分かひょっとすると十分ほどあとで、分秒を争うからだ。まあ、ぼくはそのとおりにしてやるが、それにどんな意味があるというんだ！　彼女の故郷の星が近いとして——そう、プロクシマ・ケンタウリとして、虫けら面どもはどこかもっと遠いところから来たことにしよう。彼女のビーコンが作動したにしても——自分の仲間にSOSが届くには四年以上かかってしまうじゃないか！

ママさんもどきにはそれでよかったのかもしれない。彼女は実に長いあいだ生きていた、という印象をぼくは受けた。何年か助けを待つくらい苦にならないのかもしれない。しかしおちびさんやぼくは、彼女のような生き物ではないのだ。光速の通信がプロクシマ・ケンタウリにたどり着かないうちに、ぼくたちは死んでしまうだろう。おちびさんに再会できたのは嬉しいが、二人がこの先どうなるかは目に見えている。死、数日中、数週中、長くて数か月中に、空気なり水なり食料なりを使い果たしてしまうことで——あるいはぼくらが死ぬ前に虫けら面の船が着陸するかもしれない——そうなると、戦闘というとんでもない悪魔の饗宴《きょうえん》となり、その中で、運がよければぼくらはあっさり死ねるだろう。

どう考えたところで、あのビーコンを据えつけるのは「故人の意志の履行」にすぎない——葬式で聞く言葉だ。センチメンタルな愚行だ。

外のドアが開き始めた。こんにちは《アヴェ》、ママさん！　われら《ノス》、まさに死なんとす《モリトゥリ》——

外は寒かった。身を切るような寒さだ。まだ風にさらされてはいないのにだ。発光パネルはまだ作動しており、トンネルがひどい荒れ方になっているのが見えた。二ダースの分割式気圧制御装置は鼓膜のように破られていた。盗んだ部品からどんな爆弾を仕立て上げることができたのだろうか。体の袋に無線装置らしいものといっしょに二個も隠しておけるほど小型でありながら、これだけのパネル群を吹っ飛ばすほどの威力があったとは。固い岩の数百フィートも中にいるというのに、吹きつけてくる風に歯がガチガチと鳴った。

初めの一ダースのパネルは内側に吹き飛ばされていた。彼女はそれをトンネルの真ん中で爆発させたのか？　あんな凄《すさ》まじい爆風では、彼女は羽のように飛ばされてしまうじゃないか！

きっと据えつけてから中に入ってスイッチを入れ――そのあとぼくのようにエアロックを抜けてもどったのだろう。ぼくにはそうとしか考えられなかった。

一歩ごとに寒くなった。足はまださほど冷たくはない。あの不格好な長靴《マクラック》は具合がよかった。虫けら面どもには絶縁材の知識があったわけだ。

「オスカー、暖炉に火を入れたのか？」

（「ゴーゴーいってるよ、相棒。冷える夜だぜ」）

「まったくだ！」

いちばん外側の破れたパネルのすぐ向こうに、彼女がいた。

彼女は疲れ切ってもう進めない、とでもいうようにつっ伏していた。両腕を前に投げ出し、その小さな指が僅かに届かないところのトンネルの床に小さな丸い箱があった。女性が白粉《おしろい》を入れて鏡台においておく箱ほどの大きさだ。

彼女の表情は安らかで、両眼は開いていた。ただ瞬膜が下りているのは、数日前か数週間前か、あるいは千年前かに、家の裏の牧場で初めて彼女を見たときと同じだった。もっとも、彼女はあのとき怪我をしていたし、そのように見えた。こんども、内側の瞼をあけて歓迎の歌を歌ってくれるのではないかと、ぼくは半ば期待した。

ぼくは彼女に触れてみた。

氷のように堅く、氷よりも冷たかった。

目をしばたたいて涙をおさえたぼくは、一瞬たりと時間をむだにしなかった。彼女が望んだのは、あの小さな箱を歩道の外百ヤードのところにおき、てっぺんのつまみをひねることだ——しかもあと六、七分の内にそれをやりとげたがっていたんだ。ぼくは箱を拾い上げた。

「大丈夫だ、ママさん！　ぼくが引き受けたよ！」

(「さあ行くぞ、相棒！」)

(「ありがとう、ディア・キップ……」)

ぼくは幽霊など信じちゃいない。ママさんが「ありがとう」と歌うのを何度も聞いていたから、その歌声が頭の中で響いたのだ。

トンネルの出口まで二、三フィートのところで、ぼくは立ちどまった。吹きつける風のあまりの冷たさに、トンネル内の死ぬような寒さも夏のように思えた。ぼくは目を閉じ、星の光に目を慣らす時間をとろうと三十秒かぞえながら、トンネルの風上側で歩道を山に固定している斜めの支柱を手探りし、命綱を支柱に巻きつけてから結わえた。外が夜中とわかっていたので、満天の星にきらめく白い〈雪〉を背に、歩道が黒いリボンのように浮かび上がっているだろうと予想した。吹きさらしの道でも、歩道のへりが見ることができれば安全でいられるだろう——肩を前後にゆらせ続けない限り、ヘッドランプで見ることはできない——不格好だし、バランスを失ってしまうか、歩くスピードが落ちてしまうかしそうだ。

そのことをぼくは、じっくりと考えてあった。庭先をぶらつくようなものとは思っていない——夜だし、冥王星なんだ！　だからこそ、三十秒をかぞえてロープを結びつけながら、目が星の光に慣れるのを待ったのだ。ぼくは目をあけた。

ぼくは、何ひとつ見えなかった！

星ひとつ見えない。空と地面の見分けもつかない。背中はトンネルにむき、ヘルメットは日よけ帽のように顔を覆っていた。歩道は見えるはずなのに。何も見えない。

ヘルメットをまわしてみると、真っ暗な空とさきほどぼくらが感じた地震の両方の説明がつきそうなものが目に入った――活火山だ。五マイル先かもしれないし五十マイル先かもしれないが、その正体は疑いようがなかった――たけり狂ったように、赤いぎざぎざの岩肌が低く空にかかっている。

しかしぼくは、立ちどまって見つめてはいなかった。ヘッドランプをつけて右手風上側のへりを照らし、そのへり近くを保ったまま、のそのそと歩き出した。こうすれば、よろめいても風に吹き飛ばされないうちに、道幅をいっぱいに使って体勢をととのえられる。風は恐怖だった。ロープを巻いたまま左手に持ち、ロープをくり出しながら進み、常にピンと張っておいた。握っているロープの輪は堅かった。

風は恐ろしいばかりか、痛かった。それはあまりにも強烈に冷たいので、炎のように感じた。燃えさかり、吹きつけ、感覚を奪っていった。体の右側は風をまともに受けて感覚がなくなり始め、ついで左側が右側よりも痛くなった。

もうロープを持っている感覚はなかった。立ちどまってかがみ、ロープの輪をヘッドランプの光の中に入れた――これまた改良が必要だ！　ヘッドランプは回転式でなければいけない。

輪は半分なくなっていたので、たっぷり五十ヤードは来ていた。ぼくはロープを頼りにして判断していたのだ。つまり、百メートルの登山用ロープだから、終わりに近づいたときにママさんもどきが求めていただけ、外へ出たことになる、というわけだ。急げ、キップ！

（「早く行けよ、相棒！　ここは寒いんだ」）

ぼくはまた立ちどまった。あの箱は持っているのかな？

その感覚がなかった。しかし、ヘッドランプが、箱を握り締めているぼくの右手を照らし出した。そのままでいてくれ、指たちよ！　先を急ぎながら歩数をかぞえた。一！　二！　三！　四！……

四十になったところで立ちどまり、へり越しにちらりと目をやると、そこは道が小川と交差する最高地点だった。そこがほぼ中間地点だということを思い出した。例の小川――メタンだろうか？――は、固まっていた。夜は冷えるんだな、といまさらながらにわかった。

左手のロープはあと二、三回巻き分しかなかった――もうそろそろだ。ぼくはロープを下ろして慎重に道の中央へ移り、両膝と左手をついて箱をおこうとした。

指がどうしても開かない。

左手でこじあけ、拳の中から箱を取り出した。あの情け容赦のない風が箱に襲いかかり、ころがっていくのをあわやというところで取りおさえた。ぼくは両手で箱を注意深くまっすぐ立てた。

（「指を動かすんだ、相棒。手を打ち合わせろ！」）

そうした。前膊《ぜんはく》部の筋肉を引きしめることはできたが、指を曲げるのは引き裂かれるような苦しさだった。左手でぎこちなく箱をおさえ、てっぺんの小さなツマミを手探りで求めた。

さわってもその感覚はなかったが、どうにか指でつまんでしまうとあとは簡単にまわった。まわるのが見えた。それはごろごろと鳴って生き返ったようだった。手袋をとおし、宇宙服を伝わって振動が聞こえてくるような気がした。もちろん、指があんな状態では、手ざわりでわかるわけはないのだが。ぼくは急いで手を放し、ぎくしゃくと立ち上がり、後ずさりすると、かがみこまなくともヘッドランプで照らせるようにした。

ぼくはやりとげた。ママさんもどきの仕事は終わったんだ。しかも制限時間前に（だといいのだが）。そのへんのドアノブほどもの分別がぼくにあったなら、ぼくはふりむくなり、来たときよりも急いでトンネルに駆けこんでいたところだ。

だがぼくは、それがやっていることに見とれていた。

箱はそれ自体で振動し、蜘蛛のような三本の小さな足が底から生えてきた。そいつは自分の小さな三本足で立ち、一フィートほどの高さまで持ち上がった。また振動し、風に吹き飛ばされるのではないかと思った。ところが蜘蛛のような足は広がり、路面に食いこんだらしく、岩のようにビクともしなかった。

何かが持ち上がり、てっぺんをあけて出てきた。

それは花そっくりに開き、直径八インチほどになった。一本の指（アンテナか？）が伸び、まるで方向を探るように回転し、動きがとまると空の一点をさした。

ついでビーコンのスイッチが入った。そのことは確実だ。もっとも、見えたのはパッときらめいた光だけだった——寄生電流に違いない。火山が空一面に吐き出した雲がなくて、光だけではとてもわかるほどではなかったからだ。たぶん、スイッチが入って膨大なエネルギーのパルスが流れたことによる無害な付随効果か何かであり、ママさんには時間がなくて、あるいはたぶん装置なり部品なりがなくて、そのパルスを整流するなりシールドするなりできなかったのだろう。明るさは、豆つぶほどのフラッシュ程度だった。

ところがぼくはそれを見つめていた。偏光装置はそれほど速くは作動しない。ぼくは目がくらんでしまった。

ヘッドランプが切れたかと思ったが、目の前に緑紫色の大きな眩惑斑があったので、それをとおして見えないだけだとわかった。

(「あわてるなよ、相棒。ただの残像だ。待ってりゃ消えるさ」)

「待っていられるか！　凍え死んじまう！」

(「ロープを腕に引っかけろ、ベルトにとまっている部分をだ。それをたぐりよせるんだ」)

ぼくはオスカーのいうとおり、ロープを探りあて、ふりむき、両腕で巻き始めた。

それは粉々に砕けた。

それはロープが切れるように切れたのではない。ガラスのように砕け散ったのだ。そのときには、それはそのとおり——つまりガラスに——なっていたのだろう。ナイロンやガラスというのは過冷却した液体なのだ。

「過冷却」がどういうことか、いまは知っている。

だがあのときに考えたのは、命との最後のつながりが失われてしまった、ということだった。何も見えず、何も聞こえず、何もないプラットホームに一人ぽっち、故郷からは何億マイルもあり、それに極寒地獄の深淵《しんえん》から吹き上げてくる風が、僅かに感覚のある体から最後の生気を絞り取っていく――僅かながら感覚の残っているところは、火傷をしたように痛い。

「オスカー！」

(「ほいきた、相棒。まだ何とかなるさ。ほら――何か見えないか？」)

「見えない！」

(「トンネルの入口を見つけるんだ。中は明かりがついている。ヘッドランプを消すんだ。大丈夫、消せる――ただのトグル・スイッチだ。ヘルメットの右側を後ろへこすれ」)

そうした。

(「何か見えるか？」)

「まだだめだ」

(「頭を動かせ。目の隅で見るようにするんだ……眩惑ってのは真ん前に残るもんだからな。どうだ？」)

「こんどは何か見つけたぞ！」

(「赤味がかっているだろ？　しかもぎざぎざしている。例の火山だ。これでどこをむいているか、わかった。ゆっくりと顔をまわしながら、トンネルの入口をとらえるんだ」)

ゆっくりやるしか、顔のまわしようがなかった。

「あったぞ！」

（「ようし、ゴールに向いたな。四つんばいになって、ゆっくりと左側へ横にはっていくんだ。向きを変えるなよ……あのへりにつかまりながら、はい進んでもらいたいんだからな。トンネルにむかってはうんだ」）

体を伏せた。路面に両手のふれた感じがなかったが、両手両足には圧迫感があった。四本ともまるで義肢のようだ。へりを探りあてたとたん、左手をすべらせて危うく転落しかけた。それでもぼくは体勢を立て直した。

「向きは正しいのか？」

（「大丈夫だ。変わっていない。横へ動いただけだ。トンネルが見えるように頭を上げられるか？」）

「うーん、立たなきゃだめだな」

（「立つな！　もう一度ヘッドランプをつけてみろ。目はもうよくなっているかもしれない」）

ぼくはヘルメットの右側に手をあてて前にこすった。スイッチにあたったに違いない。とつぜん見えた光の円はぼんやりとして、中央がゆれて暗かった。左側は歩道のへりで切り取られている。

（「うまいぞ！　いや、おきあがるな。体は弱っているし、目はくらんでいるし、倒れるかもしれない。はって進め。数をかぞえろ。三百ですむはずだ」）

ぼくは、はい始め、数もかぞえだした。

「遠い道だぞ、オスカー。たどり着けるかな？」

（「あたりまえだ！　こんなところでおいてきぼりをくわされたら、こっちがたまらん！」）

「いっしょにいてやるよ」

（「ぺちゃくちゃしゃべるな。数がかぞえられなくなる。三十六……三十七……三十八……」）

ぼくらは、はい進んだ。

（「これで百だ。さあ、それを倍にするんだぞ。百一……百二……百三……」）

「調子がよくなったぞ、オスカー。暖まってきたようだ」

（「何だとォ！」）

「すこし暖まってきたといったんだよ」

（「暖まるもんか、この火ぶくれ馬鹿が！　それは凍死しかけている感覚だ！　もっと速くはえ！　顎のバルブを作動させろ。もっと空気を流すんだ。顎のバルブが鳴る音を聞かせてくれ！」）

ぼくは疲れ切っていていい争いもできなかった。バルブを顎で三、四回おすと、風が顔に熱く吹きつけてくるのを感じた。

（「ピッチを上げるぞ。暖かいだと、呆《あき》れたもんだ！　百九……百十……百十一……百十二……もっと急げ！」）

二百になったところで、ぼくは本当に休まなければいけないようだといった。

（「だめだ！　休むな！」）

「でも、どうしても休まなけりゃ。ほんのちょっとだ」

（「休みたいだと、え？　どうなるかわかってるはずだ。おちびさんはどうすりゃいいんだ？あそこで待っているんだぞ。おまえの帰りが遅くて、とっくに怯《おび》えきっているんだぞ。彼女はどうすりゃいいってんだ？　答えろ！」）

「うーん……彼女はティムの宇宙服を着ることになるな」

（「そのとおり！　答が重複した場合は、消印のいちばん早い方に賞品を進呈いたします、だ。おちびさんはどこまで行ける？　いってみろよ」）

「そうだな……トンネルの入口まで、だろうな。とすると、彼女は風にさらわれる」

（「おれもまったく同じ意見だね。それで一家おそろいとなるわけだ。おまえ、おれ、ママさん、おちびさん。水いらずだ。死人の家族でね」）

「でもな……」

（「だから、ゆっくりでもいい、進むんだ。進め……進め……進め……進め……二百五……二百六……二百七……」）

ぼくは転落したことを覚えていない。あの〈雪〉の感触すら知らない。覚えているのは、うんざりする勘定が終わって、休めるのが嬉しかったことだけだ。

だがオスカーは休ませてくれなかった。

（「キップ！　キップ！　おきろ！　まっすぐによじ登ってもどるんだ」）

「行っちまえ」

（「行っちまったりできるか。そうできればいいんだけどな。真ん前じゃないか。へりをつかんで、はい上がれ。もう、ほんの僅かなんだぞ」）

やっとの思いで頭を上げると、ヘッドランプに照らされた歩道のへりが、二フィートばかり上にあった。また顔を落としたぼくは、弱々しくいった。

「高すぎる……オスカー、もうだめだよ」

オスカーはふんと鼻を鳴らした。

（「そうかい？　だれだったっけな、ついこの前、疲れ切って立てなかったちっちゃな女の子に悪態をつきまくったやつは？〈コメット司令官〉じゃなかったっけ？　名前はこれでよろしいかな？　この〈宇宙航路の厄介者〉が……役立たずでのろまな宇宙の浮浪者め。『宇宙服あり――ご報参上』か。お眠りになる前に、司令官、サインをいただけませんかな？　本物の生きた宇宙海賊なんざ、お目にかかったことがないもんで……宇宙船を乗っ取ったり、小さな女の子を誘拐したりして渡り歩くやつにはね」）

「そんないい方はないだろ！」

（「オーケイ、オーケイ、自分が邪魔なときってのはわかるもんさ。だがおさらばする前にひとつだけな。おちびさんの小さな指には、おまえの図体のぜんぶよりもたくさんの根性がつまってるぜ――このペテン師、うすのろ、怠け者！　あばよ。寝ちまいな」）

「オスカー！　おいていかないでくれ！」

（「どうした？　助けが欲しいか？」）

「ああ！」

（「いいか、高くて届かないなら、ハンマーを握ってへりに引っかけろ。体を引っぱり上げるんだ」）

ぼくは目をしばたたいた。これならいけるかもしれない。手を下にのばし、感覚はないものの、ハンマーを持っているものと考えて取りはずした。両手を使って頭上のへりに引っかけた。ぼくは引っぱった。

あのもうろくハンマーが、ロープと同じように砕けた。工具用の鋼鉄だぞ――それなのに、金属活字の屑から鋳造したものでもあるかのように粉々になってしまった。

こうなるとひどく腹が立った。ぼくは体をおこして座った姿勢になり、両肘をへりにかけ、身をよじるわ唸り声を上げるわで火のような汗が吹き出し――そして路面にころがり上がった。

（「それでこそ相棒だぜ！　もうかぞえなくていい。光にむかってはっていくだけでいいぞ！」）

トンネルが前方でゆらめいた。息ができなくて、顎のバルブをおした。

何もおこらない。

「オスカー、顎のバルブが動かないぞ！」

ぼくはもう一度やってみた。

オスカーはなかなか答えなかった。

（「いいや、相棒、バルブが動かないんじゃない。エア・ホースが凍りついちまったんだ。残り一本のボンベの空気が思ったほど乾いていなかったんだろうな」）

「空気がこないんだぞ！」

またもや彼はゆっくりとしていた。だが、きっぱりと答えた。

（「いや、宇宙服いっぱいにある。残り二、三フィートには充分だ」）

「とても無理だ」

（「二、三フィートじゃないか、たったの。ママさんがいるんだぞ、すぐ目の前にだ。とまるな」）

頭を上げると、本当だ、彼女がいた。はい進むにつれて、ママさんの姿がしだいに大きくなってきた。とうとうぼくはいった。

「オスカー……これが精一杯だ」

（「残念ながらそうらしいな。がっかりさせてすまん……それでも表におき去りにしなかったのには礼をいうよ」）

「がっかりしてはいない……おまえは大したやつだったよ。ぼくが、もう一歩のところでできなかったんだ」

（「おれたち二人とも、もう一歩のところがだめだったんだろうな……だが、確かにあいつらには知らせてやった、おれたちが頑張ったことをな！　じゃあな、相棒」

「じゃあな。また会う日まで《ハスタ・ラ・ヴィスタ》、友《アミーゴ》よ！」

力をふりしぼって短い二歩をやっとはうと、ぼくの頭はママさんもどきの頭の近くに崩れ落ちた。

彼女は微笑んでいた。

(「こんにちは、キップ、わたしの坊や」)

「だめだったよ……もうすこしだったのにね、ママさん。ごめんよ」

(「そんなことないわ、あなた、ちゃんとやりとげたのよ」)

「え?」

(「ここだけの話だけど、わたしたち二人でやりとげたのよ」)

ぼくは長いことそれを考えていた。

「オスカーもだね」

(「オスカーも、もちろんよ」)

「おちびさんも」

(「いつだっておちびさんもね。わたしたちみんなでやったのよ。これであなた休めるわ、坊や」)

「おやすみ……ママさん」

やけに短い眠りだった。ぼくは目を閉じたばかりで、ママさんもどきからはよくやったと思ってもらい、心温まる幸せな気持でいた――そこへおちびさんが肩をゆさぶり始めたのだ。おちびさんはヘルメットをくっつけた。

「キップ！　キップったら！　おきて。お願いだからおきてちょうだい」

「ん？　どうして？」

「だって、あなたを運べっこないじゃない！　やってみたけどあたしにはできないわ。大きすぎるったらないんだもの！」

ぼくはじっくり考えてみた。あたりまえだ、彼女がぼくを運べるわけがない――どこからそんな馬鹿な考えが出てきたんだ、運べるだなんて？　彼女の倍もあるんだぞ。ぼくなら彼女を運べる……呼吸が整えばすぐにでも。

「キップ！　お願いだから、おきて」

彼女はいまやおいおいと泣いていた。

「ああ、おきるとも、かわい子ちゃん……きみの頼みとあらばね」

ぼくは優しくいった。おきあがろうとしたがうまくいかず、ひどい目にあった。彼女に抱きおこされたも同じで、ずいぶん手を貸してくれた。立ち上がってしまうと、彼女がぼくをしっかり支えてくれた。

「向きを変えて。歩くわよ」

彼女に運ばれたも同じだった。ぼくの右腕を肩にかけさせて、せっせと進み続けた。吹っ飛ばされたパネルに行きつくたびに、彼女の力を借りてまたぐか、後ろからおされて通り抜け、それからまた立たせてもらうかだった。

ようやくエアロックに入り、おちびさんが内側から空気を流し入れて部屋いっぱいにした。ぼくから手を放さなければいけなかったので、ぼくはくずおれてしまった。内側のドアが開くと彼女はふりむいて、何やらいい始めた——それから急いでぼくのヘルメットをはずした。

ぼくは深く息を吸いこみ、いやにクラクラとし、照明がかすんだ。

彼女がぼくを見ていた。

「もう大丈夫？」

「ぼくか？　大丈夫だとも！　だめなわけがないだろう？」

「中まで入れてあげるわ」

なぜかわからないまま助けてもらったが、その助けは必要だった。彼女はぼくをドアのそばの床に、壁によりかからせて座らせてくれた——横にはなりたくなかった。

「キップ、あたしほんとにこわかったわ！」

「どうして？」

彼女が何を心配していたのやら、わからなかった。ママさんもどきはいわなかったのか、ぼくらが何もかもをうまくやったって？

「だって、こわかったんだもの。あなたを外に出すんじゃなかったわ」

「だがビーコンはセットしなきゃあいけなかったんだ」

「それはそうだけど……セットしたの？」

「もちろん。ママさんが喜んでいたよ」

「生きていたら、きっと喜んだことでしょうね」

と、彼女は重い口調でいった。

「喜んでいたんだ」

「してほしいことが何かある？　宇宙服を脱がせてあげましょうか？」

「ん……いや、まだいい。水を見つけてもらえるかい？」

「おやすいご用よ！」

彼女はもどってくると水を飲ませてくれた――思ったほどのどは渇いていなかった。かえって軽い吐き気をおぼえた。彼女はしばらくぼくの様子を見てからいった。

「ちょっと行ってもいい？　あなた大丈夫？」

「ぼくかい？　大丈夫だよ」

気分はよくないし、体が痛み始めていたが、彼女にできることは何もないのだ。

「すぐよ」

彼女は自分のヘルメットをとめ始めた。ぼくは彼女が自分用の宇宙服を着ているんだな、とぼんやりと意識していた――なぜかそれまでは、彼女がティムの宇宙服を着ていたような感じがしていたのだ。

エアロックへ歩いて行くのを見て、彼女がどこへ行こうとしているのか、そしてなぜなのかわかった。彼女にいってやりたかった。ママさんもどきをここに入れないほうがいいんだ、ここに入れたら……彼女はたぶん――〝バラバラになる〟などとは、ぼく自身も考えたくなかった。

だがおちびさんは行ってしまった。

彼女が五分以上去っていたとは思わない。ぼくは目をつぶっていたので確信はない。内側のドアが開くのに気づいた。そこから出てきたおちびさんは、ママさんもどきを長い薪《まき》のようにして両腕にかかえていた。ママさんはまったく曲がりもしなかった。

おちびさんは、ぼくがさっき見たのと同じ格好にママさんを下ろし、ヘルメットをはずすと泣きさけんだ。

ぼくは立ち上がれなかった。両足が痛くてたまらなかった。それに両腕も。

「おちびさん……頼むよ、ハニー。泣いても何にもならないんだ」

彼女は顔を上げた。

「これでおしまい。あたし、もう泣かないわ」

実際、彼女は泣かなかった。

ぼくらはそこに、長いあいだ座っていた。おちびさんはまた宇宙服をぬがしてあげましょうかといったが、いざやろうとすると激痛が走った。特にひどいのは両手両足だった。やめてくれというほかなかった。彼女は不安そうな表情だった。

「キップ……凍りついちゃったんじゃないの？」

「かもね。だけどいまは何もできないよ」ぼくはおじけづき、話題を変えた。「どこにあったんだい、きみの宇宙服は？」

「んもう！」おちびさんはむっとしたらしいが、ついで楽しそうな顔つきになった。「絶対わかりっこないわ。ジョックの宇宙服の中よ」

「そうか、わかりっこなかったろうな。〈盗まれた手紙〉か」

「何ですって？」

「何でもない。あの虫けら面野郎にユーモアのセンスがあったとはね」

それからまもなく、また地震があった。かなり大きかった。その場にシャンデリアがあればゆらゆらとゆれたことだろう。床は上下にゆれた。おちびさんは悲鳴を上げた。

「ふう！　前のと変わらないくらい大きかったわ」

「ずっと大きかった、といいたいね。最初のやつなんか物の数じゃなかった」

「ううん、あたしがいってるのは、あなたが外に出てるあいだにあった地震のことよ」

「あのときにもあったのか？」

「わからなかった？」

ぼくは思い出そうとした。

「ああ……雪の中にころがり落ちたときだったのかもしれないな」

「ころげ落ちたって？　キップ！」

「何ともなかったよ。オスカーが助けてくれた」

またも地面がゆれた。体をゆすぶられてひどい痛みを覚えることさえなければ、気にもしなかったろう。やっとぼくは痛がっていなくてもいいんだと気づき、霧の中から抜け出した。

さてと、丸薬は右側で、コデイン投薬装置はいちばん後ろだったな――

「おちびさん？　悪いけど、もう一度水を持ってきてもらえるかい？」

「もちろんよ！」

「コデインを飲むよ。眠らせてくれるかもしれない。いいかい？」

「眠れるんなら眠ったほうがいいわ。あなたにはそれが必要なんだから」

「そうだろうな。いま、何時だい？」

教えてもらっても、ぼくには信じられなかった。

「十二時間以上たっているっていうのかい？」

「え？　いつからなの？」

「こいつが始まってからさ」

「どういうことかわからないわ、キップ」彼女は自分の腕時計を見つめた。「あなたを見つけてから、ちょうど一時間半……ママさんが爆弾を爆発させてからだと、二時間にもならないわ」

これまた信じられなかった。しかしおちびさんはそれで正しいのだといいはった。

コデインのおかげで気分がだいぶよくなり、うつらうつらとし始めると、おちびさんはいった。

「キップ、何か匂わない？」

ぼくは鼻をひくひくさせた。

「マッチみたいな匂いのことか?」

「そのことよ。圧力も下がっていると思うの。キップ……ヘルメットを閉じておいたほうがよさそうよ……もし眠るんだったら」

「わかった。きみのも閉じるんだろ?」

「ええ。この場所はもう、気密じゃないと思うの」

「そうかもしれないな」

爆発と地震のはさみうちでは、気密であるわけがなかった。それがどういうことかはわかっていながらも、ぼくは疲れはてて気分が悪く——しかも薬のため夢うつつで——心配にはならなかった。いまだろうと、一か月後だろうと——どうでもいいじゃないか。ママさんもどきは、すべてがうまくいったといってくれたんだ。

おちびさんがぼくらのヘルメットをとめて無線のチェックをすると、ぼくとママさんもどきのほうにむいて座った。彼女は長いこと何も話さなかった。やがて声が聞こえた。

「ちびすけよりこがね虫へ……」

「聞こえるよ、おちびさん」

「キップ、面白かったわね、ほとんどは。でしょう?」

「え?」

ちらりと目を上げると、計器の表示では、残っている空気は四時間分ほどだった。宇宙服を閉じたときから圧力を半分に下げて、部屋の圧力低下に合わせておくべきだった。

「うん、おちびさん、実に愉快だったよ。何があろうと、こんなことを逃がすぼくじゃないさ」

彼女は溜息をついた。

「あたしのことを怒っていないかどうか確かめてみたかっただけよ。さあ、お眠りなさい」

眠りに落ちかけたときだ、おちびさんが跳ねおきるのが見え、イアホーンは活気づいた。

「キップ！　何かがドアから入ってくる！」

眠気は吹っ飛び、どういうことかがわかった。なぜあいつらは放っといてくれないんだ？

どうせ何時間かのことじゃないか。

「おちびさん、こわがるな。ドアの向こう側へ行け。青い光の機械はあるな？」

「ええ」

「あいつらが入ってきたら、一匹ずつ狙い射ちにしろ」

「あなたがどいてくれなきゃだめよ、キップ。あいつらのくる真ん前じゃない！」

「立てないんだ」だいぶ前から、ぼくは動くことができなかったのだ。腕さえ動かせなかった。

「低出力にすれば、ぼくをかすっても大丈夫だ。いうとおりにしろ！　急いで！」

「ええ、キップ」

彼女は横から射てる位置に移動し、プロジェクターをかまえて待った。

内側のドアが開き、だれかが入ってきた。おちびさんが射とうとしたのが見えた——ぼくは無電にむかって呼びかけた。

「射つな！」

ところがぼくがさけんだとき、彼女はもうプロジェクターを捨てて走りよっていた。入ってきたのは〈ママさんもどき〉種族の連中だったのだ。


ぼくを運ぶのに彼らの六人が必要だったが、ママさんには二人ですんだ。彼らはずっとぼくをなぐさめるように歌いながら、担架の準備をした。ぼくは持ち上げられる前にコデインをもう一錠飲んだ。あれほどそっと扱われたのに、すこしでも動くと痛みが走ったのだ。ぼくを彼らの船の中に運びこむには、そう長くはかからなかった。彼らが着陸したのがトンネルの出口のすぐそばだったためだ。歩道がおしつぶされているのは間違いない——そうであるようにと願った。

ぼくが無事、中へ入ってしまうと、おちびさんはヘルメットをはずしたり宇宙服の前をあけたりしてくれた。

「キップ！　みんなすばらしい人たちね？」

「うん」薬のためにいっそうもうろうとしてきたが、気分はよかった。「船はいつ離陸するんだろう？」

「とっくに出発してるわよ」

「ぼくらの家へ連れてってくれるのか？」

チャートンさんに話さなければいけないな、コデインが大助かりだったと。

「え？　やだ、とんでもない！　あたしたちがむかっているのはヴェガよ」

ぼくは気を失った。

9

ぼくは家にいる夢を見ていた。そこを、この歌にとつぜんおこされたのだ。

「ママさん！」

（「おはよう、坊や。よかったわ、また気分がよくなって」）

「とてもいい気分です。ぐっすり眠れたし……」ぼくは見つめ、ついで、口に出してしまった。

「……あなたは死んでしまったのに！」

そういうのをとめることはできなかったのだ。

ママさんの返事には、暖かくて優しいユーモアの響きがこもっていた。まるで、無理もない間違いをした子供をさとすような響きが。

(「そうじゃないのよ、坊や、わたしはただ凍っただけ。あなたが思っているほど、あたしはひ弱じゃないの」)

ぼくは目をぱちくりさせて、また眺めた。

「すると、あれは夢じゃなかったんだね？」

(「ええ、夢ではなかったわ」)

「家にもどっているのかと思ったけど……」

おきあがろうとしたが、かろうじて首が上がっただけだった。

「本当に家にいるのか！」

ぼくの部屋だ！　洋服だんすは左手に——廊下へ出るドアはママさんの後ろに——右手の机には本が山積みされ、その上にセンターヴィル高校のペナントがかかっており——その向こうには窓があり、窓をおおいつくすほどに楡《にれ》の古木が見え——陽光をちらちらと受けて、葉が微風に揺らいでいる。

計算尺はおいていったところにあった。

見えているものがゆらぎ始め、ぼくは、わけがわかった。ぼくは結末のふざけた部分だけを夢に見ているんだ。ヴェガだなんて——コデインでもうろうとしているからな。

「家へ連れてきてくれたんだね」

（「あなたを家へ連れてきたわ……あなたの別の家へ。わたしの家よ」）

ベッドがゆらゆらとゆれ始めた。つかまろうとしたが、腕が動かない。ママさんはなおも歌っていた。

（「あなたには自分の巣が必要だったわ。だから、わたしたちが用意したのよ」）

「ママさん、ぼくには何が何だか」

（「鳥というのは、自分の巣にいるととても速く育つものだって、わたしたち知っているの。それであなたのを作ったのよ」）

〈鳥〉とか〈巣〉とかはママさんが歌ったことではないが、それ以上細かいことなど簡約でない大辞典にものっていないだろう。

ぼくは大きく息を吸い、気持を落ち着かせた。彼女のいうことはのみこめた——理解させるというのが、彼女の十八番なのだ。これはぼくの部屋ではないし、ぼくは家にいるのでもない。それらしく見えるにすぎないのだ。それでもまだ、ぼくはひどく混乱していた。

あたりを見まわし、どうして見間違えたりしたのだろうと、いぶかしく思った。

光が窓にさしこんでいる方向が違う。天井に、当て板がない。屋根裏に隠れる場所を作ろうとして、しっくいをハンマーでぶち抜いたときにつけたものが。それに色も違う。

本はあまりにきちんと整頓され、汚れもなさすぎる。まるで菓子箱だ。一冊一冊の見分けがつかない。全体としてはとてもよく似ているが、細かいところが違っている。

ママさんは歌っていた。

（「わたし好きよ、この部屋……いかにもあなたらしい部屋だわ、キップ」）

ぼくは弱々しい声でいった。

「ママさん……いったいどうやったの?」

（「あなたに尋ねたの。おちびさんにも助けてもらったわ」）

ぼくは考えた。

〝でも、おちびさんだって、一度もぼくの部屋を見たことがないのに〟

そこで、おちびさんは相談相手専門家《コンサルティング・エキスパート》になろうとして数多くのアメリカ住宅を見てきているのだということにした。

「おちびさんはここにいる?」

（「もうすぐくるわ」）

おちびさんとママさんがそばにいれば、事態はいくら悪くなっても悪くなりすぎることはない。ただ——

「ママさん、ぼく、手も足も動かせないんだけど」

ママさんは、小さな暖かい手をぼくの額にあてて身をかがめてきたので、しまいにはあのやたらと大きな、キツネザルふうの両眼のほかは何ひとつ見えなくなってしまった。

（「あなたは怪我をしたのよ。もう直りかけているわ。心配は要らないわよ」）

ママさんに心配しなくともいいといわれると、心配はなくなる。いずれにしても、逆立ちはしたくない。ママさんの目をのぞきこんでいれば満足だ。人はその中に沈みこむこともできるし、飛びこんで泳ぎまわることもできるんだ。

「わかったよ、ママさん」別のことが頭に浮かんだ。「ねえ……あなたは凍りついていたんじゃなかったの?」

(「そうよ」)

「でも……ね、水分が凍ると、生きた細胞をこわしてしまう。そうだと聞いてるよ」

ママさんはすました顔で答えた。

(「わたしの体は絶対にそうはならないのよ!」)

ぼくはそのことを考えてみた。

「ふうん……とにかくぼくを液体空気に漬けるのだけはやめてくれよ! それに耐えられる体じゃないんだからね」

こんどのママさんの歌には、いたずらっぽく、思いやりのあるユーモアがこもっていた。

(「わたしたちあなたを傷つけないように努力するわ」)

ママさんは立ち上がり、すこし背伸びをし、柳のようにゆらゆらとゆれた。

(「おちびさんが来たらしいわ」)

ノックが一回——また違う。屋内の軽いドアをたたいたような響きではなかった——それからおちびさんの声がした。

「入ってもいい?」

彼女は待ちもせず(待ったためしなどあるのだろうか)入ってきた。おちびさんの肩ごしにちらっと見えたのは、うちの二階の廊下に似ていた。彼らは徹底的な仕事をやってくれていた。

(「いらっしゃい、ディア」)

「どうぞ、おちびさん。きみはもう入ってるけど」

「屁理屈いうんじゃないの」

「どっちがいってるんだかね。ハイ!」

「あなたにもね、ハイ」

ママさんは滑るように離れていった。

(「長居はだめよ、おちびさん。疲れさせないようにね」)

「大丈夫よ、ママさん」

(「じゃあね、お二人さん」)

ぼくはいった。

「この病室の面会時間はどうなっているんだい?」

「もちろん、ママさんがいう時間よ」

おちびさんはぼくにむかって立ち、両手を腰にあてていた。知り合ってから彼女が本当にさっぱりとした身なりになったのは、これが初めてだった――頰はよくこすって洗ったのか紅潮し、髪はふんわりとしている――きれいにならないとも限らないな、十年もすれば。いつもの服を着てはいたが下ろしたて同様で、ボタンはぜんぶそろい、ほころびも目につかないように繕ってある。

彼女は、ほっと息をついていった。

「とにかく……あなたは、まだまだ看護のしがいがあるってこと」

「ぼくがか？　ピンピンしているぞ。そういうきみは、どうなんだ？」

彼女は鼻に皺をよせた。

「軽い霜焼けよ。なんでもないわ。でもあなたはメチャクチャだったのよ」

「ほんとか？」

「ほかにいいようがないもの、ママさんが口にする『女性には似つかわしくない』ようにならない限りは」

「ああ、男としては、きみにそんなふうにはなってもらいたかないね」

「嫌味はよしてよ。うまくもないくせに」

「練習相手になってくれるつもりはあるのかい？」

彼女はおちびさん流の逆襲に出ようとしたが、ふと思いとどまり、にこっと笑うと顔を近づけてきた。ぼくにキスをするつもりなのかと一瞬ぎくりとした。ところが彼女はベッドの上掛けを軽くたたいただけで、しかつめらしくいった。

「もちろんいいわよ、キップ。嫌味だろうと、意地悪だろうと、下品だろうと、あたしに小言をいおうと何でもご自由に。あたしはひとことだってこぼしませんからね。そうよ、あなたきっと、ママさんにも口答えできるにきまってるわ」

そんなことをしたいとは、ぼくには想像もできなかった。

「かっかするなよ、ちびすけ。後光がさしてるぞ」

「あなたがいなかったら、いまごろは、ほんとに、さしていたでしょうね。どちらかというと、そのテストに失敗していたでしょうね」

「へえ、どうもだれかさんを憶えているような気がするんだけどな。きみくらいの背丈で、ぼくをおんぶ同然にして中へ引きずりこんでくれた人をね。どういうことなんだろうね？」

おちびさんはごまかした。

「どうってことないわ。ビーコンをセットしたのはあなた。それがすべてよ」

「まあ、考え方は人それぞれさ。あそこは寒かったよ」ぼくは話題を変えた。どちらも、ばつが悪かったからだ。ビーコンの話が出たところで、また別のことを思い出した。「おちびさん？　ここはどこなんだい？」

「ええ？　ママさんの家にきまってるでしょう」彼女はあたりを見まわしていった。「そうか、忘れていたわ。キップ、これはあなたの本当の……」

ぼくはじれったくなっていった。

「知ってるよ……ニセモノさ。だれだってわかるよ」

彼女はしょげた顔つきになった。

「だれでも？　完璧にやったと思ったのに」

「とても信じられないほどのいい出来だよ。きみがどうやったのか、わからない」

「あら、あなたの記憶が実に細かいものだったからよ。あなたって、きっとカメラ・アイを持っているのね」

——そしてぼくは、腹の底までさらけ出してしまったに違いない！　と思った。ほかにぼくは何をいったのだろう——おちびさんに聞かれながら。こわくて尋ねられなかった。人にはプライバシーってものがあるはずなんだがなあ。

「でも、それにしたってニセモノだよ……ぼくらがママさんの家にいることはわかっている。しかし、それはどこなんだ？」

　おちびさんは目を皿のようにした。

「なんだ、あたし、いったじゃない。覚えていないんでしょうね……あなた、眠りかけていたから」

　ぼくはゆっくりといった。

「覚えている……すこしはね。でも理屈に合わない。ヴェガへ行こうとしていると、きみはいったんじゃないのか」

「まあね、星表《カタログ》にはヴェガ第五惑星とのせられると思うわ。でもみんなの呼び方は……」おちびさんは顔を後ろに離して発音した。オペラ〈金鶏《きんけい》〉に出てくる夜明けのテーマが思い出された。「……でも、あんなの、あたしにはいえないわ。だからヴェガっていったの。それでもまにあうから」

　ぼくはまたおきあがろうとしたが、だめだった。

「きみはそこにつっ立って《なにがなんでも》、ここはヴェガだといいはるつもりなのか？　つまり『ヴェガの惑星』だと」

「あら、あなたあたしに、座れっていってくれなかったじゃない」

ぼくはおちびさん的表現を無視し、窓からさしこんでいる〈日光〉のほうを見た。

「あの光はヴェガからのかい？」

「あれ？　あれは人工の太陽光よ。本物の明るいヴェガの光を使ったら、青ざめて見えたでしょうね。裸のアーク燈みたいに。ヴェガはラッセル図でずっと上にあるでしょ」

「そうかい？」

ぼくはヴェガのスペクトル型を知らなかった。知る必要があるなどとは思ってもみなかったのだ。

「そうそう！　気をつけてよ、キップ……あなたがおきるようになったらね。十秒もするとキーウェストでひと冬過ごしたよりも日に焼けるし……十分では死ぬことになるわ」

どうやらぼくには、厳しい環境にばかりはまりこむという生まれつきの才能があるようだ。ヴェガは何型の星だったかな？　A型か？　きっとB型だろう。ぼくが知っていたのは、ヴェガは大きくて明るく、太陽よりも大きく、琴座におさまっている姿は見事なものだ、ということだけだった。

それにしても、それはいったいどこなんだ？　アインシュタインに代わっていうが、どうやってここへ来たんだ？

「おちびさん、ヴェガまではどのくらいあるんだい？　いや、つまり『太陽まではどのくらいあるのか』ってことだ。ひょっとすると知らないか？」

おちびさんは嘲笑《ちょうしょう》するようにいった。

「知ってますよ……二十七光年」

豪傑ゴリラの暴走だ。

「おちびさん……あの計算尺を取って。使い方は知ってるだろう？　自分の手が使えそうにないんでね」

おちびさんは落ち着かない表情だった。

「それで、どうしたいの？」

「マイルでどれぐらいになるのか、知りたいんだ」

「あら。あたしが計算するわ。計算尺なんて要らないわよ」

「計算尺のほうがより速く、より正確だ。いいかい、使い方を知らなくても恥ずかしがらないことだ……ぼくも使えなかったよ、きみくらいの年にはね。ぼくが教えてあげる」

彼女は怒った口調でいった。

「使えるわよ！　馬鹿にしないでよ。だけど自分で計算するわ」彼女の唇が声を出さずに動いた。「一・五九掛ける十の十四乗マイル」

ぼくはついこの前、例のプロクシマ・ケンタウリの問題をやって一光年のマイル数を知っていたので、頭の中で大雑把に検算した——ええと、二十五掛ける六は百五十というところか——小数点はどこだっけ？

「きみの答はだいたい正しいようだな」
一五九、〇〇〇、〇〇〇、〇〇〇、〇〇〇マイルか！　ゼロが多すぎるのは気持のいいもんじゃないな。
彼女はいいかえした。

「もちろん、あたしは正しいわ……あたしはいつだって正しいんだから」

「おやおや！　歩くポケット百科事典だな」

彼女は顔を赤らめた。

「天才なのは仕方のないことだわ」

それで彼女の弱みが現われたので、ぼくは激しいあてこすりをいおうとした――そのとき、彼女がひどく悲しそうな顔をしていることに気づいた。

ぼくは父さんがこういうのを聞いたことを思い出した。「〈平凡〉は〈最上〉よりも良いと主張する手合いがいる。連中が翼をちょん切って喜ぶのは、彼らが自分では飛べないからだ。彼らが学者を軽蔑するのは、自分の頭が空っぽだからなんだな。つまらんことだ！」

ぼくは謙虚にいった。

「ごめんよ、おちびさん……どう仕様もないのはわかっている。それに、ぼくも天才でないのはどう仕様もないことだし……きみの背が低いとかぼくの背が高いとかが仕方ないのと同じことさ」

彼女はリラックスし、真面目くさった顔でボタンをひねくりまわした。

「また見せびらかしてしまったようね……でなければ、あたし、あなたがあたしを理解してくれてるって決めてかかっていたのかもね……パパのように」

「褒《ほ》められたような気がするよ。わかるかどうかは怪しいけど……でも、これからは心掛けてみよう」

おちびさんはまだボタンをいじくっていた。

「あなただって頭の回転はなかなかのものよ、キップ。そんなこと、わかってるわよね？」

ぼくはにやりと笑った。

「頭がよかったら、ぼくはこんなところにいたかな？　無器用この上ないし、何を聞いたってわかりゃしない。ねえきみを計算尺で調べさせてもらえないかな？　本当に興味があるんだ」

二十七光年か——そりゃあ太陽なんて見えるわけがないな。恒星としては平凡なものだから。

ところが、またおちびさんに気まずい思いをさせてしまった。

「あの、キップ、あれは大した計算尺じゃないのよ」

「何だって？　あれは金で買える物では最高の……」

「キップってば、お願い！　あれは机の一部なの。計算尺じゃないの」

ぼくは穴があったらはいりたい気持だった。

「え？　忘れていた。ええと、その外の廊下も、あまり長くは続いていないんだろうね？」

「あなたに見えるところだけよ。キップ、計算尺は本物にするつもりだったの……それだけの時間があったら。ここの人たち対数は知ってるわ。やだ、あたりまえね」

その言葉に引っかかった――「それだけの時間」ってことだ。

「おちびさん、ここへ着くまでにどのくらいかかったんだ？」

二十七光年だ！　光速でさえ――そうか、アインシュタイン的なことのおかげで、ぼくにはつかのまの旅のようになったのかもしれない――だがセンターヴィルにしてみれば違う。父さんが死んでしまったということもあるんだ！　父さんは母さんより年上で、本当のところぼくの祖父ともいえる歳だ。もどるのにもう二十七年か――それでは軽く百歳を越えてしまうじゃないか。母さんすら死んでいるかもしれない。

「ここへくる時間？　あら、ぜんぜんかからなかったわよ」

「違う、違う。そんなふうに感じるのはわかるよ。きみはぜんぜん歳をとっていないし、ぼくはまだ凍傷で動けない。だが、少なくとも二十七年はかかっている。そうだろ？」

「何のことなの、キップ」

「相対論の方程式だよ、もちろん。聞いたことがあるだろ？」

「ああ、あれね！　もちろんよ。でもあれは、あてはまらないわ。時間なんてかからないの。十五分で冥王星の大気を抜けて、同じくらいの時間でここの大気に突入するの。だけどそのほかは、パッ！　ゼロよ」

「光速だったら、きみはそう考えるだろうな」

「違うったら、キップ」おちびさんは眉をよせたが、ついでぱっと明るくなった。「どのくらいかかった？　あなたがビーコンをセットしてから、あの人たちにあたしたちが救助されるまでよ」

「え？」ピンときた。父さんは死んではいない！　母さんは白髪さえないだろう。「一時間てところか」

「もうすこしね。船の準備ができていたらもっと早かったでしょうけど……そうすれば、あたしじゃなくてあの人たちが、あなたをトンネルで見つけたでしょうね。通信がここへ届くのに時間はかからないの。三十分もぐずぐずと船の準備をしているんだから……ママさんなんか、しびれを切らして怒っていたわ。ママさんがじれたりするとは知らなかったけど。本当なら船って、いつでも準備できているはずですもの」

「いつでも彼女が呼んだときはってことかい？」

「どんなときでも、いつでも……ママさんは偉いのよ。あとの三十分は大気中での操縦……それでぜんぶ。実時間《リアル・タイム》よ。例の変な時間の遅れはないわ」

何とかそれをのみこもうとした。二十七光年を行くのに一時間——それでぐずぐずしていたと、文句をいわれる。アインシュタイン博士も、共同墓地仲間ではきっと〝輪廻《りんね》のアルバート〟として知られているに違いない。

「それにしても、どうやって？」

「キップ、幾何学なら何でも知っている？　ユークリッド幾何学のことじゃなくて……一般の幾何学のことだけど」

「うーん……開いたり閉じたりしている曲がった空間のことならかじったことがあるし……べ

ル博士の通俗解説書も読んだことはあるよ。でも、幾何学なら何でも知っているとはいえないな」

「少なくともこういう考えに面くらうことはないわね、直線は必ずしも二点間の最短距離ではない、と」彼女は両手で、グレープフルーツを絞りつぶすような動作をした。「なぜって、そうだから。キップ……何もかもが接しあっているのよ。それをバケツの中に入れることもできるわ。指ぬきの中だって。スピンが合うように折り曲げればね」

頭に浮かんだのは、ティーカップの中におしこめられた宇宙というめくるめく姿だ。核子や電子がぎっしりつまっている——本当の固体で、ウラン原子核でさえ幻といわれているような淡い数学的な幻ではない。〈原始の原子〉のようなもので、一部の宇宙進化論者はこれを使って膨張する宇宙を説明している。まあ、どちらでもあるのかもしれない——つめこまれていながらも膨張している。〈波粒子《ウェイヴィクル》〉のパラドックスと同じだ。粒子は波動ではないし、波動は粒子であるはずがない——それでもなお、すべてのものがどちらでもあるのだ。もし波粒子《ウェイヴィクル》が信じられるなら、どんなことでも信じられる——もし信じられないなら、そのときは、すべてのものをくよくよと信じることはない。自分自身さえも信じないことだ。それこそが——波粒《ウェイヴ》子《イクル》こそが——自分なのだから。

ぼくは弱々しくいった。

「何次元だい？」

「どれぐらいがお好き？」

「ぼくかい？　んー、二十次元かな。最初の四次元それぞれに、さらに四次元を加えよう。そうすれば隅っこにいくらか余裕ができる」

「二十次元じゃあ出発点にならないわ。あたし知らないのよ、キップ。あたしも幾何学は知らないの……自分では知ってると思っていただけ。だからみんなを困らせちゃったわ」

「ママさんを？」

「彼女が？　あらやだ、違うわ！　彼女は幾何学を知らないもの。船を操縦して、折りたたんだ空間に入れたり出したりするのに充分なだけよ」

「たったそれだけ？」

ぼくは高等指《フィンガー・》かき絵画《ペインティング》を続けているべきで、父さんにそそのかされて、学問をしようなどという気をおこさなければよかった。際限がないのだ——勉強すればするだけ、さらに勉強する必要が出てくるんだ。

「おちびさん、あのビーコンは何のためのものか知っていたんだね？」

おちびさんはとぼけてみせた。

「あたしが？　まあ……そんなとこね」

「ぼくらがヴェガに行こうとしていたことも知っていた」

「それは……もしビーコンが作動したらね。セットするのがまに合っていたらの話よ」

「さて賞金の出る質問だ。なぜぼくに話さなかった？」

「それは……」おちびさんはさっきのボタンをねじり取らんばかりだった。「あなたがどのくらい数学を知っているのか、はっきりしなかったし、ぜんぜん男らしくて、常識的で、パパは何でも知っているみたいにならないとも限らなかったし。あたしが信じられたかしら？」

（「オーヴィルには話したし、ウィルバーにも話した、さてこんどはきみだ――あんな装置は絶対にうまく動かないぞ！」）

「信じられなかったかもしれないね、おちびさん。だけど、こんどきみが〝ぼくのためを思って〟何かを話す気になれないときは、ぼくが自身の無知なことにはこだわっていないってことに賭けてみないか？　ぼくが天才でないことは自分でわかっているけど、心を開いておくように努めるよ……それに、ひょっとすると、力になれるかもしれない、きみが何をしようとしているのかがわかればね。そのボタンをひねりまわすのはやめろ」

彼女は、あわてて手を放した。

「ええ、キップ、覚えておくわ」

「ありがとう。もうひとつ、気にかかることがあるんだ。ぼくはかなり悪かったのかい？」

「え？　当然でしょ！」

「そうか。彼らは瞬間的にどこへでも行ける、ああいった、なんというか、〈空間折りたたみ宇宙船〉を持っている。だったら、ぼくを地球へさっさと送って、病院へ放りこむように、どうしてきみは彼らに頼まなかったんだい？」

おちびさんはためらった。

「具合はどうなの？」

「ん？　気分はいいよ。ただ、脊髄麻酔か何かがかかっているようだけど」

彼女はうなずいた。

「その何かのほうね……それでも、よくなっているような気はする？」

「ちえっ、調子はいいんだったら」

「よくないわよ。でもあなた、よくなるわ」彼女はぼくをまじまじと眺めた。「はっきりいいましょうか、キップ？」

「どうぞ」

「もし彼らが地球で最高の病院へ連れて行っていたら、あなたは〈ダルマさん〉になっていたわ。わかる？　手もなし、足もなしよ。ところがこのとおり、あなたは全快にむかっている。切断手術はしてないわ、爪先さえもね」

ママさんが取り計らってくれたのだろう。ぼくはぽつりといった。

「本当かい？」

「本当よ。両方とも本当。あなた、すっかりよくなるのよ」ふいに彼女の顔がゆがんだ。「ああ、あなた、メチャクチャだったわ！　あたし、見たの」

「だいぶひどかったのか？」

「ものすごかったわ。あたし、うなされたもの」

「彼らもきみには見せるべきではなかったんだ」

「あたしをとめることはできなかったわ。あたしが近親者なんだもの」

「え？　ぼくの妹か何かだと彼らにいったのか？」

「何ですって？　あたしはほんとにあなたの近親者なのよ」

気でも狂ったのではないかとのどまで出かかったが、言葉につまった。百六十兆マイル以内にいる人類はぼくらだけなのだ。例によって、おちびさんは正しかった。

彼女は続けた。

「だから、あたしが許可をしなければいけなかったの」

「何に対してだい？　彼らはぼくに何をしたんだ？」

「ええと、彼らはあなたを、まず液体ヘリウムに漬けたの。あなたはそのままにして、一か月間あたしを実験材料に使ったわ。それから三日前に……地球での三日だけど……あなたを溶かして仕事にかかったの。あとはずっと快方にむかっているわ」

「いまのぼくはどんな状態だ？」

「んー……まあ、元にもどっているところね。キップ、これはベッドじゃないのよ。そう見えるだけ」

「じゃあ何だ？」

「あたしたちの言葉には、それに当てはまるものがないし、あたしには音程が高すぎるわ。でもここから……」と、彼女はシーツをたたき、「……下の階の部屋まで続いているもののぜんぶがいろいろとやってくれるわ。あなたには、オーディオ気違いの地下室みたいにコードが引きまわされているのよ」

「見てみたいもんだね」

「見られないんじゃないかしら。あなた、わかってないのよ、キップ。彼らは、あなたの宇宙服を切りさいて、はがすほかなかったんだから」

自分がどれほどめちゃくちゃだったかを聞くより、このほうがショックだった。

「なに？　オスカーはどこだ？　彼をだめにしちまったのか？　ぼくの宇宙服のことだよ」

「わかってるわよ。あなたがうわごとをいうときはいつも、〈オスカー〉に話しかけていたわ……返事まで自分でして。精神分裂症なのかと思うときもあったわよ、キップ」

「言葉の使い方がでたらめだぞ、ちびすけ……それではぼくは二重人格になる。まあいいけど、きみは偏執狂ってとこだな」

「あら、そんなことはとうの昔からわかってるわ。ただし、自分でちゃあんと調節している偏執狂だけど。オスカーに会いたい？　ママさんがいってたわ、あなた、目が覚めたら、彼をそばにおきたがるだろうって」

おちびさんは押入をあけた。

「おい！　バラバラに切りさいたといったじゃないか！」

「うん、修理してくれたの。新品同様ね。新品よりすこし上等かな」

(「時間ですよ！　わたしのいったことは覚えているんでしょうね」)

「いま行くわ、ママさん！　じゃあね、キップ。すぐもどってくるわ、ちょくちょくね」

「オーケイ。オスカーが見えるように、その押入はあけておいてくれ」

おちびさんはもどってくるには来たが、〝ちょくちょく〟でもなかった。ぼくはそれほど腹を立てなかった。彼女には面白くて〝教育的〟なものがたくさんあり、すべてが目新しく、心ひかれ、あの神出鬼没の鼻をつっこんでいたのだ――その忙しさは、スリッパを噛む子犬なみだった。主人側を疲労困憊《こんぱい》させたわけだ。しかし、ぼくは退屈しなかった。直りかけているんだ。それはフル・タイムの仕事であり、幸福であれば飽きたりしない――それがぼくだった。

ママさんとはあまり会わなかった。ママさんには自分の仕事があるのだということがわかってきた――それでも、ぼくが頼めば、どんなに遅くなっても一時間以内で会いに来てくれたし、急ぐ様子などまったく見せずに帰っていった。

彼女は、ぼくの主治医でもなければ看護婦でもない。その代わりとしてついていたのが獣医陣で、監視の目を光らせながら、心臓の鼓動一拍一拍を管理していた。彼らは、ぼくが呼ばない限り入ってこなかった(さけぶどころか、ささやくだけでよかった)。それですぐにわかったのだが、〝ぼくの〟部屋には、飛行テスト中の宇宙船のように、隠しマイクと遠隔計測器類が取りつけられていた――そして〈ベッド〉は機械類の集まりで、地球の〈人工心臓〉、〈人工肺〉、〈人工腎臓〉にあたる装置だ。もっとも、それは、ロッキード社製超音速旅客機に対する乳母車のようなものだが。

その機械には一度もお目にかからなかった(ぼくが眠っているあいだ以外はベッドの上掛けを取らなかった)が、獣医陣のしていたことをぼくは知っている。ぼくの体に刺激を与え、それ自体で修理するように元気づけていたのだ――瘢痕《はんこん》組織ではなく、元のとおりに。これはどんな海老でもやれることだし、ヒトデとなるとあまりうまくやるものだから、細切れにすると千もの新生ヒトデの誕生となる。

これはどんな動物もやるべき手品だ。遺伝子パターンが各細胞にあるためだ。ところがぼくらは、数百万年前にそれを失ってしまった。科学によってそれを取りかえそうとしていることは、だれもが知っている。いろいろな記事を見かける――楽観的な記事なら、〝リーダーズ・ダイジェスト〟誌に、悲観的な記事なら〝サイエンティフィック・マンスリー〟誌に、目もあてられないほど間違った記事なら〈科学欄編集者〉が恐怖映画を作るトレーニングを受けてきたような雑誌類に。とはいえ、ぼくらはそれを研究している。いつの日か、だれかが不慮の死をとげるとすると、原因は病院へ行く途中に出血多量で死んだためだ、ということになるだろう。

ぼくはここで、そのあたりのことを探り出す絶好の機会を与えられていた――なのに、だめだった。

努力はしたんだ。何をされているのかと気をもむことはなかったが（ママさんは心配しないようにとぼくにいっていたし、見舞いにくるたびにも、ぼくの目をのぞきこんでは、その命令をくりかえした）、そうはいってもぼくは、おちびさん同様、知りたくてたまらないのだ。

未開人を一人選び出してみる。ジャングルの奥深くに住み、分割払い式の買い物も知らずにいる連中だ。仮に百九十のＩＱとおちびさんなみの旺盛な知識欲を持っているとしよう。その未開人をブルックヘブン原子力研究所に放りこんでやる。どれだけのことを彼は覚えるだろうか？　できる限りの手助けをしてだよ？

どの廊下を通るとどんな部屋へ行けるかは覚えるだろうし、紫の三ッ葉の意味は「危険！」ということも覚えるだろう。

それだけだ。覚えられないからではない。彼は超天才なんだよ——しかし、二十年がかりの学校教育を受けてからでなければ、彼は適切な質問をしたり、その答を理解したりはできないのだ。

ぼくは何やかやと尋ねては、いつも答えてもらい、概念を形作りもした。とはいえ、それを記録するつもりはない。それらが入り乱れ、矛盾しているのは、未開人が原子力設備の設計や操作に対して抱く概念と変わりがないからだ。ラジオについていわれているように、〈ノイズ・レベル〉がある一定値に達すると情報はまったく伝わらなくなる。ぼくが受け取ったのは〈ノイズ〉ばかりだった。

中には文字どおりの〈ノイズ〉もあった。その気になって尋ねれば、医師の一人が答えてもくれた。一部はわかっても、核心にせまると聞こえてくるのは小鳥のさえずりばかり。ママさんに通訳してもらったところで、ぼくに下地がない部分は、結局カナリアの陽気なおしゃべりでしかなくなる。

まあそのまま座っていてくれ。自分にもわからないことを説明しようとしているんだから。それは、おちびさんとぼくがどうしてママさんと話せたのかだ。それも、ママさんの口では英語を発音できず、ぼくらのほうは彼女のような歌い方もできないし、彼女の言葉を勉強したこともなかったというのにだ。ヴェガ人――（ぼくらが〈太陽人《ソル》〉と呼ばれていたかもしれないのと同様、彼らを〈ヴェガ人〉と呼ぶことにしよう。彼らの本当の名前は、そよ風に吹かれる風鈴のように聞こえる。ママさんにも本名はあったが、ぼくはコロラチューラ・ソプラノではないんでね。おちびさんはママさんを甘言で欺《だま》したいときは本名を利用した――まるで効果は上がらなかったが）ヴェガ人は理解すること、つまり相手の立場に立つことでは最高の才能を持っている。それはテレパシーではないと思う。テレパシーなら、あれほど多くの意味を取り違えることもなかったろうからだ。感情移入ということにしよう。

だがそれも人によって程度はいろいろだった。ちょうど、ぼくらみんなが車を運転するものの、レース・ドライバーにむいているのは、ほんのひと握りしかいないのと同じだ。ママさんは、ギオマール・ヌヴァイシュがピアノに通じているくらいに、感情移入を身につけていた。以前、本で読んだある女優は、あまりうまくイタリア語を使うものだから、イタリア語のわからない人にいつも自分のいうことをわからせてしまったそうだ。女優の名は〝デューセ〟といった。まさか、デューセとはボスじゃないか。何かそれらしい名前だ。その女優にも、ママさんと同じものが備わっていたに違いない。

ぼくがママさんと初めてかわした言葉は、「こんにちは」、「さようなら」、「ありがとう」、「どこへ行くの?」といったものだった。彼女はそういったもので自分の考えを投射できるんだ――くそっ、それぐらいきみもよその犬に話しかけられるな。後になって、彼女の話が話としてわかり始めた。ママさんのほうが、英単語の意味をどんどん覚えていった。そのすばらしい才能があったから、彼女とおちびさんは捕虜となっていっしょにいた何日ものあいだ、話しあったのだ。

これが、「どういたしまして」、「おなかがすいた」、「急ごう」などとやっているうちは簡単だが、〈ヘテロダイン〉や〈アミノ酸〉といったものになると、両方がその概念に通じていても難しくなってくる。一方がその概念を持っていさえしないと、その概念は崩壊してしまう。それこそ、ぼくがその獣医陣を理解するときの問題だったのだ。全員が英語を話していたにしても、ぼくはやはりわからなかったろう。

無線信号を送り出している発振回路は、信号を受信するため同じように振動できるもう一個の回路がない限り、うんともすんともいわない。ぼくは正しい周波数にいなかったわけだ。

それでも話がハイブローでなければわかった。彼らはいい人々だった。よく話し、よく笑い、たがいに好き合っているようだ。ママさんは別として、ヴェガ人の見分けをつけるのは骨が折れた(聞いた話では、ヴェガ人にとってのおちびさんとぼくとの唯一の目立った違いといえば、ぼくが病気で彼女は病気でないということだけだった)。彼らはおたがいを見分けるのに何の苦労もなかった。会話には音楽による名前が混じっていたのだが、それを聞いたら、〝ピーターと狼〟かワーグナーのオペラのまっただ中にきたかと感じるほどだ。ぼくについてのライトモチーフまであった。彼らのおしゃべりは陽気で明るく、晴れやかな夏の夜明けの響きだった。

こんどカナリアに会ったら、カナリア自身さえ何をいっているのかわからなくても、ぼくにはわかるだろう。

この中にはおちびさんから聞いてわかったこともある——病院のベッドというのは、惑星全体を研究する場としていい場所とはいえないのだ。ヴェガ第五惑星の重力は地球表面のそれとほとんど変わらず、酸素、二酸化炭素があり、水型ライフ・サイクルだった。この惑星はとうてい人間むきではなかった。真昼の〈太陽〉にあたると、人間は死んでしまう、その僅かな紫外線によってだけでなく、空気には有毒なオゾンが含まれているためだ——微量のオゾンなら刺激剤にもなるが、すこし多いと——そうだな、青酸を吸うほうがまだましだ。ほかにも何かあり、酸化窒素だろうが、長いあいだ吸うと人間には良くない。ぼくの部屋は空気調節《エア・コンディション》されていた。ヴェガ人はぼく用のものでも呼吸できるにはできるが、まずい味だと考えていた。

これとは別なことの副産物として、すこし学んだことがある。どうしてぼくがこんなことにかかり合ったのかを話すよう、ママさんから頼まれたのだ。それがすむと地球について知っているだけ、地球の歴史、どのようにして働き、生活しているのかを話すよう頼まれた。これはできない相談というものだ——ぼく自身がろくに知らないとわかったので、いまだに話していない。例えば古代バビロニアをとってみると——初期のエジプト文明とはどんな関係にあるのか？　ぼくは、あやふやな知識しか持ち合わせていなかった。

おちびさんならもっとうまくやったかもしれない。彼女は父さんのように、見たり聞いたり読んだりしたことは何でも覚えているからだ。しかしヴェガ人は、彼女を長時間じっとさせておけなかったのだろう。ぼくはじっとしているしかなかったのにだ。ママさんがこんなことをしたがった理由は、ぼくらがオーストラリア原住民を調査するのと同じだし、ぼくらの言葉の記録としてということもあった。理由はもうひとつあった。

その仕事はやさしくなかったが、ぼくが助けてほしくなるといつも力になってくれたり、ぼくが疲れるところよく中断してくれる一人のヴェガ人がいた。ジョシーファス・エッグヘッド教授とでもしておこう。〈教授〉というのがだいぶ近く、その名前は文字にできないのだから。ぼくは教授をジョウと呼び、教授はぼくを〝クリフォード・ラッセル、凍傷にかかった化け物〟といった意味のライトモチーフで呼んだ。ジョウには、ママさんに匹敵するほどの理解の才能があった。しかし〈関税〉も〈王〉も一度として持たなかった人々に、どうやってその概念をわからせればいいのか？　英単語は雑音にすぎなかった。

それでもジョウは多くの種族や惑星の歴史に通じていたので、カラーのステレオ映画による画面をいくつも映し出すことができ、結局はぼくのいおうとしたことが二人のあいだで一致した。ぼくは口のそばに浮かんでいる銀色のボールにむかって話し、ジョウはぼくのベッドの高さまで持ち上げられた台の上に猫のように丸くなり、もうひとつのマイクにむかって話しながら、ぼくのいったことの注釈を走り書きする、というようにして仕事をゆっくりと進めていった。彼のマイクには消音マイクに変えられる仕掛けがついていた。ぼくに話しかけてこない限り、彼の声は聞こえなかったのだ。

それから、ぼくらはつまずくのだ。ジョウは手を休め、ぼくにサンプルの画面を試写して見せる。ぼくがいったことについて、最もこれらしいと思う画面をだ。映像は空中の、ぼくが見やすい位置に現われる——首をまわすと、それにつれて映像が動く。その映像は実物そっくりで、鮮明なカラーのステレオ・テレビだった——まあ、あと二十年あれば、ぼくらにも実現できるだろう。プロジェクターを隠しておき、画像をいかにも空中に浮いているように映し出すとはうまい仕掛けだが、あれはただのステレオ光学装置だ。実際に作りたいとなれば、いつでもぼくらには作れる——何といっても、グランド・キャニオンの真に迫った眺めを、自分の手に持ったビュウアーにつめこんでおけるのだからね。

強く印象づけられたのは、裏にある組織だ。それについてジョウに尋ねてみた。彼はマイクにむかって歌い、そしてぼくらはヴェガ人の〈国会図書館〉を急いでかけめぐることとなった。父さんのいうところによると、図書館科学《ライブラリイ・サイエンス》はすべての科学の基礎であり、そして数学がかなめだということだ——そしてぼくらが生き残るか絶滅するかどうかは、司書が自分の仕事をどれだけうまくこなすかにかかわっているのだ、と。ぼくにとって司書は魅力的ではなさそうだったが、ひょっとすると父さんは、まだはっきりされていない真実に思いあたっていたのかもしれない。

この〈図書館〉では、何百、何千というヴェガ人がそれぞれの正面に銀色の球をひとつおいて、映画を見、サウンド・トラックを聞いたりしていた。彼らは「記憶を話している」のだとジョウはいった。これは図書館のカタログ用カードをタイプすることに相当した。違うのは、その結果が脳細胞中の記憶経路のほうに似ていたことだ——あのビルの九割は電子頭脳だったのだ。

ママさんが身につけていたブローチふうの三角形の表示が目についたが、映像はすぐにほかへジャンプしてしまった。ジョウもそれをつけていた(ほかのヴェガ人はつけていなかった)が、ぼくはわざわざ尋ねることまではしなかった。とても信じられないあの〈図書館〉を見ると〈サイバネティックス〉という言葉が浮かび、ぼくらは回り道をすることになったからだ。後になって、あれは何かの会員章か、ファイ・ベータ・カッパ・クラブのキーのようなものだろうということにしておいた——ママさんはヴェガ人としても頭がよかったのだし、ジョウもさほど劣っているわけではなかったからだ。

ジョウはある英単語がわかったとはっきりするたびに、子犬がくすぐられたように、喜びに身をよじらせた。彼にはずいぶん威厳があったが、そのような仕草も、ヴェガ人にとっては威厳を落とすことではなかった。彼らの体はとても柔軟で動きが豊かなので、微笑むのも眉をよせるのも体全体で現わすのだ。ぴくりとも体を動かさずにいるヴェガ人は、腹をたてているか、極端に悩んでいるかだ。

ジョウといっしょにいたことで、ベッドからさまざまなところを見まわることができた。〈小学校〉と〈大学〉の違いは、ぼくが実例を示すこととなったのだ。〈幼稚園〉は赤ん坊に閉口している大人のヴェガ人そっくりだった。そこは、コリーの子犬がミルクの皿に近づこうとして兄弟の顔をふみつける無邪気な騒々しさを持っていた。しかし〈大学〉のたたずまいには落ち着いた美しさがあり、変わった姿の木々・植物・花が、これまで見たこともない建築様式だが超現実的魅力をもった建物のあいだに生えていた——それらが見慣れたものならかえってぼくは面くらっていたろう。放物線が多用されており、あらゆる〈直線〉に、ギリシア人が〈エンタシス〉と呼んだ例のふくらみがついていたと思う――優雅な風格と強度が両方ともにある。

ある日、ジョウはそれこそ喜びに体をくねらせながらやってきた。彼はほかの二つより大きな銀色の球をもうひとつ持っていた。それをぼくの前におくと、ジョウは自分の球にむかって歌った。

(「これを聞いてくれ、キップ!」)

歌い終わったとたん、その大きい球が英語で話した。

「これを聞いてくれ、キップ!」

喜びに身もだえしながら、ジョウは球を交換して、ぼくに何か話せといった。

「何を話してほしい?」と、ぼくは尋ねた。

(「何を話してほしい?」)

と、大きな球がヴェガ語で歌った。

ぼくがジョウ教授と会ったのは、それが最後だった。

惜しみない協力を受けていたというのに、ママさんには彼女のいいたいことを理解させる力があったというのに、ぼくはまるでウェスト・ポイントにいる軍用ラバだった。つまり生徒団の名誉会員ではあっても、学校教育を受ける資格はないということだ。ぼくにはヴェガ人の政治組織がどうしてもわからなかった。いや、政治組織はあるにはあったのだが、聞いたこともない組織だった。ジョウは、民主主義も代議制度も選挙も裁判所も知っていた。彼は多くの惑星から実例を集めることができたからだ。民主主義は「初心者向きには、実にいい制度」だと、彼は感じていた。見下しているようにも感じるが、ヴェガ人の欠点というわけではない。

彼らの子供は一人も見かけなかった。ジョウの説明によると、子供は理解と共感の能力ができるまで〈異種生物〉を見るべきではない、ということだった。ぼく自身が多少ながらも〈理解と共感〉を身につけている最中でなかったら、このことで気分を害していただろう。なるほど、十歳の地球人がヴェガ人を見たら、逃げ出すか棒切れでつつくかのどちらかだ。

ぼくはママさんから、ヴェガ人の政治組織について学ぼうとした。特に、平和——法律、犯罪、刑罰、交通規則など——をどのように維持しているのかを。

これは以前と同様、まったくの失敗に終わったといってよかった。ママさんは長いあいだ考えこんでから答えた。

(「どうして人は、自分の心に背くようなことができるのかしら?」)

ヴェガ人の最大の欠陥は、欠陥が何もないことなのだろう。これでは退屈するだろうに。

医療陣はオスカーのヘルメットに入っていた薬品類に興味を示した——ちょうどぼくらが呪術医の薬草に興味を持つようなものだが、むだな興味ではない。ジギタリスやクラレを思い出すことだ。

ぼくはそれぞれの薬の効能を話した。その多くについてぼくは商品名だけでなく、赤十字名（学名）も知っていた。コデインは阿片からでき、阿片はケシからできることを知っていた。デキセドリンが硫酸塩であることは知っていたが、それだけだった。有機化学や生化学は、言葉の障害がなくても容易ではない。ベンゼン・リングがどんなものかで意見を一致させようとして、おちびさんは図を描くやら、それほど重要でないことにこだわるやらだったが、〈元素〉、〈同位体〉、〈半減期〉、そして周期表について、ぼくらは何とか同意にこぎつけた。ぼくはおちびさんの手を借りて構造式でも書けばよかったのだが——ぼくらはどちらも、コデインの構造式について一片の知識ももっていなかったので、元素のもつ原子価の範囲内だけでくっつきあう幼稚園の玩具を与えられても、だめだった。

それでもおちびさんは大はしゃぎだった。ヴェガ人は彼女から大して知識を得なかったかもしれないが、彼女のほうは彼らから大いに学んだ。

いつだったかはわからないが、ママさんは女性ではない、あるいは女性とはちょっと違うということにぼくは気づいた。だがそんなことはどうでもよかった。母性というのは態度であって、生物学的関係ではないのだ。

ノアが彼の箱舟をヴェガ第五惑星に下ろしていたら、動物たちが十二匹ずつで殺到したことだろう。そうすると事がややこしくなる。しかし〈ママさん〉とはほかのものたちの面倒をみる人のことだ。ママさんたちすべてが同じ性だったかどうかについて、ぼくに確信はない。それは気性の問題だったのかもしれない。

ぼくは一人の〈パパさん〉に会った。〈知事〉か〈市長〉といってもよさそうだったが、その権威がひとつの大陸にゆきわたっていたことを別とすれば、〈牧師〉か〈隊長〉に近かった。ジョウと話している最中にふらりと現われて五分ほど居座り、ジョウにはいい仕事をやってくれと励ましを与え、ぼくにはいい子でいて良くなるんだぞといい、まったく急ぐことなく立ち去った。父さんがしてくれるように、ぼくをほのぼのとした自信でいっぱいに満たしてくれたのだ――あれが〈パパさん〉だなどとは、いわれるまでもなかった。あの見舞いには「負傷者を見舞う王者」の趣きがあり、人を見下したところはなかった――忙しいスケジュールの中にぼくを組み入れるのが大変なのは疑うべくもなかったのに。

ジョウは母らしくも父らしくもふるまわなかった。ぼくに教え、ぼくを研究する――〈教授さん〉だった。

おちびさんはある日、大はしゃぎでやってきて、マネキンふうのポーズをとった。

「新しい春むきの服を気に入ってくれるかしら？」

おちびさんが着ていたのは銀色のタイツで、ナップザックのような小さなこぶがついていた。かわいらしくはあったが、グラマーとはいえなかった。というのも、おちびさんの体格は二本の棒切れみたいで、この身なりはそれを強調していたからだ。

「なかなかいいじゃないか……アクロバットにでもなろうってのかい？」

「馬鹿なこといわないでよ、キップ。これはあたしの新しい宇宙服……本物の宇宙服よ」

ぼくはオスカーのほうをちらりと見た。デカくて、かさばり、押入にいっぱいだ。ぼくはこっそりといった。

「聞いたか、相棒?」

(「世の中、いろんな物があるのさ」)

「きみのヘルメットは、合いやしないだろう?」

彼女はくすりと笑った。

「もう着てるのよ」

「着てる? 『裸の王様』かい?」

「だいぶ近いわね。キップ、偏見を抜きにして聞いて。これはママさんの宇宙服と同じで、あたし用に仕立てただけなの。あたしの前の宇宙服はあまり良くなかったし……あの凍りつく寒さでほとんどだめになっちゃったわ。でもこれにはあなたもびっくりするわよ。例えばヘルメット。ほらね、見えないだけ。場なのよ。気体は出入りできないわ」おちびさんが近づいて来た。「ひっぱたいてみて」

「どうやって?」

「あら、忘れてたわ。キップ、良くなって、そんなベッドから出なくちゃあ。あなたを散歩に連れていきたいな」

「ぜひそうしたいね。もう長くはかからないそうだ」

「早いほうがいいわね。さあ、見せてあげるわ」

彼女は腕を後ろに引き、自分をひっぱたいた。その手は、顔から数インチ離れた何かにピシャリとあたった。

「さて、見ていて」

と、彼女は続け、手を非常にゆっくりと動かす。それはバリアーを通りぬけてゆき、鼻をおさえ、ぼくにむかってアカンベーをしてみせた。

これには恐れ入った——中に手を入れられる宇宙服だ！ それを着ていれば、おちびさんが必要としていたときに、水もデキセドリンも砂糖の錠剤もあげられたのに。

「こいつは驚いた！ どんな仕掛けなんだ？」

「背中のパワーパックよ、エア・タンクの下の。このタンクは一週間もつし、ホースだって一本もないから、故障がおこらないわ」

「じゃあ、きみがヒューズを飛ばしてしまった、としよう。さあどうだ、まわりはまったくの真空だぞ」

「ママさんは、そんなことはおこるわけがないっていってるわ」

うーん——ママさんが断言したとき、間違っていたという憶えはなかった。

おちびさんは続けていった。

「これだけじゃないの……皮膚のような感じで、関節部分は不格好じゃないし、決して暑くも寒くもないわ。普段着みたいなものよ」

「でも、ひどい日焼けになるのは覚悟の上、だろ？ 健康に悪い、わかりきったことだ。月の上でさえ、健康に悪いんだからね」

「あら、違うわ！　場が偏光するの。いうなれば、それが場というものなのよ。キップ、あなたも作ってもらうのね……あたしたちいろんなところへ行けるじゃない！」

ぼくはオスカーをちらりと見た。

（「お好きなように、相棒」オスカーはよそよそしくいった。「おれは焼餅《やきもち》焼きじゃあないからね」）

「ああ、おちびさん、ぼくは勝手のわかったやつにしておくよ。それにしても調べてみたいもんだね、その変てこりんなオベベを」

「どうせ変てこりんですよ！」

ある朝、ぼくは目覚め、寝返りをうち、ああ腹がへったなあ、と感じた。ついでぼくは、びくりとして体をおこした。ベッドで寝返りをうったんだ。こうなることを予期していろと、ぼくは前もって注意されていた。〈ベッド〉は普通のベッドになっていたし、体は元どおり自由がきく。しかも腹がすいていたんだが、ヴェガ第五惑星に来てからというもの、腹をへらしたことは一度もなかったんだ。あの装置が何だったにせよ、食事抜きで栄養補給をする機能も含まれていたのだ。

しかし、ぼくはそのままじっとして、空腹という贅沢を楽しんではいなかった。頭だけの存在ではなく、ふたたび肉体を持てたとは、実にすばらしいことだった。ぼくはベッドから抜け出し、とつぜんめまいをおぼえ、それがおさまると顔がほころんだ。手だ！　足だ！

これはすばらしいと調べにかかった。変わったところはなく、傷跡もない。

こんどはもっとくわしく見てみた。いや、まったく変わっていないわけではない。左足のすねには傷跡があった。セカンド・ベースでのクロス・プレーでスパイクされたものだ。それがなくなっている。あるカーニバルでは、左の腕に「マザー」と刺青を彫ったことがあった。母さんは悲しむし、父さんには嫌な顔をされた。それでも彼はいってくれた。利口ぶった人間にならないことを思い出せるよう、そのままにしておけ、と。それもなくなっている。手にも足にも、たこはひとつもない。

ぼくはよく爪を噛んだ。いくらか長目だったが完全だ。何年も前に、手斧を滑らせて右足の小指の爪をなくしてしまった。それがもどっている。

あわてて盲腸手術の跡を探した——見つかってほっとした。それがなかったら、自分が自分かどうかも疑っていたところだ。

衣裳だんすの上に鏡があった。そこに映ったぼくは、ギターがさまになるほどの豊かな髪の毛をしていた（いまは角刈りにしているが）。しかし、だれかが髭を剃ってくれていた。たんすにのっていたのは、一ドルと六十七セント、シャープペンシル一本、紙切れ一枚、腕時計、そしてハンカチが一枚。時計は動いていた。一ドル札と紙切れとハンカチはきれいになっていた。

洋服は完全にクリーニングされ、見てはわからないようにつくろわれて、机の上におかれていた。靴下はぼくのではない。その素材の肌ざわりはフェルトに似ていた。クリネックス・ティッシュほどの厚さしかないのに、破れるどころか伸びるフェルト状の材料を想像できるならね。床にはテニス・シューズ。〝USラバー〟の商標までもおちびさんのと同じで、違うのはサイズだけだった。上の部分はぶあついフェルト地だ。ぼくは身仕度を整えた。

その結果をまじまじと眺めていると、おちびさんがドアを蹴飛ばし、盆を持って入ってきた。

「だれかいる？　朝食はいかが？」

「おちびさん！　見てくれ！」

彼女はぼくを見ると、うなずいた。

「悪くないわね……お猿さんにしては。髪を切らなくちゃ」

「うん、でもすばらしいじゃないか！　また元どおり、ぜんぶくっついちまった！」

「あなた、ばらばらになんかならなかったわよ……何か所かは別として……あたし毎日、報告を受けていたんだから。これ、どこがいいかしら？」

彼女は盆を机にのせた。ぼくはいささかがっかりして尋ねた。

「おちびさん……どうでもいいのか、ぼくが元気になったのは？」

「そんなことないわよ。あたしが朝食を運ぶようにさせてもらったのは、どうしてだと思ってるの？　あなたが解放されるというのは、昨夜わかったんだけど。爪を切ったり、髭を剃ったりしてあげたのはだれだと思ってるの？　これで一ドルもらうわよ。髭剃りも値上がりしたの」

ぼくはあのくたびれた一ドル札を取って、さし出した。

彼女はそれを受け取らなかった。

「あら、あなた冗談がわからないの？」

「『金は借りてもいけない、貸してもいけない』だ」

「ポローニアス（〝ハムレット〟。オフェリアの父）ね。あんなの、馬鹿な老いぼれの退屈なやつだわ。ほんとよ、キップ、あなたの最後の一ドルはとても受け取れませんからね」

「さて、冗談がわからないのはどちらなんだ？」

「ま、朝ごはんを食べて。その紫色のジュースはオレンジ・ジュースの味よ……とってもおいしいから。炒《い》り卵ふうの食べ物はまずまずの代用品、あたしが黄色く色をつけておいたの……ここの卵ときたら、おそろしいものよ。どこで手に入れるか知っていたら、驚くこともないんだけど。バターみたいなのは植物油で、それも着色しといたわ。パンはパン、あたしが自分でトーストしたのよ。塩は塩だけど、あたしたちがそれを口にすることに、彼らは驚いていたわ……毒だと思ってるのね。召し上がれ、みんなあたしが毒味をしておいたわ。コーヒーはなし」

「別に悲しかないさ」

「あたし、つまみ食いはしてないわよ……大人になろうと心掛けているんだから。食べて。あなたの血糖値は下げられたから、楽しめるわよ」

　香りがすばらしかった。

「きみの朝食はどこなんだい、おちびさん？」

「何時間も前に食べちゃった。見物しながら、食べた気になるわ」

味は変わっていたが、医者の指示そのものだった——文字どおりそうだったのだろう。あれほど食事というものを楽しんだことはない。

やがてぼくは食べるスピードを落として、いった。

「ナイフにフォーク？　スプーンだって？」

「それしかないのよ、ここには」と、彼女はこの惑星の名前を発音した。「指にはいいかげんうんざりだし、みんなの使っている物を使うと食べ散らかしちゃうし。だからあたし、絵を描いたの。このセットはあたしのだけど、もっと作ってもらうわ」

ナプキンまであった。これもフェルト地だ。水は蒸留水の味で、炭酸入りではない。ぼくは気にしなかった。

「おちびさん、どうやって髭を剃ったんだい？　切り傷ひとつつけないで」

「何やら小さな機械だけど、剃刀なんかみな顔色なしよ。彼らがそれを何のために使っているのか知らないけれど、その特許が取れたら一財産できるわよ。そのトースト、食べないつもり？」

「ああ」ぼくは盆まで食べられると思っていたんだが。「うん、満腹だ」

「なら、あたしがいただくわ」

彼女はトーストを使って〈バター〉をぬぐい取り、それからいった。

「あたし、行くわ！」

「どこへ?」

「おめかしをしに。あなたを、散歩に連れてってあげるわ!」

彼女は行ってしまった。

外の廊下のベッドから見えないところは、ぼくらのところには似せてなかったが、左手のドアは浴室で、ちょうどあるはずのところだった。わが家の浴室らしく見せようとはしていなかったので、バルブも照明も何もかも典型的なヴェガ式だった。しかし、すべてが作動した。

おちびさんは、ぼくがオスカーをチェックしているときにもどってきた。もし彼らがオスカーをぼくから切り放したのなら、そのあと驚くべき修理をやったことになる。ぼくが継ぎをあてたところさえわからなくなっていた。彼はすっかりきれいにされていたので、内側に匂いはなかった。三時間分の空気もあり、あらゆる点で申し分なさそうだった。

「快調だな、相棒」

(「元気いっぱいさ! ここのサービスは大したもんだ」)

「先刻ご承知だよ」

見上げると、おちびさんがいた。もう自分の〈よそ行きの春服〉を着ていた。

「おちびさん、ぼくらは散歩にも宇宙服が要るのかい?」

「いいえ。ガスマスクにサングラスと日傘で何とかなるわ」

「なるほどね。で、マダム・ポンパドゥールはどこにいるんだ? どうやって彼女を、その宇宙服に入れるんだい?」

「どうってことないわ、彼女ちょっとふくらむだけだもの。でもあたしの部屋に残して、お行儀よくしているようにいってきたの」

「大丈夫かい？」

「まずだめね。あたしに似ているんだもの」

「きみの部屋はどこ？」

「隣よ。建物のうちでもここだけなのよ、地球の条件にしてあるのは」

ぼくは宇宙服を着始めた。

「おい、そのきれいな宇宙服には、無線がついているのかい？」

「あなたのについてる物はぜんぶ、ほかにもすこし。オスカーの変化には気づいた？」

「え？　どこが？　修理されたり手入れされたりしているのはわかったけど。ほかに何をしたんだ？」

「ほんのすこしね。アンテナ切替スイッチをもう一回切り替えると、そばにいて無線を持ってない人にも、怒鳴らずに話しかけられるわ」

「スピーカーは見えなかったけどな」

「ヴェガ人の信条では、何事も大きくしたり、かさばらせたりしないものなのよ」

おちびさんの部屋の前を通るとき、ちらりとのぞいてみた。ヴェガふうの装飾ではなかった。ヴェガの室内はステレオですでに見ていたのだ。それは彼女自身の部屋のコピーでもなかった——おちびさんの両親のセンスが良ければの話だが。何といえばいいものやら—— ヘムーア式ハーレム〉のスタイル、狂王ルートヴィヒが思いついたものだったかな、それに少々のディズニーランドっぽさ。

ぼくは批評などしなかった。ぼくにもあんなのがあてがわれていたのだから、おちびさんにも「自分の部屋そっくり」の部屋があてがわれていたのではないかという気がしていたのだ。それはママさんの流儀にもかなっている——ところがおちびさんは、絶好のチャンスとばかりに、あり余る想像力を走らせるがままにしたのだ。彼女がたとえ一瞬でもママさんをだませたかどうかは怪しい。きっとあの寛大な調子を歌に織りまぜ、おちびさんの望む物をあげたということだろう。

ママさんの家はぼくらの州の議事堂より小さいが、それほど小さいわけでもなかった。ママさんの家族は何十人、何百人にも及ぶらしいのだ——ヴェガ人同士の複雑な続き柄では、〈家族〉というものに広い意味があるのだ。ぼくらのいた階では子供を一人も見かけなかったが、その子供たちは〈怪物ども〉から遠ざけられているのだと、ぼくにはわかっていた。大人たちはだれもが挨拶《あいさつ》してくれて、ぼくの健康について尋ねたり、回復を祝ってくれたりした。ぼくは、「おかげさまで元気です！　最高ですよ」というのに忙しかった。

みんながおちびさんのことは知っていたし、彼女は彼らの名前を歌うことができた。

医者の一人に見覚えがあると思ったが、ママさん、ジョウ教授、それに獣医主任だけがぼくの自信のもてるヴェガ人で、この三人には出会わなかった。

ぼくらは先を急いだ。ママさんの家は典型的なものだった——厚さ一フィート、直径四フィートの柔らかい円形クッションがたくさんあり、ベッドや椅子として使われる。床には何もなく、滑らかで弾力がある。ほとんどの家具は壁についており、伸び上がれば手が届くようになっている。便利な手すり・柱・腕木があり、それにつかまりながら家具を使う。植物類はあちこちで思いもよらぬほど生い茂り、さながらジャングルが引っ越してきたようだ——楽しさいっぱいだが、ぼくにしてみれば、役立つといってもコルセットみたいなものだった。

放物線型のアーチが続いているところを抜けると、バルコニーへ出た。手すりはなく、下のテラスまでは七十五フィートほどあった。ぼくは後ろに下がったまま、オスカーに顎の窓がないのをまたもや悔やんだ。おちびさんは縁まで行き、か細い柱に腕をまわして身を乗り出した。戸外の明るい光に、おちびさんの〈ヘルメット〉は乳白色の球となった。

「来てごらんなさいよ!」

「そして首をへし折れっていうのか? ひょっとしてロープでつなぎとめてもらえるのかな?」

「あら、いやだ! 高いのをこわがっているのはだれなの?」

「自分のしていることが見えないと、ぼくはこわくてね」

「じゃあこうしましょう。あたしの手を握って柱につかまるのよ」

ぼくは彼女に柱まで連れていってもらい、外をのぞいた。

ジャングルの中の都市だ。濃暗緑色が、あまりからみあいすぎて、蔓《つた》や灌木《かんぼく》と木々の区別がつかず、それが一面に広がっているが、その単調さを破るように、ぼくらが入っているのと同じ大きさのビルやさらに大きなビルが散在している。道は一本もない。ヴェガの道路は都市の地下にあり、都市外部でもときには地下式となっている。しかし、空中での往来があった——個人用飛行機だが、その飛行装置は地球の一人乗りヘリコプターや空飛ぶ絨緞《じゅうたん》ほど大げさではない。ぼくらの立っているようなバルコニーから、鳥そっくりに飛び立ったり着地したりするのだ。

本物の鳥もいた。体は長くて細く、色は鮮やか、二対の羽根が縦にならんでついていた——空気力学的にはまずく見えるが、あの鳥たちには似合っているように思えた。

空は青く晴れわたっているが、それを破って、三つの鉄床《かなとこ》ふうのビルが遙か遠く、目もくらむ白さで、折り重なるようにそびえ立っている。

「屋上へ行きましょうよ」
「どうやって？」
「あそこから」

それは出入口用の穴で、ヴェガ人が階段として使う薄っぺらなたがい違いの張り出しが、そこまでのびていた。

「傾斜路《ランプ》はないのかい？」
「向こう側あたりに、あるわ」
「これじゃぼくを支えきれないよ。それに、あの穴もオスカーには小さそうだし」
「びくびくしなさんなって」

おちびさんは猿のようにするする登っていった。

ぼくは疲れはてた熊さながらについていった。張り出しは、その優雅さにかかわらず頑丈だった。穴もするりと抜けられた。

ヴェガが空に高くかかっていた。見かけは太陽の角直径ほど。太陽から地球までよりもさらに遠いところにいるのだから、それもおかしくない。ところが最大偏光にしても、まだ明るすぎた。目をそらすと、まもなく目と偏光装置が調節されて、また見えるようになった。おちびさんの頭は、磨きあげたクローム製バスケットボールのようなものに隠れていた。

「おい、まだそこにいるのかい？」

「当然よ……ちゃんと外が見えるわ。すばらしい眺めね。凱旋門《アルク・ド・トリオンフ》のてっぺんから見たパリを思い出さない？」

「さあね、旅行なんかしたことがないからな」

「ただ大通りがないだけのこと。だれかが下りてくるわ」

おちびさんの指さしているほうにむいた――彼女は四方八方が見えるというのに、ぼくはヘルメットに作りつけてあるトンネル窓で制約を受けているのだ。ぼくがふりむいたときには、そのヴェガ人はぼくらのそばに近づいていた。

（「こんにちは、子供たち！」）

「こんにちは、ママさん！」

おちびさんは両腕を彼女にまわして、抱き上げた。

（「そう慌てないで、ディア。これをはずさせて」）

ママさんは装着帯《ハーネス》から抜け出し、ぶるぶると体を震わせ、飛行装置を傘のようにたたんで腕にかけた。

（「調子よさそうね、キップ」）

「元気だよ、ママさん！　嬉しいな、また会えたなんて」

（「あなたがベッドから離れるときにもどってあげたかったんだけど。でも、医者たちからはずっと連絡してもらってはいたのよ」）ママさんはすこし背伸びをし、ぼくの胸に小さな手をあて、フェイス・プレートのすぐそばに目を近づけてきた。（「具合はいいの？」）

「これ以上はないって状態だよ」

「ほんとにそうなのよ、ママさん！」

（「よかったわ。自分で健康だと認めるし、わたしはそう感じるし、おちびさんも確信しているし、それに何より肝心なことに、主任医師が太鼓判をおしているし。さあ、すぐ出発しましょう」）

ぼくは尋ねた。

「何だって？　どこへ、ママさん？」

ママさんはおちびさんのほうにむいた。

（「あなた、まだ話していなかったの、ディア？」）

「だって、ママさん、あたしには機会がなかったんだもの」

（「わかりました」）ママさんはぼくのほうにむき直った。（「キップ、わたしたちはこれからある集会に出席しなければいけないのよ。質問を受け、答え、決定がおこなわれるわ」）ママさんはぼくたちふたりに話した。（「あなたがた、出発の準備はできている？」）

おちびさんは反問した。

「いま？　ええ、いいわよ……ただ、マダム・ポンパドゥールを取ってこなければいけないわ」

（「では連れていらっしゃい。あなたのほうは、キップ？」）

「うーん……」

体を洗ったあと、腕時計をはめなおしたかどうかが思い出せず、オスカーのぶあつい皮膚の上からでは、ふれてみてもわからないので、何ともいえない。ぼくは彼女にそう伝えた。

（「いいわ。あなたたちは部屋へ急いで行ってらっしゃい。そのあいだにわたしは、船を用意するわ。ここで待ち合わせるけど、途中で花なんか眺めていて遅れるんじゃありませんよ」）

ぼくらは傾斜路を通って下りた。

「ちびすけ、またぼくに隠していたな」

「そんな、あたし、そんなことしないわ！」

「じゃあ、どんないい方がある？」

「キップ……聞いてちょうだい！　あなたが病気のうちは、話さないようにっていわれていたの。そのことについてはママさんは非常にきっぱりしていたわ。あなたによけいな心配をかけちゃいけない……これは彼女がいったことよ！……あなたが直りかけているうちはって」

「どうしてぼくが心配しなければいけないんだ？　いったいこれは、どういうことなんだ？何の集会だ？　どんな質問だ？」

「あの……集会というのは、裁判みたいなものなの。刑事裁判、とでもいうのかしら」

「なに？」

ぼくは素早く自分の良心に尋ねてみた。だが、これっぱかりも悪いことをするチャンスなどなかった――二時間前までは、赤ん坊同然手も足も出せずにいたのだ。残るはちびすけだ。ぼくはきびしい口調でいった。

「ちびすけ、こんどは何をやらかした？」

「あたし？　何も」

「よく考えろ」

「違うのよ、キップ。朝食のときにいわなかったことは悪かったわ！　でも、悪い知らせは二杯目のコーヒーがすむまでは絶対に知らせるものじゃないってパパにいわれてるし、あたしだって、心配事をかかえる前に、ちょっと散歩してみたらどんなにいいかと思ったし、あたし、話すつもりだったのよ……」

「ちゃんと話すんだ」

「……下りたらすぐにって。あたしは何もしていないわ。でもあの虫けら面がいるわ」

「何だって？　あいつは死んだと思ったんだけど」

「そうかもしれないし、そうではないのかもしれないわ。でも、ママさんがいうには、まだほかに、質問することがあり、決定することがあるって。あいつは限度を越えていた、というのがあたしの想像よ」

ぼくはそれを考えながら、あちこちと曲がって奇妙なアパートを通りぬけ、地球の条件にされているぼくらの部屋へ通じるエアロックにむかった。重犯罪に軽犯罪……宇宙航路での不正――なるほど、虫けら面ならやりかねない。ヴェガ人に彼をつかまえられたらだが。〝つかまえてしまった〟らしいな、裁判にかけるというからには。

「それにしても、ぼくらはどんな立場なんだ？　証人か？」

「そういえると思うわ」

虫けら面がどうなろうとぼくの知ったことじゃない――しかもこれを機会に、ヴェガ人のことがもっとわかるようになるだろう。特に、裁判所がすこし離れていたら、ぼくらは旅行をしながら地方を見られる。

「でも、それだけじゃないの」

と、おちびさんは心配そうに続けた。

「まだあるのか？」

彼女は溜息をついた。

「だからあたしはまず見物してみたかったのよ。つまり……」

「考えこむなよ。はっきりいっちまえ」

「そうね……あたしたちも、裁判を受けなければいけないの」

「な、なんだって?」

「『審査される』っていうのがあたっているかもね。あたしにはわからないわ。でもこれはわかってるの。判決が下されるまでは、地球に帰れないってことは」

ぼくはつい声を上げてしまった。

「でも、ぼくらがいったい何をしたっていうんだ?」

「あたしが知るもんですか!」

頭の中がカッカとしていた。

「そのあと地球へ帰してもらえるのは、確かなのか?」

「ママさんは話そうとしなかったわ」

ぼくは立ちどまると彼女の腕をつかみ、苦々しくいった。

「つまりそれは……ぼくらが逮捕され拘留中ってことじゃないか。違うか?」

「ええ……」彼女は泣きじゃくらんばかりにつけたした。「でもね、キップ、あたしあなたに、ママさんは警官だっていったでしょ!」

「ありがたいこった。ぼくらは彼女に火中の栗を拾ってやり……そしていまはつかまっている……そして裁判にかけられようとしている……そしてぼくらは、わけもわからないときているんだぞ! 結構なところだよ、ヴェガ第五惑星ってのは。『原住民は友好的』だな」

彼らはぼくを治療した——ぼくらがギャングを絞首刑にするために治療するのと同じだ。

おちびさんはもうはばかることなく泣いていた。

「でもね、キップ……大丈夫にきまってるわよ。彼女は警官かもしれないけど……それでもママさんだもの」

「ママさんが？　さてどうかな」

おちびさんの態度は、彼女の言葉に矛盾していた。彼女は、わけもなく不安がる子ではない。まるっきり反対だった。

腕時計は洗面台にのっていた。ぼくは宇宙服をあけて内ポケットに入れた。外へ出ると、おちびさんもマダム・ポンパドゥールに同じことをしていた。ぼくはいった。

「ほら、ぼくのところに、いっしょに入れてやろう。まだ余裕があるから」

おちびさんは淋しそうに答えた。

「ううん、いいの……あたし、彼女にそばにいてほしいの。特にいまは」

「なあ、おちびさん、裁判所ってどこにあるんだ？　この都市かい？　それとも別の都市なのか？」

「いわなかったかしら？　そうね、あたし、いわなかったんでしょうね。この惑星じゃないの」

「ぼくはてっきりここだけが人の住んでいる惑星だと……」

「そこは、ヴェガの惑星じゃないの。別の恒星よ。この銀河系でもないわ」

「もう一度いってくれないか？」

「それは、小マゼラン雲のどこかなの」

10

いい争う気にもならなかった――どこともわからぬところから百六十兆マイルなのだから。それでも、船に乗りこむとき、ぼくはママさんに話しかけなかった。

船は古くさい蜜蜂の巣箱のような格好をしており、ぼくら三人をやっと宇宙港まで運べそうなぐらいの大きさしかなかった。おちびさんとぼくは床の上でぴったりと体をよせ合い、ママさんは前かがみに丸くなり、算盤《そろばん》に似た光るコンソールをいじった。ぼくらは離陸し、まっすぐ上昇していった。

二、三分もすると、ぼくの怒りは不機嫌から、何としてでもそれをおさえつけなければいけないものへと変わっていった。

「ママさん！」

(「ちょっと待ってね、坊や。大気圏から出させてちょうだい」)

ママさんが何かをおすと、船は震動し、静かになった。

ぼくはくりかえした。

「ママさん」

(「下ろすまで待って、キップ」)

待つしかなかった。パイロットの邪魔をするなど、車のハンドルにつかみかかるような馬鹿げたことだ。小型艇が震動をおこした。高空での風が強烈だったのだろう。だがママさんは操縦できた。

やがて軽くずしんという音がして、ぼくは宇宙港に着いたのだろうと思った。ママさんはふりむいた。

(「さてと、キップ。あなたの不安や怒りはわかるわ。あなたがた二人に危険はない、といえば助けになるかしら？　わたしがこの体を張って守ってあげるといったら？　あなたがわたしを守ってくれたように」)

「うん、でも……」

(「じゃあ、そうしましょう。説明するよりも実行して見せるほうがたやすいものよ。ヘルメットはつけなくていいわ。この惑星の空気は、あなたがたのところと同じだから」)

「え？　もう着いたってこと？」

おちびさんはぼくの肘をついていった。

「いったじゃない。ただ、パッ！　それで向こうについているのよ」

ぼくは答えなかった。地球からはどれほど離れているのか、見当をつけようとしていたのだ。

(「いらっしゃい、子供たち」)

ぼくらが出発したときは真昼だった。それが下船してみると夜だ。船は、見えないところまで広がっているプラットホームにとまっていた。目の前の星々は見慣れぬ星座をつくっている。夜空に滑り落ちそうになってかかっているのは淡いミルクの塊り、それが天の川だとわかった。ということは、おちびさんは頭が混線しているんだ――地球からは遙か遠く離れているとはいえ、まだ銀河系の中じゃないか――きっとヴェガ第五惑星の夜側に移っただけなんだろう。

おちびさんのはっと息をのむ気配に、ぼくはふりむいた。

ぼくには息をのむ力もなかった。

全天を覆いつくしているのは、何百万何十億とつかぬ星々の巨大な渦巻だった。

アンドロメダ大星雲の写真を見たことがあるだろう？――二本のカーブした腕をもつ大きな渦巻が、ある傾きで見える。空にはすばらしいものが数々あるが、これほど美しいものはない。目の前にあるのがそれだった。

ただ、ぼくらは写真を見ていたのでもなければ、ましてや望遠鏡でのぞいていたのでもない。すぐ近くに（「近く」というのがあてはまるならの話だが）ぼくらはいたので、それは地球から見る北斗七星の二倍もの長さで空にかかっていたのだ――あまりの近さに、中央のふくらみや、ぐるぐるとまきつき、おたがいに追いつきあっている二つの大きな枝がわかった。ぼくらは斜め方向から眺めていたので、楕円形をしていた。ちょうどアンドロメダ座のM31と同じ見え方だ。こういえば、だれにでもその奥深さが感じられるだろうし、その姿もわかろうというものだ。

そこではっきりとしたのだ、ぼくが故郷から遠く離れたところにいると。あれこそ故郷なのだ、あの上のほう、無数のひしめく星々の中に埋もれているのが。

しばらくしてから気づいた。右側にもうひとつ、腕の開きはほとんど変わらないがすこし傾きかげんで、輝きではとうていかなわない二重の渦巻――ぼくたち自身の絢爛《けんらん》豪華な銀河系のおぼろなゴーストだ。この二番目のが大マゼラン雲に違いないと、ゆっくりだがわかってきた――もしここが小マゼラン雲で、あの燃えるような渦巻が銀河系だとすればだが。ぼくが〈天の川〉と思ったのは、ありふれた天の川のうちのひとつ、小マゼラン雲を内側から見たものにすぎなかったのだ。

ぼくはふりむいて、ふたたび眺めた。空をめぐる道というあのあたりまえの形をしていたとはいえ、ぼくたちの天の川と比べると淡いスキムミルクで、ほの暗い夜に見える天の川というところだった。ぼくはマゼラン雲を見たことがなかったのだから、本当はどう見えるはずなのか知らなかった。リオグランデ川の南に行ったことは一度もないのだ。それでも、両マゼラン雲はもともと銀河であること、だがぼくらの銀河系よりは小さく、ともに星雲群をなしていることは知っていた。

ふたたび銀河系の光り輝く渦巻に目をむけると、ぼくはホームシックに駆られた。こんな思いなど六つのころから感じたことがなかったのに。

おちびさんは慰めを求めてママさんにすがりついていた。ママさんは背伸びをして、おちびさんに腕をまわした。

〈「よしよし、大丈夫よ！　わたしもずっと幼かったころに初めて見たときは、同じ気持だっましてや、あたしたちは、中心からたわ」）

おちびさんはおそるおそる尋ねた。

「ママさん……故郷《うち》はどこなの？」

（「右半分をごらんなさい。外側の腕が消えかかっているところ？　わたしたちは、中心から外側へ三分の二のところから来たのよ」）

「そうじゃないの！　ヴェガじゃなくて、あたしが知りたいのは、太陽がどこかなの！」

（「ああ、あなたたちの星ね。でも、いいこと、これだけ離れれば、同じなのよ」）

ぼくらは太陽から惑星ラナドールまでの距離を教わった――十六万七千光年だ。ママさんが端的にいえなかったのは、一〈年〉がどれだけの時間かわからなかったためだ。一〈年〉とは――地球が太陽のまわりを一めぐりする時間だ（こんな数字を、ママさんはかつて使ったかもしれないし、まったく使わなかったかもしれない。それに、覚える値打があるにしても、それはパースでのピーナッツの値段ほどのことだ）。それでも彼女はヴェガから太陽までの距離なら知っていたので、それを基準にして、ラナドールからヴェガまでの距離を教えてくれた――実に六千百九十倍。二十七光年の六千百九十倍は、十六万七千光年だ。彼女は、ヴェガ人の表わし方となっている五の階乗（一×二×三×四×五＝百二十）を使わず、親切にも地球の表わし方の十の指数で教えてくれた。十六万七千光年というのは9.82×10^{17}マイル。九・八二を切り上げて十とすると――

一、〇〇〇、〇〇〇、〇〇〇、〇〇〇、〇〇〇、〇〇〇マイル

——が、ヴェガからラナドールまで（すなわち太陽からラナドールまで。ヴェガと太陽など、このスケールでは垣根ごしのお隣同士なのだ）。

千の百万倍の十億倍マイル

こんなとてつもない数字に関係するのはごめんだ。宇宙的な距離からすると「近い」かもしれないが、いずれ過負荷でおつむのブレーカーが下りてしまうときがいつかくる。

ぼくらのいたプラットホームは、一辺が何マイルもある巨大な三角形のビルの屋上だった。そういった三角形が多くの場所でくりかえして現われ、必ず各頂点に二本腕の渦巻がついていた。それはママさんがブローチとしてつけていたもののデザインだった。

それが〈三つの銀河・ひとつの法律〉のシンボルなのだ。

ぼくが断片的に教わったことを、ここでまとめておこう。三つの銀河というのは、地球の自由国家連邦、あるいはそれ以前の国際連合、さらに前の国際連盟と同様のものだ。ラナドールには、それらの事務所・法廷・記録書類がおかれている——連合の首都だ。自由国連がニューヨークにあり、国際連盟がスイスにあったように。その理由は歴史的なものだ。ラナドール人は古い種族なのだ。そこは文明が始まったところなのだ。

三銀河連合《スリー・ギャラクシーズ》は、ハワイ州のような、孤立したグループで、近くにほかの仲間がまったくい

なかった。文明は小マゼラン雲じゅうに行きわたり、ついで大マゼラン雲に広がり、いまぼくら自身の銀河系にゆっくりと浸透している——これには長い時間がかかっている。銀河系には、二つのマゼラン雲の十五倍から二十倍の星々があるからだ。

こういったことをまとめ始めたとき、ぼくは前ほど腹立たしくはなくなった。ママさんは本国では非常に重要な人物だったのに、ここでは下級役人だ——ママさんにできるのは、ぼくたちを連れてくることだけだった。それでもぼくは、しばらくのあいだ、冷たい態度しかとれなかった——ぼくたちが地球へ逃げ帰るあいだ、ママさんは見て見ぬふりをしようと思えばできたんじゃないのかと。

ぼくらは、あの巨大なビルの一角に宿をあてがわれた。〈短期滞在者用ホテル〉といえなくもないが、〈留置場〉か〈拘置所〉のほうがより近い。宿泊施設に文句をいっても仕方ないが、新しい場所へ着くたびに閉じこめられるのには、ほとほと愛想がつきていた。一台のロボットがぼくらを迎え、ビルの中へと案内した——ラナドールでは、どちらをむいてもロボットがいる。といっても、オズの魔法使に現われるブリキの木こりみたいな姿形をしたもののことではない。あれこれと用を足してくれる機械、客を部屋へ案内し、チップ目あてのボーイよろしくまつわりつくこのロボットのような機械のことだ。そいつは三輪車で、てっぺんには客が荷物を持っていればそれをのせる大きなバスケットがついている。そいつはぼくらを迎えるとママさんにヴェガ語でさえずり、ぼくらを案内してエレベーターを下り、幅の広い、果てしなく長い廊下を通っていった。

ここでもまた、「ぼくの」部屋をあてがわれた――ニセモノのニセモノで、元の間違いはすべてそのまま残っており、しかも新しい間違いがふえていた。自分の部屋を見たところで、慰めにはならなかった。それは、ぼくらをここに引きとめておく――そう、連中の好きなだけ引きとめておくつもりだと、さけんでいたからだ。

しかしその部屋は、オスカー用のラックや外の浴室までもが完全だった。「ぼくの」部屋のすぐ向こうには、また別のニセモノがあった――ヴェガ第五惑星でおちびさんが使っていた、例のアラビアン・ナイトのおぞましいコピーだ。おちびさんは嬉しそうにしていたので、そこに含まれている意味はいわずにおいた。

ママさんは、ぼくらが宇宙服をぬぐあいだ、行ったり来たりしていた。

(「あなたがた、くつろげるかしら？」)

「まあね」

と、ぼくは気のない返事をした。

(「食べ物でも何でも、欲しければそういうだけでいいわ。出てくるから」)

「へえ？　どこかに電話があるの？」

(「あなたがたの望みをいうだけよ。それが聞かれるわけ」)

ママさんを疑いはしなかった――しかし隠しマイクのついた部屋など、閉じこめられるのと同じくらい嫌気がさしたといっていい。人はプライバシーってものを持つべきなんだ。

「おなか、すいちゃった……朝食が早かったんだもの」

ぼくらは彼女の部屋にいた。紫色のドレープが横に引かれ、壁の一点が光をはなった。二分ばかりすると、壁の一画が消えた。テーブルの高さに、一枚の板が舌のようにせり出す。その上には皿と銀の食器、ハムとチーズの盛り合わせ、果物、パン、バター、それに湯気の立っているココア一杯がのっていた。おちびさんは手をたたいてキャアキャア喜んだ。ぼくはそこまで夢中になれずに眺めていた。

ママさんはその声に笑いを浮かべて話した。

(「わかった？　必要な物は頼みなさい。わたしに用があればくるわ。でも、いまは行かなければいけないの」)

「まあ、お願い、行かないで、ママさん」

(「だめよ、おちびちゃん。でもすぐ会えるわ。それはそうと、ここにはあなたたちの種族が、もう二人いるわよ」)

ぼくは言葉をはさんだ。

「え？　だれが？　どこに？」

(「隣よ」)

ママさんは滑るような素早さで出ていった。ボーイはスピードを上げて、彼女の前を走った。

ぼくはふりむいた。

「聞いたかい？」

「当然よ！」

「よし……きみは、食べたかったら食べていてもいい。ぼくはほかの人間を探しに行くからな」

「ねえ！　待っててよ！」

「食べたいんじゃなかったのかい」

「それはそうだけど……」おちびさんは食べ物のほうを見た。「ちょっと待って」

おちびさんは二枚のパンに急いでバターを塗り、一枚をぼくによこした。ぼくはそこまで急いではいなかったので、パンを食べた。おちびさんは自分の分をせっせと食べ、カップからひと口飲むと、ぼくにさし出した。

「飲む？」

それはココアそのものとはいえなかった。肉の味もしていた。とはいえ、うまかった。カップを返すと、おちびさんはそれを飲みほした。

「これで山猫とでも戦えるわ。行きましょう、キップ」

〝隣〟というのは、ぼくたちの三部屋の続き部屋を抜けて、廊下を十五ヤード行ったところにあり、そこでドアのアーチにつきあたった。おちびさんを後ろにおいたまま、慎重に中をのぞいた。

それはジオラマ、つまりニセモノの風景だった。

博物館で見るものよりは出来が良かった。ぼくは、自然のままに捨てておかれている田舎の小さな空地を茂みの中から見ていた。その向こうは、石灰岩の土手で終わっている。どんよりとした空と、岩壁に口をあけた洞窟《どうくつ》が見える。地面は雨でも降ったように湿っている。

穴居人が洞窟のそばにうずくまっていた。リスだろうか、小さな動物をむさぼり食べている。おちびさんがぼくをおしのけて前に出ようとしたので、引きとめた。穴居人にはどうやら気づかれなかったらしいが、それでよかった、という印象を受けた。そいつの足は短く、体重はぼくの二倍はあるだろうし、筋肉は重量挙げの選手なみ、毛深くて短い腕、盛り上がった二頭筋とふくらはぎ。頭は馬鹿でかく、ぼく以上に大きくて面長だが、額や顎はあまり発達していない。歯は大きくて黄色く、前歯が一本欠けている。骨が砕ける音が聞こえてきた。

これが博物館なら、〈ネアンデルタール人――先氷河期ごろ〉と書かれた札があって当然と思ったろう。だが、絶滅種の蠟人形《ろうにんぎょう》は骨を砕いたりしない。

おちびさんは抗議した。

「ねえ、見せてよ」

聞かれてしまった。おちびさんは穴居人を見つめ、穴居人はぼくらを見つめた。おちびさんは悲鳴を上げた。すると彼はふりむき、よろめきながらもあたふたと洞窟へ走りこんでしまった。

ぼくはおちびさんをつかんだ。

「ここから出よう！」

彼女は落ち着いていった。

「ちょっと待って……彼、そうすぐには出てこないわよ」

彼女は茂みをおしのけようとした。

「ちびすけ！」

「試してみて」そういった彼女は、手で宙をおした。「彼、かこみこまれているのよ」

ぼくも試してみた。何か透明な物でアーチがふさがれている。すこしならおせるがせいぜい一インチだ。

「プラスチックか？　ルーサイトに似ているが、もっと弾力のあるやつか？」

「うーん……それより、あたしの宇宙服のヘルメットに似ているわ。それより頑丈だけど……それに、きっと光は一方通行でしょうね。向こうからは、こちらが見えないんだと思うわ」

「よし、部屋へもどろう。あそこも閉鎖できるかもしれないぞ」

彼女はなおも、バリアーを手探りしていた。ぼくは鋭くいった。

「ちびすけ！　聞いていなかったな」

おちびさんは理屈っぽくいった。

「あなたお話しなどしていたの……あたしが聞いてもいないのに」

「ちびすけ！　つむじを曲げてる場合じゃないんだぞ」

「パパみたいな口のきき方をするのね。あの穴居人、食べかけていた鼠を落としたわ……もどってくるかもしれないわ」

「もどってきたって、きみはここにいないさ。ぼくが引きずっていくところなんだからね……嚙みついたりしてみろ、嚙みつきかえすぞ。警告しておくからな」

おちびさんは悪意をほとんど示さずに、ふりむいた。

「噛みついたりするもんですか、キップ、あなたが何をしたってね。でも、人のいうことに耳を貸さないっていうんなら……ええ、いいわ、彼、一時間かそこらは出てこないでしょうね。あとで来ましょう」

「オーケイ」

ぼくはおちびさんを引っぱった。

しかし、ぼくらはそこから立ち去らなかった。大きな口笛とさけび声が聞こえた。

「おい、小僧! おまえだ!」

その言葉は英語ではなかったが、ぼくにはわかった——まあまあね。呼び声がしたのは、廊下のすこし向こうにあるアーチからだった。ぼくはためらったが、おちびさんが声のほうへむかったので、いっしょに歩いて行った。

年のころ四十五ぐらいの男が一人、戸口でぶらぶらしていた。ネアンデルタール人ではない。文明人……と、いったところだ。長くてぶあつい毛織りのチュニック、腰にベルトをしめ、キルトふうの格好だ。その下にのびる足はウールをはき、かなりくたびれた大きな半長靴をはいている。ベルトの高さに、肩紐でつった短めの重そうな剣。ベルトの反対側には、短刀を一本。髪は短く、髭はちゃんと剃っていたらしいが、数日分の白髪まじりの無精髭が生えている。そいつの表情には好意もなければ敵意もない。が、ひどく警戒している。

男はぶっきらぼうにいった。

「すまんな……きさまは牢番か？」

おちびさんはあえぐようにいった。

「ちょっと、あれ、ラテン語じゃない！」

古代ローマ兵に出会ったらどうすればいいんだ？　それも穴居人のすぐあとに？　ぼくはこう答えた。

「いや、ぼく自身も囚人なんだ」

ぼくはこれをスペイン語でいい、かなりまともな古典ラテン語でくりかえした。スペイン語を使ったのは、おちびさんの指摘が正確とはいえなかったからだ。男が話したのはラテン語ではなかった。オヴィディウスやガイウス・ユリウス・カエサルのラテン語ではなかったのだ。かといってスペイン語でもなかった。その中間で、実にひどい訛《なま》りがあり、ほかにも違ったところがあった。それでもあれこれ考えれば、意味はわかった。

男は唇をなめて言葉を返した。

「そいつは残念だな。三日も注意を引こうとしたあげく、出会ったのが別の囚人とはな。ま、世の中ってのはそんなものだ。ときに、おまえ、おかしなアクセントだな」

「すまないな、友《アミーゴ》よ。だが、ぼくもそっちのいうことを理解するには骨が折れるんだ」

これをラテン語でくりかえしてから、スペイン語との折衷でいった。そして間に合わせの出《リン》まかせ語《ガ・フランカ》でつけ加えた。

「ゆっくり話してもらえないだろうか？」

「おれは自分の好きなように話す。それに、おれを〈友《アミーゴ》〉呼ばわりするな。おれはローマ市民なのだぞ……べたべたするな」

これは自由訳だ。そいつの言葉はもっと下卑《げび》ていた――と思う。下品なこと間違いないスペイン語のいいまわしに近かったのだ。

おちびさんは強い口調でいった。

「何ていってるの？ ラテン語なんでしょう？ 訳してよ！」

彼女に意味がわからなくてよかった。

「へえ、おちびさん、〈詩と科学の言葉〉を知らないのかい？」

「なによ、知ったかぶりしないでよ！ 教えて！」

「そう無理をいうなって。あとで話してあげるよ。聞き取るのも一苦労なんだぞ」

ローマ人は愛想よくいった。

「その野蛮人は何をわめいとるのだ？ 人間の言葉をしゃべれ。それとも剣の平たいところで十叩きをくれてやろうか？」

男は何もないところにもたれかかっているように見えた――そこでぼくは空中を探ってみた。やはり固い。これでは脅されても気にしなくていい。

「ぼくは、自分にできるだけうまく話しているんだ。ぼくら二人で話していたのは、ぼくらの言葉さ」

「何をほざくか。ラテン語を話せ。できるのならな」男はいかにもたったいま気づいたというように、おちびさんに目をむけた。「おまえの娘か？　売る気はないか？　骨に肉がついていりゃあ、半デナリオの値打はあるがな」

おちびさんの顔が曇り、激しい口調でいった。

「いまのはわかったわよ！　出ていらっしゃい、決闘よ！」

「ラテン語でいってごらん……意味が通じたら、尻をひっぱたかれるぞ」

おちびさんは不安そうな顔になった。

「そんなこと、させないわよね？」

「大丈夫、させないよ」

「もどりましょう」

「だからさっき、そういったじゃないか」

ぼくはおちびさんをエスコートして穴居人のすみかの前を通り、ぼくらの続き部屋にもどった。

「おちびさん、ぼくはもどって、われらが高貴なローマ人の話を聞いてくる。かまわないだろう？」

「かまうわよ！」

「聞き分けよくしろよ。もしぼくらがあの二人から危害を加えられるようなことがあるとすれば、ママさんにはわかるさ。とにかく、あの二人がここにいるといったのはママさんなんだからな」

「いっしょに行くわ」

「何をしに？　わかったことは、ぜんぶ話してやるよ。この馬鹿げたことがどういうことなのかを探り出すチャンスかもしれないんだ。あいつはここで何をしているのか？　二千年間、冷凍睡眠しておかれたのか？　目が覚めてからどれだけたっているのか？　ぼくらの知らないことで、あの男が知っているのは何か？　ぼくらは困った立場にいるんだぞ。ぼくらは引き出せる限りのデータが必要なんだ。きみは離れていることで、ぼくに協力できるんだ。こわかったらママさんを呼べばいい」

彼女は口をとがらせた。

「こわくなんかないわよ。いいわ……それがあなたのお望みならば」

「頼むよ。夕食でもとっていてくれ」

犬ヅラ男のジョー・ジョーは見えなかった。あいつは敬遠しておきたかった。もし船が一瞬のうちにどこへでも行けるとすると、次元を飛び越えて、どんな時代のどんな場所へでも行けるのだろうか？　数学はどうなっているんだ？　例のローマ兵はまだ戸口に立っていた。男は顔を上げた。

「そばにひかえておれといったのが、聞こえなかったのか？」

ぼくはうなずいた。

「聞こえていた……しかし、そんな態度をとっていては何にもならないね。ぼくはあんたの部下じゃあないんだから」

「幸運なこった！」

「穏やかに話さないか？　それともぼくは帰ろうか？」

男はぼくをまじまじと眺めた。

「穏やかにいこう。だがおれを侮るなよ、野蛮人めが」

男は「イウニオ」と名乗った。スペインとゴールに従軍し、その後第六正規軍団《レギオン》〈常勝軍《ヴィクトリッ》団《クス》〉——野蛮人だろうと知っているべきものと、イウニオは思っている——に転属した。軍団の駐屯地《ちゅうとんち》は、ブリテンのロンディニウムの北にあるエボラクムであり、イウニオは名誉百人隊《センチュリ》長《オン》（これを「センチュリオ」と発音した）として前進任務に就いていた——イウニオの本階級は曹長というところだ。背丈はぼくより低いが、裏通りで顔を会わせたくはない。陣営の矢来のところでもだ。

イウニオが低く見ている相手は、ブリトン人、ぼくをふくむすべての野蛮人（「相手にもよるがな——親友のなかには野蛮人もおるのだ」）、女、ブリテンの気候、上官連中、そして僧侶だ。尊敬しているのは、カエサル、ローマ、神々、それに彼自身の職業的能力だ。軍はかつての面影もなく、補助軍兵《アウクシリアリーズ》をローマ市民なみに扱ったことから、スランプになった。

彼は、野蛮人ども——忍びよってきて、人ののどをかっ切り、食ってしまう胸糞悪いやつら——をくいとめる城壁を作る警備についていたのだが、彼はいま地獄界にいる以上、間違いなくのどをかっ切られたということだろう。

彼が話しているのはハドリアヌスの城壁のことだろうと思うが、それは両方の海岸線が最も近づいているところから北へ三日の行程にある。そこの気候はひどく、原住民は血に飢えた獣で、体には色を塗り、文明の価値などわからない――ローマ軍旗《イーグル》がちっぽけな島を奪い取ろうとしているのだと思ったんだろうな。田舎者なのよ……おまえのような。いや、悪気でいったのではないぞ。

そのくせ彼は小さな野蛮人を買って妻とし、エボラクムでの駐屯地勤務を楽しみにしたりしていた――そんなときに、これがおきた。イウニオは肩をすくめた。

「お祓《はら》いと生贄《いけにえ》を抜かりなくやっておけば、おれの運もつきなかったんだろうがな。しかしおれが考えるに、おのれの務めを果たし、体も武器もきれいにしておけば、あとは隊長の心配することだ。そのドアに用心しろよ。魔法がかかっておるぞ」

彼の話が長くなればなるほど、彼は理解しやすくなった。語尾の「-ウス」は「-オ」に変わり、語彙《ごい》は〝ガリア戦記〟のそれではなかった――〈馬〉は〈エクウス〉ではなく、〈カバロ〉だった。彼の慣用句には頭が痛かったし、そのうえ彼のラテン語には一ダースほどの野蛮人の言葉が入り混じっているときた。しかし、新聞にある言葉のすべての三つめの単語を消し去っても、まだ要点はつかめるものだ。

日常生活やヴィクトリックス内でのつまらぬ出世争いについてはずいぶん知ったが、ぼくの知りたいことは何ひとつ得られなかった。イウニオは、自分がどうやってここに来たのか、それがなぜなのかも知らなかった――知っているのは、自分は死に、地獄のどこかにある受付兵舎でどこに配置されるかを待っている、ということだけだった――この理論は、ぼくがまだ受け入れる態勢になっていないものだった。

イウニオは自分の「死」の年を知っていた——皇帝在位第八年、ローマ暦八九九年だった。ぼくは確かめようとして、ローマ数字で日付を略さずに書いてみた。しかし、ローマの建国がいつだったか憶えていなかったし、「カエサル」のフルネームからでさえ、どの「カエサル」なのか決められなかった——何人となくカエサルはいたのだ。しかし、ハドリアヌスの城壁が築かれていて、ブリテンはまだ占領されていた。ということは、イウニオは三世紀に近いころの人間だということになる。

イウニオは、道の向こうにいる穴居人には興味を持っていなかった——彼にとっては野蛮人の最低の悪徳、つまり臆病の権化だったからだ。反論はしなかったが、ぼくだって家の前で剣歯虎に吠えられればびくつくだろう。（そのころ剣歯虎はいたか？〈洞穴の熊〉ということにしよう）

イウニオは奥へもどり、固い黒パン、チーズ、カップを持ってきた。ぼくには何もよこさなかったが、バリアーのせいではなかったろう。イウニオは飲み物を地面にすこしたらし、むしゃむしゃと食べ始めた。泥んこの地面だった。壁は荒削りの石、天井は木の梁《はり》で支えてある。ブリテン占領中のすみかのコピーだったのかもしれない。といっても、ぼくはその方面に通じてはいないが。

これ以上長居はしなかった。パンとチーズから空腹を思い出したばかりか、イウニオの気分を害してしまったのだ。彼がなぜこんなことをしだしたのかわからないが、まったく冷やかに、ぼくの食事の仕方、家柄、容貌、態度、生計の立て方などで議論をふっかけてきた。イウニオは愉快だった——意見を合わせ、侮辱を無視し、譲歩している限りはだ。多くの年寄りたちは、三十九セントのタルカム・パウダーを一缶買うときにまで、そういうことを要求する。だれもが考えもせず、折れるようになる——さもないと、生意気な子供とか将来非行少年になる恐れのあるやつだとかいう評判を頂戴してしまうことになる。尊敬に値しない年長者ほど、それを年少者に要求するはずだ。それでぼくは立ち去った。いずれにしても、イウニオは役に立つことを何も知らなかったからだ。引きかえすとき、穴居人が洞穴からのぞいているのが目に入った。ぼくは、「のんびりいこうぜ、ジョー・ジョー」といって歩き続けた。

ぼくたちのアーチをふさいでいる透明バリアーにぶつかってしまった。ぼくは手探りしてから、静かにいった。

「中へ入れてくれ」

バリアーは溶けてなくなり、ぼくは中へ入った——するとバリアーは元にもどった。

ぼくのラバー・ソールは音を出さなかったし、おちびさんは眠っているかもしれないから呼びかけることもしなかった。彼女のドアは開いていたので、のぞいてみた。おちびさんは例の信じられないようなオリエントふうソファであぐらをかき、マダム・ポンパドゥールをゆすりながら泣いていた。

ぼくは後ずさりして離れてから、口笛を吹くやら、ドタバタ騒ぐやら、彼女に呼びかけるやらしてもどった。おちびさんはドアから飛び出してきたが、微笑みを浮かべており、涙の跡はなかった。

「あら、キップ！　ずいぶん長いあいだかかったわね」

「あいつのしゃべるったらないんだ。何か変わったことは？」

「何もないわ。食事はすんだし、あなたはもどってこないしだから、一眠りしちゃった。あなたにおこされたのよ。何かわかった？」

「夕食を注文させてもらおうか。食べながら話してあげるよ」


肉汁の最後の一口をすくおうとしたときに、ボーイ・ロボットが迎えに現われた。もう一台のロボットと同型だったが、違っていたのは、金色に輝く前面部にあの三つの渦巻のついた三角形をつけていることだった。

「おこしください」

と、そいつは英語でいった。

ぼくはおちびさんを見た。

「ママさんは、もどってくるっていわなかったかい？」

「ええ、あたしもそう思っていたわ」

機械はくりかえした。

「こちらへどうぞ。ご出席を求められています」

ぼくはむっときた。命令を受けたことは何度となくある。中にはそうするべきでなかったものもある。しかし、機械の塊りに命令されるなど、それまで一度としてなかった。

「綱渡りでもしてろ！……連れていきたければ引きずっていくんだな」

こんなことをロボットにいうものではない。そいつは実行したのだ。

おちびさんはさけんだ。

「ママさん！　どこなの？　助けて！」

彼女の小鳥の歌声が機械から流れてきた。

（「大丈夫よ。その召使が、わたしのところへ案内してくれるわ」）

ぼくはじたばたするのをやめて、歩き出した。電気屋から逃げ出してきたやつは、ぼくらを連れて前とは別のエレベーターに乗り、ついで廊下へ出た。ぼくらが足をふみ入れたとたん、両側の壁がひゅっと飛び去った。運ばれるままに、上部に三角形と渦巻のついた巨大なアーチをくぐると、一方の壁ぎわにある囲《かこ》いへ追いこまれた。その囲いは、ぼくらが体を動かすまで目立たなかった――またもやあのいまいましい固体空気だ。

そこはぼくがこれまで入ったうちで最大の部屋であり、柱といったものでさえぎられていない三角形で、天井はあまりにも高く、壁はあまりにも遠く離れているため、局所的な雷雨もおこるのではないかと思えるほどだった。あまりに部屋が大きいと、ぼくは自分が蟻《あり》に思えてしまう。壁ぎわにいてよかった。部屋の中にだれもいないわけではなかった――何百人といた――ただ、全員が壁ぎわにいたので空っぽに見えたのだ。巨大な床はむき出しだった。

いや、虫けら面どもが三匹、中央に出ている――虫けら面の裁判がおこなわれているところだ。

例の虫けら面がいたかどうかはわからない。たとえ遙か遠くに離れていなくても、二匹の虫けら面のあいだの違いなど、自分がのどを切られるか打ち首にされるかの違いぐらいにしかわからないだろう。しかし、教わったように、犯罪者個人が出廷していようといまいと、それは裁判の中で最も重要でない部分だ。虫けら面は裁かれていたのだ、出廷していようとなかろうと――生きていようと死んでいようと。

ママさんが話していた。豆粒ほどにしか見えない。やはり遙か遠くの床に出ているが、虫けら面どもからは離れている。彼女の小鳥の歌声はかすかにしか届いてこなかったが、言葉ははっきりと聞こえていた――しかも英語でだ。ぼくらのそばのどこかから、翻訳された言葉が流されていたのだ。彼女の小鳥のような口調にある感じは、そっくりそのまま翻訳された英語にもあった。

彼女は虫けら面の行為について知っていることを述べていた。まるで顕微鏡で見たものを描写するように、感情をまじえることなく。交通巡査が「五日午前九時十七分、パトロール中……」と証言するようなものだった。事実だけだ。ママさんは冥王星での事件の陳述を終えるところだった。彼女は爆発の時点で話を打ち切った。

別の声が英語で話した。鼻にかかった、抑揚のない口調で、子供のころ、ある夏に買い物をしたヴァーモント州の雑貨屋を思い出した。にこりともしなければ、しかめ面をすることもなかった人で、たまに口を開くと、まったくの一本調子。それが「あのご婦人は品のいい人だ」

だろうが「あの男なら自分の息子もだますだろう」であろうが「卵は五十九セント」だろうが、キャッシュ・レジスターみたいに素っ気なかった。この声はそういう質の声だった。

その声はママさんにむかっていった。

「終わりましたか？」

「終わりました」

「次の証人尋問をおこなう。クリフォード・ラッセル……」

ぼくはどきっとした。まるでキャンディーのビンに手をつっこんでいる現場を、あの雑貨屋におさえられたみたいだ。その声はこう続けた。

「……よく聞いてください」

また別の声が話し始めた。

ぼく自身の声だ——それは、ヴェガ第五惑星で寝ながら口述した話だった。

しかし、そのぜんぶではなかった。虫けら面どもに関することだけだ。形容詞や節のまるごとが抜き取られている——だれかが録音テープに鋏《はさみ》を入れたようだ。あるのは事実だった。あいつらについてぼくが考えたことは、なくなっていた。

宇宙船が家の裏手の牧場へ着陸するところから始まり、虫けら面の最後の一匹が知らずに踏みこんだ穴へ落ちていくところで終わった。ずいぶん多くのこと——例えば月でのハイキング——が省かれていたので、長くはなかった。虫けら面についてのぼくの描写は残っていたものの、かなり切りつめてあったから、万物の中で最も醜いものではなく、ミロのヴィーナスのことを話していたともとれる。

ぼくの録音された声が終わると、ヤンキーの雑貨屋の声がいった。

「これはきみの言葉か？」

「え？　そうです」

「話に間違いはないか？」

「はい、しかし……」

「間違いはないか？」

「ありません」

「これでぜんぶか？」

まさかぜんぶのわけがないとぼくはいいたかった――が、このシステムがわかりかけていた。

「はい」

「パトリシア・ワイナント・ライスフェルド……」

おちびさんの話はもっと前から始まり、彼女が虫けら面どもと接触していたが、ぼくはまだだったころを補っていた。ところがそれも、あまり長くなかった。鋭い観察眼とぼく以上に鋭い記憶力とを持っているのだが、やたらに意見がつまっているからだ。意見は省かれた。

自分の証言は正しく、それでぜんぶだとおちびさんが認めると、ヤンキーの声は述べた。

「証人尋問はすべて終わり、わかっている事実はすべてまとめられた。三名は自分たちのために話してよろしい」

虫けら面どもは代表発言者を選んだのだろう。生きてそこにいたのなら、あの虫けら面だったのかもしれない。その答弁には、英語に翻訳されてはいたが、虫けら面が英語を話すときの喉音訛《ガッタラル・アクセント》りがなかった。それでも虫けら面の話し方だった。骨の髄まで凍るような、それでいて高度の知能を備えた凶暴さは、真ん前から歯に受けたパンチ同様、間違えようのないものだ。それが一言一句にこめられていた。

彼らの代表発言者も遙か遠くにいたので、ぼくはその姿に動揺しなかったし、最初その声に胃がねじれるようなショックを受けたあとは、いささか批判的に聞けた。そいつは、この法廷が自分の種族に対して裁判権を持つということの否定から始めた。彼は母なる女王陛下に対してのみ責任を負い、女王陛下は女王グループに対してのみ責任を負う――英語ではこうなっていた。

この弁護で充分である、と彼は宣言した。ただし、たとえ〈三銀河連合《スリー・ギャラクシーズ》〉なるものが存在しようとも――それを信じる根拠としては、人民裁判《カンガルー・コート》を開こうとここに群がっている連中の前にこうして自分が不法に引っ立てられていること以外にはないのであるが――たとえそれが存在しようとも、やはりわが至上民族《オンリー・ピープル》への裁判権は持たない。なぜなら、第一に、その組織はわが宇宙空域まで拡張されていないから。第二に、たとえわが宙域に存在していようとも、至上民族《オンリー・ピープル》は断じて加盟しておらず、従ってその規約は（規約があればの話だが）適用できないから。そして第三に、人というものは動物どもと契約をかわしたりしないものである以上、われらが女王グループがこんな怪しげな〈三銀河連合《スリー・ギャラクシーズ》〉などに参加しようとは思いもよらぬから。

この弁護でもまた充分である。

しかし、議論のために以上の完全無欠な弁護が無視されるなら、この裁判は真似事にすぎない。〈三銀河連合《スリー・ギャラクシーズ》〉なるものの規約とやらの下ですら、何も違反も存在していないからである。われわれ（虫けら面）が行動していたのはわれわれ自身の宙域であり、役には立つが無人の惑星地球を占有する計画に従事していたのである。動物しか棲息していない土地を植民地とすることに、何の犯罪行為もあり得ない。三銀河連合のスパイについていえば、彼女は邪魔に入った。彼女に危害は加えていない。干渉しないようにしておいただけで、監禁したのは単に、彼女の属するところへ送りかえす目的のためにすぎない。

あいつは話をやめてくれればよかった。この弁護のどこをとっても正論といえそうだ。ことに最後の弁護はだ。ぼくは常づね人類を〈万物の霊長〉だと思っていた――ところがその後いろいろなことがぼくの身におこった。虫けら面どもと比べて、人間に権利があるとこの集会が考えるという確信はなかった。明らかに虫けら面どもは、多くの点でぼくたちより進んでいる。ぼくらが農場を作ろうとしてジャングルを切り開くとき、最初にヒヒがいるかどうかを気にするだろうか？

しかし、そいつはこれまでの弁護を放棄し、説明した。それらは、どんな規則の下だろうと、どんな観点から見ようと、事のすべてがいかに馬鹿げているかを示す、知的な練習であった、と。彼はいまや、自分たちの弁護をしようとしていた。

それは攻撃だった。

彼の声に表われる凶暴性はしだいに激しくなり、憎しみと化した。そのため一語一語が、たたきつけるように吐き出された。どうして、こんなことができるのか？　彼らは猫に鈴をつけようとしている鼠だ！　（わかっている――しかし翻訳ではこうなっていたのだ）彼らは食べられるべき動物、さもなくば絶滅されるべき害虫にすぎないのだ。彼らの情けなど求められたとて受けつけないし、交渉もありえない。彼らの悪事は断じて忘れない。わが至上民族《オンリー・ピープル》は彼らを粉砕するであろう！

陪審員がどう思っているのかを知ろうと、ぼくはあたりを見まわした。空《から》っぽ同然のこのホールには、三方を取り巻いて何百という生き物がならび、多くがぼくらの近くにいた。これまでは裁判に気を取られていたため、ざっと見渡すのが精々だった。改めて眺めてみた。虫けら面の放つ言葉があまりにこたえたので、気持をまぎらわすことを必要としたのだ。

あらゆる種族がいたが、どの二人をとっても似てはいないようだ。ぼくから二十フィートのところにいた一人は、虫けら面に劣らず恐ろしく、しかも驚くほどそっくりだった――ひとつ違うのは、この生物の薄気味悪い外見からは、むかつきを覚えなかったことだ。ほかに、見かけはほぼ人間型の者がいたが、彼らはかなりの少数派だった。ほれぼれとするような女の子が一人いた。ぼくにひけを取らないほど人間的だ――もっとも、七色に輝く肌と風変わりで節約型の服装観念は別だが。彼女があまりにきれいなため、あの七色の輝きはただの化粧だと思えた――ぼくはたぶん間違っていたのだろう。何語でののしればあの女の子に通じるんだろう？

英語でないのは確かだ。

ぼくの視線を感じたのかもしれない、その女の子はあたりを見まわしてから、にこりともせずにぼくをじろじろと見つめた。檻の中のチンパンジーを見る目つきでだ。どうも魅力は一方通行だけのものだったらしい。

虫けら面もどきから七色に輝く女の子まで千差万別だった——中間の部類に入るものだけでなく、その枠からすっかりはずれたものもいた。中には自分専用の水槽を持った者までいた。罵詈《ばり》雑言《ぞうごん》がどう受け取られるか、ぼくにはわからなかった。あの女の子はそれを静かに聞いていたが、タコのような足を持つセイウチみたいなやつのほうはどうだろう？　ひきつったときは怒っているのか？　それとも笑っているのか？　あるいはひきつったところが、むずかゆいのか？

ヤンキー声のスポークスマンは、虫けら面のわめき続けるがままにした。

おちびさんはぼくの手を握っていた。ついで彼女はぼくの耳をつかみ、顔をあおむけてささやいた。「彼、汚らしい口をきくのね」その声は恐ろしそうだった。

虫けら面は憎しみの爆発で話し終わったが、翻訳機には過負荷だったのだろう。聞こえてきたのは英語ではなく、言葉にならない叫び声だった。

ヤンキー声は単調にいった。

「それで、自分を弁護するために述べることは何かありませんか？」

叫び声がくりかえされ、ついで虫けら面の話が意味をなすようになった。

「弁護はおこなった……弁護の必要はない、という弁護をだ」

無表情な声は続き、ママさんにむかっていった。

「彼らに対していうことは?」

ママさんはしぶしぶ答えた。

「閣下……わたしは申し上げざるを得ません……彼らがきわめて行儀の悪い生き物だと見ましたことを」

深く悲しむような声だった。

「彼らに不利と見るのですね?」

「はい」

「では、あなたの審問はできない。それが法律ですから」

「〈三つの銀河、ひとつの法律〉。わたしは何ともいえません」

単調な声は続けた。

「彼らに有利な答弁をおこなう証人はいますか?」

沈黙だった。

これはぼくが高貴になれるチャンスだった。われわれ人類はあいつらの「食い物」だった。つまり、あいつらは彼ら自身の観点からみれば何も悪いことはしていない、と声を大にして指摘し、慈悲を願う立場にあったわけだ——あいつらが今後は行儀よくすると約束するとの条件で。

しかしぼくは実行しなかった。子供が教えこまれるお決まりの「優しさ可愛らしさ」は聞いている——どのようにいつも許すべきか、極悪人の中にもどれほどのいいところがあるのか、などだ。しかしぼくは毒蜘蛛を見ると、ふみつぶす。かわいい蜘蛛になって、どうか人間に毒牙を立てたりしないように、などと頼んだりはしない。毒蜘蛛にしてみれば、そうしないではいられない——そこが肝心な点だ。

例の声は虫けら面にいった。

「おまえたちを弁護しそうな種族がどこかにいるか？　もしいるなら、召喚する」

虫けら面の代表者は、その考えに唾を吐きかけた。他種族が自分たちの性格証人になるなど胸糞が悪い、というのだ。

ヤンキー声は答えた。

「ではよろしい……決定をおこなうだけの事実はそろいましたか？」

ほとんど間をおかずにその声は自分で答えた。

「はい」

「決定はどういうものです？」

またも、それ自体が答えた。

「彼らの惑星を回転させることです」

大したことのようには聞こえなかった——だいたい、惑星なんてみんな回転しているんだ——そして、その単調な声には何の感情もなかった。ところがぼくは判決におびえていた。部屋全体がおののいているように思えた。

ママさんがこちらをむき、近づいてきた。長い道のりなのに、あっというまに来てしまった。おちびさんはママさんに飛びついていった。すると、ぼくたちを閉じこめている固体空気はこれまで以上に固くなり、しまいにはぼくたち三人だけの部屋、銀色の半球となった。

おちびさんは震え、あえぎ、ママさんは彼女を慰めた。おちびさんが落ち着きを取りもどしたところで、ぼくは恐る恐る尋ねた。

「ママさん？　どういう意味なの？『彼らの惑星を回転させる』というのは」

ママさんはおちびさんを放さずにぼくを見たが、その大きな優しい目は、ひどく悲しそうだった。

〈「それはね、彼らの惑星を、あなたがたやわたしの感覚でいう時空から、九十度傾けることよ」〉

ママさんの声は、フルートで低く奏でられる葬送曲のような感じだった。それでも判決が悲劇的なものとは思えなかった。ママさんのいうことはわかった。ヴェガ語でいうほうが、英語よりずっとよくわかるのだ。ある平面図形をその面にある軸のまわりで回転させると――それは消える。もはやひとつの平面にはなく、平面国《フラットランド》の〈正方形《ミスター・スクエア》〉氏は永久に、その図形とのかかわりをなくすのだ。

かといって存在しなくなるわけではない。これまであったところには、もうないだけだ。虫けら面どもは容易に逃げおおせることに、はっと気づいた。ぼくが半ば期待していたのは、彼らの惑星を爆破すること（三銀河連合にはできると、ぼくは信じて疑わなかった）、でなければ、何かそれに匹敵するくらい徹底したことだった。ところがそんな具合で、虫けら面どもは町を追われ、帰ってくる道が絶対に見つからないようにされた――あまりにも多くの次元があるからね――しかし体罰は受けない。村八分にされただけなんだ。

なのにママさんのいい方ときたら、まるで絞首刑のときに、気の進まない役目をしたみたいだった。

そこでぼくは尋ねてみた。

（「わかっていないのね、優しいキップ……彼らは自分たちの太陽といっしょに行くわけじゃないのよ」）

「え……」

ぼくにはこれしかいえなかった。

おちびさんは青ざめた。

太陽は生命の源だ――惑星は生命の容器にすぎない。太陽を切り離すと……惑星はしだいに冷たく……冷たく……冷たく……そしてさらに冷たくなる。

空気までもが凍るには、どれだけかかるのか？　何時間で、あるいは何日で絶対零度になるのか？　ブルッと震えがきて、鳥肌になった。冥王星以上のひどさだ――

「ママさん、あとどのくらいで、それをするの？」

ぼくは、発言するべきではなかったのかという不安な疑念をおぼえていた。虫けら面どもといえど、こんな報いを受けなくともいいのではないか。爆破するのもいい、銃殺するのもいい——しかし、凍死させるのはいけない。

(「すんだわ」)

と、ママさんはさっきと同じ葬送曲のような歌い方をした。

「何だって?」

(「決定を実行する命令を受けている係が、あの言葉を待っており……わたしたちが聞くと同時に、あの言葉は送り出されるの。彼らは回転させられ、わたしたちの世界から出てしまったわ、わたしが振りむいてあなたがたに加わるより前にね。そのほうがいいのよ」)

ぼくは息をのみ、声が心の中でこだました。

「……早くやってしまったほうがいい」

しかしママさんは口早にいっていた。

(「そのことはもう考えないこと。こんどは、あなたが勇敢にならなければいけないんだから!」)

「え? 何だって、ママさん? こんどは何があるんです?」

(「いますぐにも、あなたがた呼ばれるわ……あなたがた自身の裁判のためよ」)

ぼくは目を見張るばかりで、口がきけなかった——何もかも終わったと思っていたのに。おちびさんの顔はやつれ、青くなったように見えたが、泣きはしなかった。彼女は唇をなめ、静かにいった。

「あたしたちといっしょに来てくれるわよね、ママさん?」

(「ああ、子供たち! だめなの。あなたがただけで、これに立ちむかわなければならないの」)

ぼくはやっと口がきけるようになった。

「それにしても、いったい何のためにぼくらが裁かれるの? ぼくらはだれにも危害を加えていない。何もしてないじゃないか」

(「あなたがた個人ではないの。あなたがたの種族が裁かれるのよ。あなたがたをとおして」)

おちびさんは彼女から顔をそむけ、ぼくを見た——悲しくも誇らしい気持だった。最後の土壇場にきて、彼女が頼みとしたのはママさんではなく、このぼく、もう一人の人類だったのだ。

彼女がぼくと同じことを考えているのはわかった。宇宙船、地球の近くに漂っている一隻の宇宙船、時間的にはほんの一瞬のところ、それでいて折りたたまれた空間には何兆マイルともかぞえ切れない距離がおしこめられている、そこは遠距離早期警戒網が警報を発することもなく、レーダーも届かない。

地球、青く金色で美しい、太陽の暖かい光の中をけだるそうにまわっている——

単調な声——もう太陽はない。

星々はない。

みなし子になった月は、いったんひょいと動いてから、太陽のまわりを公転し続けるだろう。人類の希望への墓石だ。月基地、ルナ・シティ、トンボー・ステーションにいるほんの一握りの人々は、数週間、あるいは数か月か生き続けるだろう。生き残る人類はそれだけ。そして彼らも死んでゆく――窒息でなければ、悲しみと孤独によって。

おちびさんは金切り声をあげた。

「キップ、ママさんは本気じゃないわよ！　そうだっていって！」

ぼくはかすれ声でいった。

「ママさん……執行官はもう待っているのかい？」

彼女は答えず、おちびさんにむかっていった。

（「本当に本気ですよ、娘や。でも、こわがらないでね。あなたがたを引き渡す前に約束を取りつけておいたの。事態があなたがたの種族に不利なことになったら、二人ともわたしといっしょにもどり、わたしの家で短い命をまっとうしていいのよ。だから胸を張って、真実を話しなさい……そしてこわがらないこと」）

あの単調な声が、閉じた空間に入ってきた。

「人類の出頭を命ずる」

11

ぼくらはあの広々とした床に歩き出た。先へ進むにつれて、ぼくはますます、皿にとまっている蠅に似た気持になった。おちびさんといっしょだったのが、せめてもの救いだ。それでもやはり悪夢だった。人前へ出るにはふさわしいといえない服装で、いつのまにか衆人環視の中にいたというあの悪夢だ。おちびさんはぼくの手を握りしめ、マダム・ポンパドゥールを胸にしっかりおしつけている。オスカーを着こんでいればよかった――オスカーがそばにいたら、これほどまでに顕微鏡にかけられたような気分にはならなかったことだろう。

ぼくたちが進み出る直前、ママさんはぼくの額に手をあて、両方の目でぼくを包みこもうとした。ぼくはその手をおしのけて、顔をそむけた。

「いいんです、おまじないなんか！　ぼくは……いや、好意はわかります、でも麻酔は受けませんよ。ありがとう」

彼女は無理強いしなかった。あっさりとおちびさんのほうを向いた。おちびさんは迷っていたが、ついで首をふり、泣き声でいった。

「あたしたち覚悟はできてるわ」

あの巨大なむき出しの床を進み出てゆくにつれていっそう悔やまれてきたのは、心配事から遠ざけてくれる処置が何だったにせよ、それをママさんにしてもらわなかったことだった。少なくとも、おちびさんだけでもしてもらうようにいいはるべきだったんだ。

ほかの壁からぼくらのところへやってくる蠅が、もう二匹いた。近づいてくるとだれだかわかった。例のネアンデルタール人と古代ローマ軍団兵だ。穴居人は、何か目に見えないものに引っぱられている。ローマ人のほうは大股に、ゆっくりと、意気揚々たる足取りだ。ぼくらみんなは同時に中央へ到着し、二十フィートほどの間隔をおいてとめられた。おちびさんとぼくが三角形の頂点のひとつ、ローマ人と穴居人がそれぞれ残りの頂点だ。ぼくは呼びかけた。

「やあ、イウニオ!」

「黙れ、野蛮人」

イウニオはまわりを見まわした。その目は壁のそばにいる群衆を値踏みしている。

彼はもはや、普段着は着ていなかった。だらしのない脚絆もない。右足のすねにはすねあてがつけられている。上着の上からはたっぷりとした胸あてをつけ、頭には羽毛の前立てのついたかぶとをかぶってりっぱだ。金属類はすべてピカピカに磨き上げられ、皮にはどこにも汚れがなかった。

イウニオは盾を背中にかついで近づいてきた、長い行軍のスタイルだ。ところがぼくらがとまると背中から盾をはずして左手でかかげた。剣を抜かなかったのは、右手に投げ槍を持って、いつでも投げられるようにかまえたからだ——軽く握り、隙のない目つきで敵の様子をうかがっている。

その左では、穴居人がかがみこんで小さくなっていた。ちょうど隠れ場所のない動物がうずくまるようにだ。

ぼくは呼びかけた。

「イウニオ!　聞いてくれ!」

二人のそんな姿を見て、ぼくはますます心配になったのだ。穴居人には話しかけられないが、ローマ人にならひょっとすると、まともな話ができるかもしれない。

「ぼくらがなぜここにいるか、知っているのか？」

イウニオは肩ごしにいった。

「わかっておる……今日こそ神々が彼らの闘技場にてわれわれに審判をくだされるのだ。これは兵士とローマ市民へなされる業だ。きさまなんぞこれっぽっちも役に立たん、下がっておれ。いや……おれの後ろを見張って怒鳴れ。カエサルがきさまに褒美を賜われよう」

ぼくは筋の通った話をしようとしたが、それをさえぎったのは、どこからともなく響いてきた大きな声だった。


「ただいまより審理をおこなう！」


おちびさんはぶるぶる震えて、すりよってきた。ぼくは左手をおちびさんの握っている手からはずし、右手に握り替え、左手をおちびさんの肩にまわしてから、そっといった。

「胸を張れよ、相棒……やつらにびくつくなよ」

彼女は震えながらささやいた。

「こわくなんかないもん……キップ？　あなたが話をしてよ」

「そうして欲しいならね？」

「ええ。あなたはあたしみたいにすぐカッカしないわ……もしあたしが癇癪《かんしゃく》をおこしたら……

ええと、ひどいことになっちゃう」

「オーケイ」

ぼくらはあの単調な鼻声にさえぎられた。前と同じく、すぐそばにいるようだ。

「本件は先の事件から派生している。三つの時代の標本が、第三銀河系外部中心区の一恒星をまわる小さなラナドール型惑星から抽出されている。そこは非常に原始的な領域であり、文明種族は存在しない。この種族は、標本からわかるとおり、野蛮である。これまでに審査は二回おこなわれたのだが、この種族に関する新事実が先の事件で表面化しなければ、まだ定期審理には出されなかったところである」

その声が自問した。

「前回の審査がおこなわれたのはいつか？」

そして自答した。

「トリウム二三〇のほぼ一半減期前である」どうみてもぼくらだけのためにいいそえた。「約八万地球年前になる」

イウニオは声の出所をつきとめようとするかのように、きょろきょろあたりを見まわした。イウニオもその下品なラテン語で同じ数字を聞いたのだろう。そりゃあぼくもびっくりした——ただぼくのほうは、その類のショックには免疫になっていたのだ。

「これほど早く再審する必要があるのか？」

「ある。不連続性があるのだ。彼らは思いがけぬ速さで進化している」単調な声は続けてぼくたちに話した。「わたしはきみたちの裁判官判事である。まわりに見える文明生物の多くが、わたしの一部である。それ以外は傍聴人、若干の研究生、そしてわたしの誤りを発見するつもりでここにいる者も数名いる」声はつけ加えた。「そのような誤りは、ここ百万地球年以上、発見されたことがない」

ぼくは思わず口走った。

「あなたの年が百万歳以上ですって?」

それが信じられない、とはいわなかった。

声が答えた。

「わたしはそれ以上の老齢であるが、どの部分もそんな老齢ではない。わたしは部分的に機械であり、その部分は修理・交換・再複製ができる。わたしは部分的に生きており、その部分は死に、そしておき換えられる。生体部分は三銀河連合からくまなく集められた無数の文明生物であり、どの生物もわたしの非生体部分と結合して作動することができる。今日のわたしは二百九の有資格生物であり、これらの生物は、わたしの非生命部分に蓄積された全知識と、分析および統合についての全能力をいつでも自由に使える」

ぼくは鋭くいった。

「決定は全員一致で決めるのですか?」

抜け穴を見つけたと思ったのだ——父さんと母さんの意見を混乱させることに成功したことはなかったが、ぼくは子供のころ、一方にはこうだと答えさせ、もう一方にはああだと答えさせて、何とか問題を混乱させることができたことがあったのだ。

その声は単調に加えた。

「決定は常に全員一致である。これはきみがわたしを一人と考える助けとなるだろう」

その声は全員に話しかけた。

「標準的標本抽出《サンプル》がおこなわれた。現代のサンプルは二体である。曲線照合《カーブ・チェック》のための中間サンプルは衣服をつけている一体のサンプルであり、標準任意抽出した。間隔はラジウム二六六のほぼ一半減期であり……」声は補った。「……千六百地球年である。古い時代の曲線照合《カーブ・チェック》サンプルは、標準手続きにより、先の間隔の二十四倍の時点で抽出した」

声は自問した。

「曲線照合間隔《カーブ・チェック・スペース》がそのように短いのはなぜか？　少なくともその十二倍としない理由は？」

「この有機体の世代が非常に短いためである。突然変異が急速におこっている」

説明は満足のいくものだったらしく、言葉は続けられた。

「最も若いサンプルが最初に証言する」

ぼくは、彼がおちびさんのことをいったのだと思い、彼女もそう思って縮み上がった。ところがその声が大きく話しかけると、穴居人がびくっとした。彼は答えず、ますます体をかがめてうずくまってしまった。

声がまた吠えた。ついで自分にむかっていった。

「わたしはあることを観察した」

「述べよ」

「この生き物は、そこにいるほかの生き物の祖先ではない」

機械の声は感情を現わしかけたように思えた。まるでわがむっつり雑貨屋が、自分の砂糖瓶には塩が入っていたことに気づいたように。

「サンプルは適切に抽出された」

そいつは自分で答えた。

「にもかかわらず、それは適切なサンプルではない。関連する全データを調べ直せ」

五秒間の長い沈黙。そして声はいった。

「この哀れな生き物は、残りの生き物の祖先ではない。縁続きであるにすぎない。彼自身の未来はないのだ。直ちに、彼の属する時空へ返送せよ」

ネアンデルタール人はさっさと引きずり去られた。ぼくは淋しい思いで彼が視界から去るまで見送った。ぼくは初め、彼をこわがっていた。ついで軽蔑となり、そして恥ずかしく思っていた。あの臆病者、不潔なやつ、臭い匂いのするやつ。犬のほうがまだ文化的だ。ところがたったいま、五秒間で、ぼくは彼を愛してやったほうがいい、彼のいいところを見てやったほうがいいという気になってしまった――不快だとはいえ彼も人間じゃないか。直接の遠い祖先ではないかもしれない。だがぼくは、いかに惨めなやつであれ、自分の親類関係まで否認する気にはなれなかった。

声は自分と議論し、裁判を続行できるかどうか決め、最後にこういった。

「証人尋問を続行する。もし充分な事実が得られなければ、正しい系統の遠祖標本《リモート・サンプル》をもう一体召喚する。イウニオ」

ローマ人は投げ槍をさらに高くかかげた。

「イウニオを呼ぶのは、だれだ?」

「前に出て、証言せよ」

ぼくが恐れたとおり、イウニオはその声にむかって、どこへ行き何をしろといった。彼の言葉からおちびさんを守ることなどできなかった。それは英語で木霊のようにくりかえされたのだ——おちびさんが「女性には似つかわしくない」影響から守られるかどうかは、もう問題ではなかった。

単調な声は平然と続けた。

「これはおまえの声か? これはおまえの証言か?」

間髪を入れずに聞こえてきた別の声は、ローマ人のものだとわかった。質問に答え、戦いを説明し、捕虜の扱いを話したりしていた。ぼくらには英語でしか聞こえないが、翻訳にはイウニオの声にある傲慢《ごうまん》な響きが備わっていた。

イウニオは「妖術め!」とさけび、まわりに角をつき出す格好をした。

録音はとまり、機械はそっけなくいった。

「声は一致する……録音を再構成する」

それでも声はイウニオをうるさくつつき続け、こまごましたことを尋ねた。イウニオは何者か、なぜブリタニアにいるのか、そこで何をしていたのか、なぜカエサルに仕える必要があるのか、と。イウニオは短い答を返すと、かんかんに怒って口をつぐんでしまった。巨大な部屋に響きわたるほどの怒号を発し、槍を後に引くなり飛ばした。

それは短い距離で落ちた。とはいえ、オリンピック記録は破っていたろう。

ぼくは思わず拍手喝采《かっさい》していた。

イウニオはまだ槍が高く上がり続けているうちに剣を引き抜いており、剣闘士が挑戦するときのように剣をふりかざし、「カエサル万歳!」とさけんで、受けの構えにうつった。

イウニオは周囲の者を罵倒した。ローマ市民ではなく、野蛮人でさえない虫けらどもをどう思っているかまくし立てた。

ぼくは自分の心にいった。

「ああ、何てことだ! 負け試合だ。人類よ、もうおしまいだ」

イウニオは次から次へ、しゃべりまくった。神々に救いを求め、前よりもひどい言葉で、カエサルの復讐があるぞと細かく脅しをかけた。翻訳されているとはいえ、ぼくはおちびさんにはあまりわからないようにと願った。だが、彼女はきっとわかっていたろう。隅から隅までわかりすぎるほどに。

ぼくは彼が誇らしくなってきた。罵詈雑言を吐いたあの虫けら面は邪悪なものだったが、イウニオは違う。ひどい文法、さらにひどい言葉遣い、そして荒々しい態度の内にも、このタフな曹長どのは勇気と、人間らしい威厳と、基本的な騎士道精神を秘めていたのだ。昔の悪党なのかもしれない——しかし、ぼく好みの悪党だ。

イウニオは締めくくりにこう要求した。一人ずつかかってこい——それとも密集隊形をとりたくばとれ、全員束にして相手になってやる。

「きさまらを火葬用の薪にしてやる！　きさまらの臓物をこの剣でひっかきまわしてくれるわ！　いまや死のうとしているおれが、ローマ人の墓を拝ませてやる……カエサルの敵を山と積んだ墓をな！」

イウニオは一息つかなければならなかった。ぼくがまた拍手喝采すると、おちびさんも加わった。イウニオは肩ごしに見て、ニヤリと笑った。

「おれがやつらを引きずり下ろすから、のどをかっ切れ、小僧！　忙しくなるぞ！」

あの冷たい声がいった。

「彼をすぐ、その属する時空へ返送せよ」

イウニオは見えない手に引っぱられたのでぎょっとした。軍神マルスと最高神ユピテルの名前を呼び、激しくもがいた。剣が音を立てて床に落ち——ひとりでに持ち上がり、彼の鞘《さや》におさまった。イウニオはみるみる離れていった。ぼくは両手を口にあててさけんだ。

「さよなら、イウニオ！」

「あばよ、小僧！　やつらは腰抜けよ！　汚らわしい妖術使いにすぎんのだ！」

イウニオはもがき、そして姿が見えなくなった。

「クリフォード・ラッセル……」

「え？　はい」

おちびさんはぼくの手を握りしめた。

「これはきみの声か？」

「ちょっと待ってください……」

「何か？　話しなさい」

ぼくは息を吸いこんだ。おちびさんは体をよせて、ささやいた。

「うまくやってよ、キップ。彼らは本気なんだから」

「がんばってみるよ」ぼくはささやき、先を続けた。「これはどういうことですか？　ぼくは、あなたがたが人類を裁くつもりでいる、といわれましたが」

「そのとおりだ」

「そんなことはできません。これ以上続ける充分な根拠がありません。イウニオがいったとおり、魔法も同じです。あなたがたは穴居人を連れてきて……そして間違いだったと判定した。誤りはそればかりではありません。イウニオがここにいました。イウニオが何者であっても……ぼくは恥じてはいません、誇りとしますが……現在とは何の関係もないのです。死んで二千年、それに近いといったところです……もし彼を送り返されたのなら、という意味ですが……イウニオのすべてが、彼とともに死んでいます。良かれ悪しかれ、イウニオは現在の人類の姿ではありません」

「承知している。きみたち二体が、現在の人類の検査標本《テスト・サンプル》だ」

「そうですか……しかしぼくらからは判断できませんよ。おちびさんとぼくなど、標本としてこれほど平均からはずれたものはないほどです。ぼくらはどちらも、天使のような人間だとはいいません。ぼくら二人のしたことで人類に有罪判決をくだすなら、あなたがたは大きな過ちを犯したことになります。裁くならぼくらを……あるいは、せめてこのぼくを……」

「あたしもよ！」

「……何でもいい、ぼくのしたことを。しかし、地球人に責任を負わせないでください。そんなのは科学的じゃない。正当な数学じゃありません」

「正当である」

「違います。人類は分子ではない、彼らはみな違うのです」

ぼくは裁判権のことでは争わないことにした。虫けら面どもは、そのアプローチをだめにしてしまったのだ。

「なるほど人類は分子ではない。しかしまた個人個人でもない」

「違います、個人です！」

「彼らは独立した個体ではない。彼らは単一有機体の部品である。きみたちの体の細胞には、きみたちの全パターンが含まれている。人類ときみが呼ぶ有機体の三つのサンプルから、わたしはこの種族の未来の可能性と限界を予測できるのだ」

「限界なんかありません！　ぼくらの未来がどうなるかなど、だれにもいえないことです」

その声は認めた。

「限界がないことはあり得る……それを決定するのだ。しかし真実とするなら、それはきみたちに有利な点ではない。なぜならわれわれには限界があるからだ」

「え?」

「きみはこの審査の目的を誤解している。きみがいうのは〈正義〉だ。いわんとしていることは承知している。だが、いかに口でいおうとも、その言葉の意味においては、いかなる二種族も一致したことがない。これはわたしがここで扱う概念ではない。ここは法廷ではないのである」

「では何ですか?」

「〈安全保障理事会〉と呼ぶのがよかろう。あるいは自警団委員会と呼べるかもしれない。どう呼ぶかは問題ではない。わたしの目的はただひとつ、人類を審査し、人類がわれわれの生存を脅かすかどうかを見ることである。もし脅かすものなら、直ちにきみたちを処分する。重大な危険を回避する唯一確実な方法は、それが小さいうちに取り除くことである。きみたちについて数々のことを学んでみると、いつか三銀河連合の安全を脅かすであろう可能性が認められるのだ。では事実の認定に移る」

「だけどあなたは、少なくとも三体のサンプルがなければいけないといいましたね。あの穴居人は役に立ちませんでした」

「三つのサンプルはある。きみたち二人とローマ人だ。しかし、ひとつのサンプルからでも事実は決定できる。三体を使うのは初期からの慣例であり、照合および再照合する際の慎重を期した習慣である。わたしは〈正義〉をおこなうことはできない。が、誤審を下さないことを確実にすることはできる」

彼は間違っている、たとえ百万歳だろうと彼は間違っているのだと、ぼくはいいかけた。だが声は続けた。

「審査を続行する。クリフォード・ラッセル、これはきみの声か？」

ついでぼくの声がひびいた――またもやぼく自身の口述説明だが、こんどは何もかも残っている――けばけばしい形容詞も、個人的な意見も、そのほかのことについての説明も、すべての言葉とどもったところまで。

ぼくはそれをたっぷり聞き、手を上げた。

「わかりました、わかりましたよ。ぼくがいったんです」

録音がとまった。

「いまそれを確認するのか？」

「え？　はい」

「追加、削除、または変更を望むか？」

ぼくは一所懸命考えた。あとからはさみこんだいくつかの洒落《しゃれ》た言葉を別にして、それは嘘偽りのない話だった。

「いいえ。そのままにします」

「これもきみの声か？」

こいつには唖然とした。それはジョウ教授のためにおこなった膨大な録音だったのだ。内容は——とにかく地球のあらゆることだ——歴史、習慣、諸国民、業績。とつぜん、ぼくはわかった、ジョウ教授がママさんと同じバッジをつけていたわけが。あのことを何といったっけ——「密告者を配置する」か。あの役立たずの善人面したジョウ教授は、タレコミ屋だったのか。

胸がむかついた。

「もっと聞かせてください」

彼はそれに応じてくれた。ぼくは実際に聞いているのではなかった。思い出そうとしていたのだ。耳に入ってくることではなく、それ以外にぼくがしゃべっていたかもしれないこと——ぼくが認めてしまったことで、人類に不利な材料となりかねないことを。十字軍か？　奴隷制か？　ダッハウにあったガス室か？　どこまでぼくは話してしまったんだ？

録音はものうげに話し続けた。そうだ、これは数週間もかけて録音したものだ。このままつっ立っていたら、足が棒になってしまう。

「ぼくの声です」

「これもこのままとするか？　それとも訂正、または補足を望むか？」

ぼくは慎重にいった。

「すべてをやり直すことはできるのですか？」

「そのようにしたいとあれば」

やり直すつもりだ、テープを消去して再録音を始めてほしい、とぼくはいいかけた。しかし、そのとおりにするだろうか？　彼らは、両方とも取っておいて比較するのではないだろうか？

嘘をつくことについては、まったく平気だ——〝真実を話して悪魔を恥ずかしがらせる〟のは、自分の家族、友達、そして種族全体が危険に瀕《ひん》しているとき、美徳でも何でもないのだ。

そんなことより、ぼくが嘘をついたら彼らにはわかるのか？

「ママさんがいったでしょ、本当のことをいうように、こわがらないようにって」

「でも、彼女は味方じゃないんだぞ！」

「そんなことないわ、味方よ」

ぼくは答えなければいけないんだ。頭が混乱して考えられない。ジョウ教授には本当のことを話そうとした……そりゃあ、すこしずつ事実を曲げていったかもしれないし、見出しになるようなひどいこともぜんぶがぜんぶ話したわけではなかったかもしれない。それでも本質的には正しかったんだ。

重圧感をおぼえながら、前よりうまく話せるだろうか？　新しくやり直させてもらっても、でっち上げのプロパガンダなど信用されるだろうか？　あるいは、ぼくが話の筋を変えたこと自体が、人類に有罪判決を下す材料となるのだろうか？

「そのままにします！」

「録音を整合せよ。パトリシア・ワイナント・ライスフェルド……」

おちびさんはほんの僅かな時間で自分の録音だと確認し、整合されるにまかせた。

彼女はぼくにならったまでのことだ。

機械の声はいった。

「事実は整合された。彼ら自身の証言によると、人類は野蛮かつ残忍な民族であり、あらゆる残虐行為に専念している。侵略しあい、餓死させあい、殺戮《さつりく》しあう。何ら芸術をもたず、あるのは最も原始的な科学のみ、それでも前述の過激的性質のため、ごく僅かな知識しかなくともすでにそれを盛んに利用してたがいに部族対部族で絶滅させあっている。彼らを駆り立てる意志はそのように激しいから、成功するかもしれない。しかし、もし何らかな不幸なチャンスによってそうならなければ、早晩ほかの恒星へ到達することは不可避であろう。この可能性こそ考慮されなければいけないものである。すなわち、もし彼らが生き残った場合、どれほど早くここまで到達するか、およびその時点で彼らがどれほどの潜在力を持っているか、である」

声は引き続きぼくらにいった。

「これはきみたちに対する……傲慢な知性を備えた人類の残虐性に対する告発である。弁護のため何か述べることはあるか？」

ぼくは一息入れて気持を鎮めようとした。ぼくらの負けはわかっている——それでもやってみるしかない。

ママさんの呼びかけ方を思い出した。

「閣下……」

「訂正。われわれはきみたちの『主《ロード》』ではないし、またきみたちがわれわれと対等であることも立証されていない。もしきみがだれかに話しかけたいなら、わたしを『議長』とでも呼ぶといいだろう」

「はい、議長……」

ぼくはソクラテスが裁判官たちにいったことを思い出そうとした。彼は、ちょうどぼくらと同じように、自分が有罪の宣告を受けることを事前に察していた——が、服毒を強いられたとはいえ、彼は勝ち、彼らは負けたのだ。

だめだ！ 彼の弁明《アポロージア》は使えない——彼が失ったのは彼自身の命だけだ。いまは人類すべてなのだ。

「……芸術は何もないといいましたね。パルテノン神殿をご覧になったことがありますか？」

「きみたちの戦争のひとつで破壊された」

「回転させないうちに、それを見られたほうがいい……でないと大切なものを見損なうことになりますよ。ぼくらの詩（〝テンペスト〟）を聞かれたことはありますか？ 余興はもう終わった／あの役者どもは、前にも話したとおりいずれも妖精ばかり、そしてもう溶けてしまった、大気の中へ、淡い大気の中へと／が、あの幻という虚ろな綾織《あやおり》のごとく、雲をいただく塔が、きらびやかな宮殿が、荘厳な神殿が、大いなる地球までもが……地球までもが……ああ……そこにすんでいた……あらゆるものが……やがて溶け去る……」

ぼくは口をとぎらせた。おちびさんがそばですすり泣いているのが聞こえた。なぜあの詩を選んだのかはわからない——だが、潜在意識が〝偶然に〟何かをすることは絶対にないそうだ。

あの詩でなければいけなかったのだろう。

「まことにもって当然である」

と、無慈悲な声が批評した。

「ぼくらが何をしようと、あなたがたの知ったことじゃないでしょう……あなたがたに手を出さない限りは……」

また言葉につまって、ぼくは泣き出しそうになった。

「それが知ったことなのだ」

「ぼくらはあなたがたの政府の下にいるのではないし……」

「訂正。三銀河連合は政府ではない。広大な宇宙、これほど多様な文化の中では、政府に対する規定は通用しない。われわれはおたがいの保護を目的とした警備区域を作ったにすぎないのだ」

「でも……それにしても、ぼくらはあなたがたの警官に迷惑をかけたことはありません。ぼくら自身の裏庭にいたのです……ぼくなど本当に自分の家の裏庭にいたんだ！……そんなときにあの虫けら面をしたやつらがやってきて、ぼくらに面倒をかけ始めたんですよ。ぼくらがあなたがたに危害を加えたことはありません」

ぼくは話を中断し、どんな態度に出たものかと考えた。全人類の話となれば、品行方正にしている保証などできない——そのことは機械もわかっているし、ぼくもわかっている。

「質問」その声はまた自分に話しかけていた。「これらの生き物は、突然変異を考慮に入れても、古代種族に一致するようである。この生物が属すのは第三銀河系のどの区域か？」

そいつは、ぼくには意味をなさない座標をあげて自分に答えた。

「しかし彼らは、古代種族の血筋ではない。短命種である。そこが危険なのだ。変化が早すぎる」

「その古代種族は、トリウム二三〇の数半減期前、その付近で宇宙船を一隻失わなかったか？そのことから、最も若い標本が照合できなかった事実の説明がつかないか？」

声はきっぱりと答えた。

「彼らが古代種族の子孫であるか否かは重要ではない。審理は継続中である。決定をおこなわなければいけない」

「決定は確実でなければいけない」

「そうなるのだ」体をもたないその声はぼくらにむかって続けた。「きみたちのどちらか、自分たちを弁護するため、何か補うことはあるか？」

ぼくは、人類の科学の惨めな状態についていわれたことを考えていた。ぼくらが僅か二世紀のうちに、筋肉の力から原子力まで達したことを指摘したかった——しかしそれは人類に不利な材料として使われるのではないだろうか。

「おちびさん、何でもいい、思いつくことがあるか？」

彼女はとつぜん進み出ると、宙にむかって金切り声を上げた。

「キップがママさんを救ったのは、考えに入れないの？」

冷たい声が答えた。

「否。それは関係がないことだ」

「そんな、考えに入れてくれたっていいじゃない！」おちびさんはまた泣いていた。「恥を知りなさいよ！　弱い者いじめ！　卑怯者《ひきょうもの》！　なによ、あんたたち、虫けら面よりひどいじゃない！」

ぼくは彼女を引っぱりもどした。彼女はぼくの肩に顔をうずめて体をふるわせ、それからささやいた。

「ごめんなさい、キップ。こんなつもりじゃなかったのに。ぶちこわしにしちゃったわね」

「いずれにしても破滅なんだよ、ハニー」

「もっと述べることはあるか？」

のっぺらぼうは冷酷に言葉を続けた。

ぼくはホールを見まわした――〝雲をいただく塔……大いなる地球……〟

ぼくは荒々しくいった。

「ひとつだけある！　これは弁護ではない、あなたが要求したのは弁護ではないんだから。わかりました、ぼくらの星を取り上げるがいい……あなたがたは、できることなら実行するだろうし、あなたがたにはできるのだろうと思う。やるがいい！　ぼくらは恒星を作ってみせる！そして、いつかもどってきておまえたちをつかまえてやる……おまえたち全員をだ！」

「そうよ、キップ！　そのとおりよ！」

だれもぼくを野次り飛ばさなかった。ぼくがとつぜん味わったのは、パーティーでひどい間違いをしながら、その取りつくろい方を知らずにいる子供の気持だった。

それでもぼくは本気だったのだ。ああ、ぼくらにそんなことができるはずはないと思っていた。いまのところはまだだ。だがぼくらは、やってはみるだろう。〝死にもの狂い〟こそ、最も誇れる人間らしさなのだ。

あの怒りに燃えた声は続けた。

「きみたちがそうする可能性はある……終わりか？」

「終わりだ」

ぼくらみんなが終わりだ……だれも彼もが。

「彼らのために話す者はいるか？　人類よ、きみたちのために話すほかの種族はいるか？」

ぼくらがほかの種族など知っているわけがない。犬は――ひょっとすると犬なら。

「わたしが彼らのために話します！」

おちびさんが顔をぐいと上げた。

「ママさん！」

とつぜん、ママさんがぼくらの目の前にいた。おちびさんは走りよろうとして、あの見えないバリアーに跳ね飛ばされた。ぼくは彼女をつかまえた。

「あわてるなよ。彼女はそこにはいない……何かテレビのようなものなんだ」

「閣下……あなたは多くの頭脳と多くの知識という利点をお持ちです……」

見えるのはママさんの歌っている姿、耳に入ってくるのは英語、というのは妙なものだ。それでも翻訳には、あの歌声の特徴が備わっていた。

「……ですが、わたしは彼らを知っているのです。なるほど彼らは過激です……ことに、小さいほうは……しかし過激といっても、せいぜいこの年齢にありがちな程度です。構成員のことごとくが幼年時代の初期に死ななければいけない種族に、大人の自制心を期待できるでしょうか？　そして、われわれ自身は荒々しくないのですか？　今日、われわれは何億かの仲間を殺したのではないのですか？　わき上がる闘志を持たずに生き残れる種族がいるでしょうか？　なるほどここにいる生物は必要以上に、あるいは思慮分別以上に暴力的になることがよくあります。しかし、閣下、彼らはみな、実に若いのです。彼らに学ぶ時間を与えてください」

「学ぶ可能性があるというそのことこそ、まさに恐るべきことなのだ。あなたがたの種族はセンチメンタルすぎる。従ってあなたがたの判断は歪《ゆが》められている」

「違います！　わたしたちは情け深いのです、愚かなわけではありません。わたし自身、どれほど多数の有罪決議の近因となってきたことでしょう？　おわかりでしょう、あなたの記録にあるのですから……わたしは思い出したくありません。そして、わたしはまた、近因となるでしょう。ひとつの枝が手入れできないほどの病気にかかったとき、それは切りつめられなければいけません。わたしたちはセンチメンタルではありません。わたしたちほどの監視役がこれまでに見つからなかったのは、わたしたちが怒りをもたずにそれを務めているからです。悪に対しては、わたしたちは情けをかけません。しかし、子供の誤りならば、愛情をこめて寛大に扱います」

「あなたは話し終わりましたか？」

「この枝を切りつめる必要はないと申し上げます！　以上です」

ママさんの像が消えた。声は続けた。

「ほかに弁護する種族はいるか？」

「わたしがする」

ママさんがこれまでいたところに立ったのは、緑色の大きな猿だった。彼はぼくらをじっと見て首をふると、いきなりとんぼ返りをうち、仕上げに両足のあいだからぼくらを眺めた。

「わたしは彼らの友人ではないが、〈正義〉を愛好している……その〈正義〉について、この会議におられる諸君とは意見を異にしておりますが」

大猿は何回か素早く回転した。

「われらのシスターが述べられたとおり、この種族は幼い。高貴なわが種族の幼児は嚙みつきあい、ひっかきあいます……そのために死ぬ者さえいます。わたしすら、ひところはそんな真似をしたものです」

大猿は宙に飛び上がって両手で着地すると、その姿勢で手を一打ちした。

「それでもわたしが行儀正しいことを否定なさる方が、ここにおいでtogether でしょうか？」

大猿は話を中断して、体をかきかき、ぼくらを思案ありげに眺めた。

「彼らは残忍な蛮族であり、彼らを気に入るような方々がおられるものかどうか、わたしにはわかりません……しかしわたしは申し上げます。彼らにチャンスを与えてください、と！」

彼の像が消えた。

声はいった。

「決議へ移るに先立ち、きみたちに何かつけ加えることはあるか？」

いいえ、早く終わらせてほしい――とぼくがいおうとしたとき、おちびさんはぼくの耳をつかんでささやいた。ぼくは聞き、うなずいて、話した。

「議長……もし評決がぼくらに不利なものであったなら……あなたは死刑執行人を引きとめておいてくださいますか？　ぼくらを故郷《うち》へもどすあいだだけでいいのです。あなたがたがぼくらを僅か数分間で送り返せることは知っています」

その声はすぐには答えなかった。

「なぜそれを望むのか？　すでに説明したとおり、きみたちは個人的に審理されているのではない。きみたちを生かしておくように、前もって打ち合わせてあるのだ」

「わかっています。ぼくらは故郷《うち》にいたほうがいい、それだけのことです……ぼくらの仲間の人々といっしょにいたいんです」

また、ちょっとしたためらい。

「そのように処置しよう」

「決議をおこなうのに充分なだけの事実はそろったか？」

「はい」

「いかなる決議か？」

「この種族は、ラジウムの十二半減期後に再審を受ける。一方、この種族への危険が種族自体にある。かかる不幸に対して援助が与えられる。執行猶予期間中彼らは、該当巡回区域担当の警官である保護主任《グァーディアン・マザー》……」機械がママさんの正しいヴェガ名をさえずった。「……により、綿密な監視を受ける。不気味な変化があれば、いかなるものでも直ちに報告すること。この種族が遙かな未来へむけて優良な進化をとげるよう、われわれは猶予期間中祈っている……さて彼らを直ちに、彼らのやってきた時空へ送還せよ」

12

飛行計画《フライト・プラン》を伝えないまま大気圏突入してニュージャージー州へ降下するのは、安全ではないと思った。プリンストンは重要目標に近いのだ。核ミサイルにいたるまでのあらゆるものから自動追尾を受けかねない。ママさんは例の優しい含み笑いをその歌声にこめた。

（「よけられるって思うわよ」）

そのとおりだった。彼女はぼくらを横丁に下ろし、別れの言葉を歌うと行ってしまった。夜中に宇宙服を着て、しかも縫いぐるみの人形までかかえて表に出ていても、違法ではない。だが普通ではない――ぼくらは警官に連行されてしまった。警官はおちびさんの父親に電話し、二十分もするとぼくらは教授の書斎でココアを飲んだり、話をし、オートミールを食べたりしていた。

おちびさんの母親は、ひきつけをおこさんばかりだった。ぼくらの冒険譚《たん》を話しているあいだ、「そんなこと信じられますか！」と息も絶え絶えで、とうとうライスフェルド教授は「やめなさい、ジャニス。それとも寝ることだな」と、いってしまった。彼女を責めることはできない。自分の娘が月で失踪し、死んだものとあきらめていた――それが奇跡のようにふたたび地球に現われたのだから。だが、教授のほうはぼくらを信じてくれた。ママさんに〈理解力〉があったように、教授には〈許容力〉があった。ひとつの事実が出てきたとき、彼は辻褄《つじつま》の合わない理論を捨てたのだ。

彼はおちびさんの宇宙服を調べ、ヘルメットのスイッチを彼女に入れさせ、光をあてると、服は不透明になった。教授は満面に穏やかな笑みを浮かべていた。そして電話に手を伸ばした。

「ダリオに見てもらわにゃならんな」

「この真夜中に、カート？」

「いいかげんにしてくれよ、ジャニス。最終戦争《ハルマゲドン》は勤務時間まで待ってくれやしないんだ」

「ライスフェルド教授？」

「何だい、キップ？」

「いいえ、残りの物を先にご覧になりたいかと思いまして」

「それもそうだな」

ぼくはオスカーのポケットから、いろいろ取り出した——ビーコンが二個、ぼくらの両方に一個ずつだ、方程式がびっしり書きこまれた金属〈紙〉が数枚、〈幸福さん《ハッピー・シング》〉が二個、そして銀色の球が二個。ぼくらはヴェガ第五惑星に立ちよってきたのだ。その時間のほとんどを催眠状態らしいもので過ごし、そのあいだ、ジョウ教授ともうひとりの教授が、人間の数学についてのぼくらの知識を引き出した。ぼくらから数学を学んでいたのではない――とんでもない！　欲しがっていたのは、ぼくらが数学で使う用語だったのだ。根号やベクトルから、高等物理のおかしな記号まで。ヴェガ人がぼくらに教えられるようにだ。その結果が、金属紙の上にあった。

まずぼくはビーコンをライスフェルド教授に見せた。

「ここはいま、ママさんの担当区域に入っています。ぼくらが彼女を必要としたら、このビーコンを使うようにとのことです。たいていはすぐ近くにいて……遠くて千光年でしょうね。でも、遙か彼方にいたって、彼女は来てくれますよ」

「ほう」教授はぼくのを眺めていた。冥王星で彼女が間に合わせに組み立てたものより、小さく、まとまっている。「分解してもいいものだろうか？」

「そうですね、大変なエネルギーがつめこまれていますから。爆発するかもしれません」

「なるほど、そうかもしれん」

教授は返してよこしたが、物足りなさそうな様子だった。

〈幸福さん《ハッピー・シング》〉のほうは説明をつけられない。外見は、眺めるだけでなく、さわってもみるように作られている小さな抽象彫刻ふうだ。ぼくのは黒曜石に似ているが、暖かくて、固くない。おちびさんのは翡翠《ひすい》に近い。これを頭にあてたときが驚きだ。ライスフェルド教授に試してもらったところ、びっくり仰天だったらしい——ママさんはまわりのいたるところにいるから、だれもが暖かく安全で理解してもらった感じがするのだ。彼はいった。

「きみを愛しているんだよ。わたしへのメッセージではなかった。申しわけない」

「いいえ、彼女はあなたのことも愛しているんです」

「え？」

「彼女は、小さくて幼くてフワフワして頼りないものなら、何でも可愛がります。だから彼女は〈ママさん《マザー・シング》〉なんです」

これがどう受け取られるのかは、わからなかった。しかし教授は気にしなかった。

「きみは、彼女を警官だといったね？」

「まあ、むしろ青少年補導員ですね……ぼくらがいるこのあたりは、スラム街なんです。遅れているし、かなり無法だから。彼女はときとして気の進まないこともしなければいけません。でも彼女はりっぱな警官ですし、だれかが嫌な仕事をするしかないんです。彼女はこういう仕事をおろそかにはしません」

「確かにそうだろうね」

「もう一度、試してみられませんか？」

「かまわないかな?」

「どうぞどうぞ、減るもんじゃありませんから」

試してみた教授は、暖かく幸せそうなあの表情になった。彼がちらりと見ると、おちびさんはオートミールに顔をつっこんで眠っていた。

「娘のことは心配しなくてもよかったんだな。いっしょにいたのがママさん……そしてきみだったのだから」

ぼくは説明した。

「チームだったんですよ……おちびさんがいなければ、ぼくらはやりとげられなかったでしょうね。あの子には根性がありますよ」

「ありすぎることもあるがね」

「その余分の根性が必要なこともあります。これらの球は記録装置です。テープレコーダーをお持ちですか、教授?」

「もちろんだとも」

ぼくらはその準備を整え、一個目の球に話をさせた。テープが欲しかったのは、球が一回しか作動せず——記録粒子がふたたび無秩序な状態にもどってしまうからだ。次にぼくは金属紙を見せた。ぼくはそれを読もうとし、二インチほど進んだろうか、そしてわかったのはあちこちにある記号だけだった。ライスフェルド教授は最初のページを半分ほど読み進んでやめた。

「さっきの電話をかけたほうがよさそうだな」

夜明けに、半分に欠けた懐かしい月が上がってきたので、ぼくはトンボー・ステーションの位置を見きわめようとした。おちびさんはパパのバスローブにくるまり、マダム・ポンパドゥールを抱いて、パパの寝椅子で眠っていた。彼がベッドへ運ぼうとすると、彼女は目を覚ましてしまい、それはもうひどく不機嫌になったので、彼は彼女を元に下ろしてやった。教授は空のパイプをくわえながら、ぼくの球が彼のテープレコーダーにそっとささやきかけているのに聞き入っていた。ときどき教授が質問を放ってくると、ぼくはハッとわれに返ったものだ。

ジオミ教授とブルック博士は、書斎の向こう端で黒板いっぱいに書きまくっては消し、またいっぱいにしながら、あの金属紙の内容を論じ合っていた。高級研究所では天才はありふれているが、この二人はどこにいてもそうと気づかれないだろう。ブルック博士はトラックの運ちゃんといった風采《ふうさい》だし、ジオミ教授は興奮したイウニオそっくりだったのだ。二人とも、ライスフェルド教授にある例の「よし、わかった」という雰囲気があった。彼らは興奮していたが、ブルック博士は顔の筋肉を痙攣《けいれん》させることでしか、その興奮を表わさなかった――おちびさんのパパの話では、神経衰弱の表われだそうだ――もっともブルックは別であり、ほかの物理学者たちについての話だが。

二度目の朝がきても、ぼくらはまだそこにいた。ライスフェルド教授は髭を剃っていたが、あとの二人は剃っていなかった。ぼくは居眠りをしたり、一度はシャワーを浴びた。おちびさんのパパは録音を聞いている――いま再生しているのは、おちびさんのテープだった。ときどきブルックとジオミが彼に呼びかけた。ジオミはヒステリー同然で、ブルックは呆然と。ライスフェルド教授はいつもひとつふたつ質問してうなずくと、自分の椅子へもどった。教授にあの数学が解けたとは思わない――だが彼は、結果を吸収して、そのほかの部分とつき合わせることはできたのだ。

ぼくはご用ずみになったらすぐにでも家へ帰りたかったのだが、ライスフェルド教授から頼むから滞在してくれといわれた。自由国家連合の事務総長がやってくるというのだ。

ぼくはそのまま留まった。家へは電話をかけなかった。両親を動揺させても仕方ないからだ。どちらかというと、ぼくがニューヨークへ行って事務総長に会いたいところだったが、ライスフェルド教授は彼をここへ招待していた――教授が頼めば、だれだろうと重要人物がやってくるんだな、とわかってきた。

ヴァン・デューヴェンディーク氏は細身で背が高かった。彼は握手して、こういった。

「聞くところでは、サミュエル・C・ラッセル博士の息子さんだそうで」

「父をご存じなのですか?」

「以前お目にかかりましたよ、ハーグでね」

ブルック博士がふりむいた――彼は事務総長にもちょっとうなずいただけだったのだ。

「きみがサム・ラッセルの息子だって?」

「あの、博士もご存じなんですか?」

「当然だよ。〝不充分なデータの統計学的解釈に関して〟だ。すばらしいね」

ブルック博士は背をむけると、チョークの粉をもっと袖につけた。ぼくは、父さんがそんなものを書いたことも知らなければ、連合の最高人物を知っていると思ってみたこともなかった。父さんは偏屈だと思うことがときどきある。

ヴァン・D氏は学者たちが息抜きをするまで待って、話した。

「何かわかりましたかな、紳士方？」

「もちろん！」

「飛び切りですぞ！」

とブルックはいい、ジオミはうなずいた。

「例えばどんな？」

「そうですねえ——」ブルック博士はチョークで書いた一行を指さした。「あれは、遠く離れたところから核反応を抑止できるということです」

「どのくらいの遠くでしょう？」

「一万マイルではいかがですか？　それとも、どうしても月からとおっしゃいますか？」

「いやあ、一万マイルで充分、だと思いますがね」

ジオミが口をはさんだ。

「月からでもできますよ……それだけのエネルギーがあればですが。すばらしいことです！」

ヴァン・デューヴェンディークはうなずいた。

「確かに……ほかに何か？」

　ブルックは尋ねた。

「何をお望みです？……卵を入れたビールでも？」

「で？」

「あそこの十七行目がおわかりでしょうか？　反重力ってことかもしれませんよ、保証はしませんが。もしくは、九十度回転させると、この移り気なラテン人の考えでは時間旅行《タイム・トラベル》ですな」

「そうなんだ！」

「彼が正しければ、必要なエネルギーは中程度の恒星です……ま、あきらめることですね」ブルックは鶏の足跡を見つめた。「物質変換への新しいアプローチ……かもしれません。ブリズベーン原子炉以上のエルグ数を発生する、チョッキのポケット用パワーパックなんていかがです？」

「それはできるのですか？」

「お孫さんに聞くんですね。すぐにとはいきませんよ」

　と、ブルックは渋い顔をした。

「ブルック博士、なぜあなたは不幸なのです？」

　と、ヴァン・D氏は尋ねた。

　ブルックはますます渋い顔になった。

「これを〈最高機密〉にするつもりですか？　数学を秘密なものとするのは気に入りません。恥ずかしいことです」

ぼくは自分の耳を疑った。〈秘密にすること〉についてママさんに説明したことがあったが、ショックを与えたと思う。自由国連は存続のためにどうしても多くの秘密を持つしかない、それは三銀河連合と同じだ、と話したのだ。彼女には、どうしてもわからなかった。結局ママさんは、長い目で見れば、何も変わりがないことになるのにといっていた。しかしぼくは心配した。なぜなら、科学を〈極秘〉にするのは気に入らないが、同時に、無謀なこともしたくはないからだ。ヴァン・D氏は答えた。

「わたしは秘密など好きではありません。しかし我慢しなければいけないのです」

「そういわれるだろうと、察しはついていましたよ!」

「まあまあ。これはアメリカ政府の計画ですかな?」

「え? もちろん違いますよ」

「連合のものでもない。よろしい、あなたがたは方程式をいくつか見せてくださった。それを公表するなとは、わたしにはいえません。あなたがたのものです」

ブルックは首をふった。

「われわれのものではない」博士はぼくを指さした。「彼のものです」

事務総長はぼくを見た。

「わかりました……わたしは法律家です。あなたが公表したいとあれば、わたしにはとめようがない」

「ぼくを、ですか? それはぼくのものではありません……ぼくはただの……そう、使者だったんです」

「権利があるのはあなただけのようだ。あなたはこれを公表したいですか？　あなたがた全員の名を冠して？」

彼はそれを公表したがっているという感じを、ぼくは受けた。

「ええ、もちろん。でも三人目の名前はぼくのにすべきではありません。それは……」ぼくはためらった。鳥の歌声を著者として記すことはできない。「……そう、『M・シング博士』としましょう」

「だれです、それは？」

「ヴェガ人です。しかし中国人の名前ということにできますよ」

事務総長はそのまま留まり、いろいろと質問をし、テープを聞いたりした。そのあと電話をかけたのが……月だ。そんなことができると知っていたものの、かけるところを目のあたりにするとは思ってもいなかった。

「こちらはヴァン・デューヴェンディークだ……そう、事務総長だ。司令官につないでくれ……ジムか？……この回線はひどいもんだな……ジム、たまには実地演習を命じるんだぞ……この通話は非公式だが、渓谷を調べてもらえないか……」彼はぼくのほうを見たので、ぼくはすぐに答えた。「トンボー・ステーションの東にある山脈を越えてすぐの渓谷だ。まだ安保理事会にはかけていない。これは仲間内の話というわけだ。ただし、その渓谷に踏みこむときは、わたしは強く提案するが、大兵力でやるんだぞ。あらゆる武器を持って行け。蛇のようなやつらがいるかもしれん。蛇どもはカモフラージュしているだろう。虫の知らせというやつさ。ああ、子供たちは元気だし、ベアトリックスも元気だ。マリーに電話を入れて、きみと話したと伝えておくよ」

事務総長はぼくの住所を尋ねた。家にいるのがいつごろになるのかはいえなかった。どうやって帰ったものかわからなかったからだ——ヒッチハイクをするつもりでいたが、そこまではいわなかった。ヴァン・D氏は眉を上げた。

「われわれは、あなたを家までお送りするくらいの借りはあると思うんですがね。え、教授?」

「それでやりすぎとはいえませんな」

「ラッセル君、あなたのテープで聞いたんだが、工学を勉強するつもりだそうですね……宇宙へ飛び出すために」

「はい。いや、はい、総長閣下」

「法律の勉強を考えたことはないですか? 宇宙へ出たがるエンジニアは多いが……法律家はそうでもない。しかし、法律はどこへでも広がっていくものです。宇宙法と超越法に習熟した人間は、強い立場に立つことになりますぞ」

おちびさんのパパは口をはさんだ。

「両方でもいいのでは? わたしは嘆いているんだ、そういった現代における専門分化の行き過ぎを」

ヴァン・デューヴェンディーク氏はうなずいた。

「いい考えだ、そうすると彼は、自分の契約条項も書ける」

ぼくは電子工学一本でいきます、といいかけ——とつぜん自分のしたいことがわかった。

「あのう、両方では手こずると思います」

「馬鹿なことを！」

と、ライスフェルド教授は激しくいった。

「はい教授。ですが、ぼくはもっとうまく作動する宇宙服を作りたいんです。アイデアはいくつかあります」

「うーん、それは機械工学か。しかもその他多くのもの、だろうな。それにしても、きみは工学修士の学位が必要になるぞ」教授は眉をよせた。「きみのテープを思い出すと、入学検定は通ったが、いい学校からの入学許可は受けていなかったな」教授は机をたたいた。「馬鹿げているではないですか、事務総長。この青年はマゼラン雲へ行っても、自分の行きたい学校には行けないんですぞ」

「で、教授？　きみが前引き、わたしが後押しですか？」

「さよう。だが待ってください」ライスフェルド教授は電話を取り上げた。「スージー、MITの学長につないでくれ。休日なのはわかっている。ボンベイにいようがベッドにいようがかまわん。とっつかまえてくれ。頼むぞ」

教授は受話器をおいた。

「あの娘は研究所に来て五年になるし、それ以前には大学の交換台についていましたからね。つかまえてくれますよ」

ぼくはどぎまぎしたり、わくわくしたりだった。MIT——だれだって、このチャンスには飛びつくだろう。しかし授業料だけでも気が遠くなる。ぼくはお金がないことを説明しようとした。

「今年度の残りとこんどの夏のあいだ働いて……貯金します」

電話が鳴った。

「ライスフェルドだ。やあ、オッピー。同窓会で約束させられたっけな、顔のひきつりがブルックを悩ませ始めたら教えると。まあ座っていろよ。測ったら、一分で二十一回だった。新記録だぞ……まあ落ち着け。だれひとりよこさせないぞ、こちらの要求を飲まなければな。学問の自由とか〈知る権利〉とかの説教を始めるんなら、この電話は切ってバークレーにかけるからな。向こうでも取り引きができるんだ……ここでもできるのはわかっている、ここのキャンパスでね……大したことじゃない、四年分の奨学金と授業料だけだ……わたしにわめかんでくれ。きみの任意基金を使うんだな……あるいは帳簿で空取り引きにするか。きみは二十一を過ぎてるんだ、算術はできるはずだ……だめだ、ヒントなし。黙って買ってほしいものがある。さもないときみのところの放射線研究所は取り残されちまうぞ。『放射線研究所』といったか？　自然科学の全分野というつもりだったんだ。きみは南米へ逃げたきゃ逃げてもいいが、わたしに圧力をかけさせんでくれ……何だと？　横領くらいわたしもやるよ。待ってくれ」ライスフェルド教授はぼくにいった。「MITには出願したんだな？」

「はい、教授、でも……」

「願書ファイルに入ってる、『クリフォード・C・ラッセル』だ。彼の自宅へ手紙を出して、わたしのほうへは、きみのチームのリーダーにコピーを持ってこさせてくれ……ああ、大規模チームだ、リーダーは数理物理学者にしてくれ……ファーレーあたりか。あいつには想像力があるからな。これは、例のリンゴがアイザック卿にあたって以来、最大の出来事だぞ……いかにも、わたしは強請屋《ゆすりや》だ。そしてきみは椅子にふんぞりかえって、昼飯どきに一席ぶつだけか。いつ研究生活にもどるつもりだ？……ビューラによろしく。じゃあな」

教授は電話を切った。

「これで片づいた。キップ、ひとつわけがわからんのは、その虫みたいな顔をした怪物どもが、なぜこのわたしを欲しがっていたのかだ」

ぼくはどういえばいいのかわからなかった。その前日に話を聞いたばかりだったのだが、教授は奇妙なデータ同士の関連づけをしていたらしい――正体不明の目撃例、宇宙旅行に対する思いがけない妨害、辻褄の合わない多くの出来事など。こういう人ならば答が得られそうだ――そして世間から聞いてもらえそうだ。教授に弱点があるとすれば、それは慎み深さだ――教授はこれをおちびさんに分けてやらなかったようだ。大気圏外空間からの侵略者は、教授の知的好奇心に神経をとがらせるようになったのだと話しても、馬鹿げたことをいいなさんな、だったろう。そこでぼくはいった。

「あいつらは、ぼくらに何もいいませんでした。でも、教授には捕えるだけの重要性があると考えたんですよ」

ヴァン・デューヴェンディーク氏が立ち上がった。

「カート、わたしはたわごとを聞いて時間をつぶしてはいられん。ラッセル君、きみの進学問題が解決してよかったね。わたしが必要になったら、電話してくれたまえ」

彼が立ち去ると、ぼくはライスフェルド教授にお礼をいおうとした。

「自費でやっていくつもりでした、教授。学校がまた始まるまでには稼いでおけるだろうと」

「三週間足らずでか？　冗談じゃないよ、キップ」

「つまり今年の残りと……」

「一年遊ぶのか？　だめだ」

「でもぼくはもう……」教授の頭ごしに庭の青葉が見えた。「教授……今日は何日なんですか？」

「おいおい、労働祭の日《レイバー・デイ》にきまってるじゃないか」

(「直ちに、彼らのやってきた時空へ……」)

ライスフェルド教授はぼくの顔に水をぱらりとかけた。

「気分はいいか？」

「え、どうやら……ぼくらは何週間も行っていたんですが」

「キップ、あまり多くのことに出会いすぎたんだ、このくらいで驚いちゃいけないな。それを話したければ、人間離れした双子さんとどうぞ……」教授はジオミとブルックを指さした。

「……だが、きみにはわかるまい。少なくともわたしにはわからなかった。こう考えたらどうだ、十六万七千光年も、テネシー州の時間経過としては一パーセントの億万分の一にしかならないのだ、とは？　ことに、時空がまるっきりまともに取り扱われてはいないときは？」


ライスフェルド家を離れるとき、ライスフェルド夫人はぼくにキスし、おちびさんは泣きじゃくりながらマダム・ポンパドゥールにオスカーへの別れを告げさせた。当のオスカーは後部座席におさまっていた。教授が空港まで車で送ってくれるのだ。


道すがら、彼はいった。

「ちびすけはきみが好きなんだな」

「あの、そうだと思います」

「じゃあきみは？　それともよけいなお世話かな？」

「ぼくはおちびさんが好きか、ですね？　もちろんです！　四、五回命を助けられましたよ」


おちびさんはきみを狂わせることだってある。それにしても勇ましく、気高く、頭がいい――そして根性がある。

「きみだって人命救助メダルのひとつや二つは、自分で手に入れたんだ」


ぼくはそれを考えた。

「ぼくは、やろうとしたことを何もかもやりそこなったように思えます。しかし協力してもらえましたし、とてつもない幸運にも恵まれていました」

運だけがどのようにしてスープから——本物のスープから——逃がれられたのかを思うと、ぞっとした。教授は答えた。

「〝運〟とは問題点をはぐらかそうとする逃げ口上だ……娘が助けを求めたとき、きみが聞いていたのは〝驚くべき運〟だといったね。それは運ではなかったんだよ」

「え？　とおっしゃいますと？」

「なぜきみはあの周波数を使っていたんだ？　きみが宇宙服を着ていたからだ。なぜきみはそれを着ていた？　きみが宇宙へ出ようと決めていたからだ。宇宙船が呼び出しをかけたとき、きみは応答した。もしそれが運なら、バッターがボールをヒットしたときは、いつでも運だ。キップ、〝幸運〟は周到な準備のあとについてくる。〝不運〟はだらしなさからやってくる。きみは、人類そのものよりも古い法廷を説き伏せた、きみやきみの種族は、救うに値するものだと。それは単なるチャンスだったのかね？」

「あの……本当のところ、ぼくは頭にきていてぶち壊しかけていたんです。不当な扱いを受けるのにはうんざりだったものですから」

「歴史の中で最高の物事というのは、〝不当な扱いを受けるのにはうんざり〟した人々によってなしとげられたんだ」教授は眉をよせた。「ちびすけを気に入ってもらえて嬉しいよ。あいつの知能は二十歳ぐらいのくせに、感情のほうは六つくらいなものだから、よく他人の反感を買ってな。だから、あいつより頭のいい友達ができて、わたしは嬉しいんだよ」

ぼくは口をあんぐりあけた。

「でも、教授、おちびさんのほうが、ぼくよりずっと利口ですよ。ぼくなんかぼろくそにやられますからね」

彼はぼくをちらっと見た。

「わたしは何年もぼろくそにやられているよ……だが、わたしは馬鹿じゃない。自分を低く見てはいかんよ、キップ」

「事実ですから」

「ほう？ 現代における最大の数理心理学者は、常に将来の計画を立てていた男でね。自分のためにいいとなると、引退についても同じでね……非常に難しいことだが……その男が引っぱりだこのときはね……この男はいちばん頭のいい教え子と結婚した。二人の子供が、このわたしの子供より頭が悪いかどうか、疑わしいものだ」

このもつれをほどいてようやく、彼がいっているのはぼくのことだとわかった。こんどは何といえばいいのかわからなかった。自分の親を本当に知っている子供は、どれだけいるのか？明らかにぼくは知らなかった。教授は続けていった。

「ちびすけは手にあまるよ、わたしにさえね。さあ、空港に着いたぞ。学校へ行くのでもどってきたら、ぜひ訪ねてくるようにしてくれ。よければ感謝祭にもな……クリスマスはもちろん家へ帰るだろうから」

「あ、ありがとうございます、教授。またお邪魔します」

「待ってるぞ」

「あの、おちびさんのことですが……あまり手がつけられなくなったら、あの、ビーコンがあります。ママさんなら彼女をうまくあしらえますから」

「うーむ、そいつは一案だな」

「おちびさんはうまくいいくるめようとしても、とても無理です。そうだ……忘れるところでした。だれに話してもいいんでしょう？　おちびさんのことじゃありません。すべてのことをです」

「はっきりしているんじゃないの？」

「といいますと？」

「だれにでも、何でも話せばいい。きみは、そうやたらには話さんだろうがな。信じる者など、ほとんどいるまいからね」

ぼくが乗って帰ったのは、公用特別便《クーリエ・ジェット》だった——そういうのは実に速いんだ。ライスフェルド教授はぼくの手持ちがたったの一ドル六十七セントだと知ると、十ドル貸すといって聞かなかった。そこでぼくはバス・ステーションで散髪し、センターヴィルまでの切符を二枚買った。そうすれば、オスカーを荷物室へ入れずにすむ。オスカーを壊されないとも限らないからだ。あの奨学金のいちばんいいところは、もうオスカーを売り渡さなくともよいことだった——そんなつもりはなかったにしても。

センターヴィルの景色はすばらしくよかった。頭上の楡《にれ》の木から、足元の路面のへこみまで。運転手はオスカーのためにと、家のそばにとめてくれた。あいつを運ぶのは大変なんだ。納屋へ行ってオスカーをラックにかけ、あとでくるからなといい聞かせ、裏口から入った。

母さんは見あたらなかったが、父さんは自分の書斎にいた。彼は読書をやめて顔を上げた。

「お帰り、キップ」

「ただいま、父さん」

「面白かったか?」

「それが、ぼくは湖へは行かなかったんだ」

「知っている。ライスフェルド博士が電話をくれてな……手短にすっかり話してもらった」

「ああ。面白かったよ……全体としてはね」

見ると、父さんが手にしていたのはブリタニカ百科事典の一冊で、〈マゼラン雲〉のところを開いていた。

父さんはぼくの視線を追い、残念そうにいった。

「まだ見たことがないんだ……昔、機会が一度あったんだが、ある曇りの晩以外は忙しくてな」

「いつだったの、父さん?」

「南アメリカで、おまえが生まれる前だ」

「そんなところにいたなんて、知らなかったな」

「政府のスパイまがいの仕事だった……話すようなことではない。マゼラン雲て、きれいなのか？」

「んー、ちょっと違うんだな」

ぼくは別の一巻を取って〈星雲〉のページをめくると、アンドロメダ大星雲があった。

「こっちのほうがきれいだよ。ぼくらの銀河系はこんなふうに見えるんだ」

父さんは溜息をもらした。

「きっとすばらしいんだろうな」

「そりゃもう。ぜんぶ話すからね。テープもあるし」

「急ぐことはない。えらい旅をしてきたんだ。三十三万三千光年……そうだったかな？」

「いや、違うよ、ちょうどその半分」

「往復のことさ」

「ああ。でもぼくらは、同じ道を帰ってきたんじゃないんだ」

「ん？」

「どういえばいいのか知らないけど、こういう宇宙船では、一回ジャンプすると、どんなジャンプでも、後もどりする近道は遠まわりの道なんだ。まっすぐ前進してゆくと、結局出発点にもどってくる。まあ空間は曲がっているから、〝まっすぐ〟じゃない……でも、できるだけまっすぐ。そうすると何もかもゼロにもどるんだ」

「宇宙大圏コースか？」

「その考え方なんだ。直線でグルッとまわってくる」

父さんは考えこんだように眉をよせた。

「うーむ……キップ、どれぐらいの遠さなんだ、宇宙のひとまわりってのは？　赤方偏移の限界は？」

ぼくは言葉につまった。

「父さん、尋ねてみたけど……その答は何の意味もなさなかったんだ」（ママさんはいっていた、「何もないところに、どうして〈距離〉があるの？」と）「距離ではなく、むしろ状態なんだ。ぼくはそこを通り抜けたんじゃなくて、動いただけ。中を通り抜けるんじゃなくて、滑り過ぎるんだ」

父さんは考えこんだ。

「数学的な問題を言葉で尋ねないよう、わきまえているべきか」

ブルック博士なら力になれると持ちかけようとしたとき、母さんが歌うように話しかけた。

「ただいま、お二人さん！」

一瞬、ママさんの声を聞いているのかと思った。母さんは父さんにキスし、ぼくにキスした。

「帰ってきて嬉しいわ、ディア」

ぼくは父さんのほうをむいた。

「ええと……」

「母さんは知っているよ」

母さんは暖かく優しい口調で答えた。

「ええ……それにね、わたしの大きな坊やがどこへ行こうと、無事に帰ってきてくれる限り、かまわないわ。あなたが行きたいだけ遠くのところへ行くのはわかってるのよ」母さんはぼくの頬を軽くたたいた。「そして、いつもあなたを誇らしく思ってるわ。母さんのほうはね、チョップを買いにそこの角まで行ってきたところ」

あくる朝は火曜日、早目に仕事へ出た。思ったとおり、店はひどい有様だった。ぼくは白い上着をきて働き始めた。電話に出ていたチャートンさんは、それを切ると、近づいてきた。

「面白かったかい、キップ？」

「とても面白かったですよ、チャートンさん」

「キップ、きみにいおういおうと思っていたことがあるんだがね。まだどうしても月へ行きたいか？」

ぼくはびっくりした。ついで、チャートンさんが知っているはずはない、ということに気づいた。

まあいい、ぼくは月を見てはいない、とても見たとはいえないんだ、まだどうしても見たい——といっても、そう急いでいるわけではないが。

「はい。でも、まずは大学へ行きます」

「それをいいたかったんだ。わしには……つまり、子供がおらん。金が要るなら、そういってくれ」

彼は前に薬学学校をほのめかした――だが、ここまでいってはくれなかった。しかも、昨夜父さんから聞いたばかりだが、ぼくが生まれたその日に、父さんはぼくの教育保険に入ったそうだ――ぼくが自分だけの力で何ができるか、父さんは見守っていたのだ。

「うわあ、チャートンさん、本当にありがたいなあ！」

「わしは、教育を受けたいというきみの気持に賛成しているんだ」

「実は、準備はほとんど整っているんです。ただ、いつかローンが要るかもしれません」

「ローンではないかもな。知らせてくれ」

チャートンさんはすっかりばつ悪げに、急いで離れていった。

ぼくは心うきうきと仕事をした。ときおり、ポケットにしまってある幸福さんにさわった。

昨夜ぼくは、これを、父さんと母さんの額にあてさせた。母さんは悲鳴を上げたが、父さんは「わかってきたぞ、キップ」と真面目にいった。その気にさせることができれば、いつかチャートンさんにも試してもらうことに決めた。ぼくはソーダ・ファウンテンをピカピカに磨き、エアコンを点検した。異状なし。

昼過ぎにエース・クイッグルがやってきて、どっかと座りこんだ。

「おっす、宇宙海賊！　銀河大皇帝からは何か便りがあったか？　ヒャッ、ヒャッ、ヒャッ！」

正直に答えたら、エースは何といったろう？　ぼくは幸福さんにさわってから答えた。

「何にする、エース?」

「いつものやつにきまってんだろ。さっさと出せ!」

「チョコレート・モルトだな?」

「わかってるじゃねえか。グズグズすんなよ、あんちゃん! 寝ぼけてねえで、世の中ってもんをよく心得とけ」

「そのとおりだね、エース」

エースにやきもきしたところで、何の足しにもならない。彼の世界は彼の両耳のあいだにある穴ほど狭いし、彼がころげまわっている薄汚い窪みほどの深さしかないのだ。女の子が二人入ってきた。エースのモルトをミキサーにかけているあいだに、二人にコーラを出した。エースが二人に流し目を送った。

「淑女の方々、ここにおられるコメット司令官をご存じかな?」

一人がくすくす笑った。エースは作り笑いをして続けた。

「おれは彼の支配人でね。英雄物をやりたかったら、来てくれよな。司令官、おれはおめえが出そうとしてる例の広告文案を練っていたんだぜ」

「何だって?」

「耳をかっぽじって聞け。『宇宙服あり——ご報参上』さ、それだけじゃあ、いいつくしちゃいねえ。あの老いぼれ道化服から金をひねり出すには、何とかしてセールス・ポイントを作ることだ。てなわけで、こうつけ足したぜ。『べムみな殺し……世界救済専門……料金面談』。いいな?」

ぼくは首をふった。

「だめだね、エース」

「どうしたってんだ? ビジネスむきの頭ってものがねえのか?」

「事実だけでいきたいね。ぼくは世界を救うのに金はもらったりしないし、注文されてやるのでもない。そういうものは、偶然でおこるんだ。意識してやる自信はないね……きみと組んだのではね」

女の子が二人とも笑った。エースは眉をよせた。

「こしゃくな野郎だな、え? 知らねえのか、お客様はいつも正しいってことを?」

「いつもかい?」

「そうともさ。ようく憶えとけ。モルトをさっさと出しやがれ!」

「はいよ、エース」

ぼくはモルトに手をのばした。エースは三十五セントをつき出し、ぼくはそれをおしもどした。

「こいつはおごりだよ」

ぼくはそれを、エースの顔にぶっかけた。

嬉しいあとがき

これはいささか変わった、そしてぼくにとって嬉《うれ》しいあとがきになる。この青春を謳歌《おうか》するハインラインの作品のこの訳書が、ひとりの青年の、青春の輝かしい記念碑的な想い出となるであろうからだ。

数年前にある雑誌に連載し、あとでは〝SFの翻訳〟という単行本になったものから引きうつす部分が多くなるが……

七、八年前のことだ、夏も終わりかけたころ、仙台でおこなわれた〝みちのくSF祭〟というSF大会に出かけていったとき、嬉しいことにSFの翻訳をやりたいんだが、翻訳を見てくれるかと、ある青年にいわれたのです。ハインラインのファンということで、どんなものが送ってこられるのかと心待ちにしていたのですが、そんなことがあったのをそろそろ忘れかけたころになって、とつぜん手紙と原稿を送ってこられました。

ハインラインのHAVE SPACE SUIT-WILL TRAVELを全部訳し、その四章までを清書してこられたのだが、それに添えてあった手紙の内容のみごとなこと。簡潔で要を得ており、かつ礼をつくしてある。手紙文の模範といっていいもの。その手紙と原稿の文字の美しいことにもまた、ただただ驚き、二十二歳の男子学生にこんなのがいるとは、この人を育てたご両親はさぞかし素晴らしいかたたちなんだろう、すごいぞ、全部見せてくれと、すぐ返事を出しました。

ご本人も書いておられたが、故・福島正実氏の抄訳〝大宇宙の少年〟を参考にし、ところによっては、その訳文をそのまま借用されているということなので、そのせいか、ちょっと見たところでは、文章全体が実にいいものに思えたので、ひょっとしたら、このまま売物になるのではないか、と、いささか自分が大人であることを度忘れてしまうほどに喜び勇んでしまった……のですが……落ち着いて原文と照らし合わせてみると、やはりそううまくはいきませんでした。

うまくはいかなかった、というのは、誤訳が多すぎたからだ。最初のページでの誤訳例は、その本にのせてあるから、お読みになったかたも多いと思う。

しかし、だれに頼まれたわけでもないのに、四百字詰め原稿用紙八百枚近くの翻訳をおこない、それを清書するというのは大した努力だ。

その努力の証拠を捨てるのはあまりに惜しい、どうしようかと考え、返事を出した——最初のほうの誤訳個所を指摘し、それを参考にして訳しなおしてみないか、そのためには大学の教養課程で英語を学んだ先生にわからないところや、あやふやなところを教えてもらったらいいかが。そうやって訳しなおしたら、出版してもらうことを考えよう。一、非常にいい場合は、あなたの名前で。二、そこまでいかなければぼくと共訳で。三、そこまでもいかなければぼくの下訳に使って、ぼくの名前で、と。

さて、その人の名前は、共訳者・吉川秀実さん。そのときは、東北大学で天文学を学んでいた学生だった。彼は、ぼくの手紙のとおり、教養課程で教わった英語の先生に頼み、教えてもらった。さぞかし、いい勉強になったと思う。そして、一、二年たって原稿を送ってこられた。良くはなっていた。だが、まだまだ誤訳や生硬な文章が多かった。それで、暇を見ては直していくからと返事をしてから、五年ほどの月日がたってしまった。

そのあいだに吉川さんは大学を卒業し、富士通に勤めてコンピュータのソフトを考える仕事を始められ、もう翻訳原稿のことは忘れておられたようだ。だが、去年、やっと東京創元社から出版してもらえることになり、彼にも喜んでもらえた。

そしていまやっと、彼が訳したものにぼくが手を入れたものの校正刷りが出てきた。それを横において、ぼくは富士通のオアシス100F-2というワープロで、このあとがきを書きながら、つくづくと人の世の嬉しさを感じている。

人が人に会い、その結果、一人の人間の青春に忘れられないであろう想い出を作るようになったこと。まことに嬉しい。今夜の酒は進みそうだ。吉川さん、本が出たら忘れずに、先生とご両親に送ること。そのあと、一緒に飲もう。この本の読者の健康と多幸を祈って。

1986・1・31　　矢野　徹

宇宙服あり――御報参上！

三村美衣

本書はロバート・A・ハインラインの長編 *Have Space Suit — Will Travel*（1958）の全訳である。懸賞で宇宙服を手にした少年が、ひょんなことから宇宙海賊にさらわれ、月面を彷徨《さまよ》い、太陽系を旅し、あげくに地球の運命を決する宇宙法廷に引き出される。

宇宙への憧れ、リアルな科学、ハインラインならではの人生哲学を、波瀾万丈の冒険譚《たん》に盛り込んだ本書は、『夏への扉』などの代表作にも比肩するハインラインの最良の一冊である。

ハインラインの研究家としても知られるSF作家のアレクセイ・パンシンは、著書 *Heinlein in Dimension*（1968）の中で、本書を『未知の地平線』と並ぶ初期ハインラインのベストと位置づけているし、コニー・ウィリスは、SF専門誌〈ローカス〉の「ハインライン生誕百年記念特集」（二〇〇七年八月号）で、本書が初めて読んだSFであり、その後も変わらぬ一番好きなハイライン作品だと語っている。ちなみにベストは『大宇宙の少年』『夏への扉』『ダブル・スター』『宇宙《そら》に旅立つ時』『ルナ・ゲートの彼方』の五作。ウィリスは十五歳の頃には、キップとママさんが再び世界を救う本書の続編を執筆しようと思っていたほどで、自著『犬は勘定に入れません』に『ボートの三人男』が登場するのも本書の影響だと語っている。

物語は、アメリカの田舎町で暮らす高校生のキップが、宇宙服を手に入れるところからはじまる。正しくは、宇宙旅行の獲得に失敗し、その代わりに本物の宇宙服を手に入れるところからだ。宇宙ステーションと月基地に向け商業宇宙飛行が開始されたとはいえ、まだ莫大な旅行費が必要なこの時代。大金持ちではないキップが宇宙に行くには、ずば抜けた能力と幸運が必要であり、それは望みのない夢に思われた。ところがある日、とんでもないチャンスが訪れる。地元紙に「月世界旅行無料ご招待!」というスカイウェイ石鹸主催の懸賞広告が掲載されたのだ。

日本でも十年ほど前、清涼飲料水メーカー主催の宇宙旅行キャンペーンがあった。私もポストに向かって二拍一礼し応募葉書を投函したが、キップに比べてまったく努力が足りませんでした、すみません。

スカイウェイ石鹸の「宇宙旅行」懸賞の応募規定は、石鹸の包み紙にキャッチコピーを添えて応募するというもの。キップはチャーリー少年のように一枚のチョコレートに夢を託したりしないし、「ぱんぱん、ぺこり」で願いがかなうなどとも考えない。父親からたたきこまれた、何かを得たいなら相応の対価を支払えというハインライン式人生哲学を実践し、懸賞マニアも脱帽もののシステマティックな作戦をたて、なんと五千七百八十二通ものキャッチコピーを書いた包み紙をスカイウェイ石鹸に送ったのだ。

そして努力の甲斐あって、見事、キップの書いたコピーが一席に選ばれた。ところが、キップが手に入れたのは宇宙旅行ではなかった。選ばれたコピーには同文の応募が十一通あり、一等の月旅行は消印の一番早かったモンタナ州の主婦の手に渡り、キップが手にしたのは、おんぼろの宇宙服だったのだ。

この宇宙服、宇宙ステーションの建造で実際に使われた本物だが、いかんせん古い。そこでキップは、自宅の納屋でおんぼろ宇宙服の整備をはじめる。

このくだりは、夏休みSF史上に残る名場面だ。

キップは宇宙服についてきた説明書と、本から得た知識を頼りに、ひと夏かけて修理し、さらに宇宙服を装着して、裏の小川に飛び込んだり、枯れ草の中にもぐったり、空想の母船と通信で会話したり、とさまざまな実験を繰り返す。そうやって夏の終わり頃には、宇宙服は宇宙空間での使用に耐える状態に復旧。そんなある日、なんと、キップの無線に着陸誘導を求める女の子の声が割り込み、それに応答してしまったがために、謎の宇宙船に宇宙服ごと誘拐され、三十三万三千光年（の半分）の大冒険へと旅立つことになるのだ！

大自然は生きた教室とかいう表現をよく見かけるが、大宇宙こそ究極の生きた教室だ。なんたってぼ〜っとしてたら死んでしまうので、生き残るための方策を始終、それこそ必死になって考えつづけなくてはならない。科学する心なくして宇宙から無事に生還することはできない。そして宇宙服はその宇宙空間で活動するために必要不可欠な装備、生きる環境、移動するための乗り物、そして信頼すべき友人でもある。この本を子供時代に読めば学校嫌いになるかもしれないけど、科学は好きになるんじゃないだろうか。と思っていたら、なんと「世界宇宙週間」の教育プログラムの一環で、本書をテキストに教材が作られていて、月での逃走シーンを読んで月面でのサバイバルに必要な装備を考えたり、太陽系のさまざまな惑星に適した宇宙服をデザインしたりといった学習が、すでに試みられているそうだ。

ハインラインの作品は物語の大きさが魅力だが、そのリアリティを支えているのは、日常的なこまごまとした描写だ。たとえば宇宙服を磨くのにクロロックスの消臭剤を使ったり、自転車の空気入れで宇宙服を膨らませてみたり。学校での出来事やバイト先での出来事、裏庭のガレージでの機械いじり。そういった生活感が、宇宙や地球の運命にそのままつながり、途方もない法螺話にリアリティを与えているのだ。

さて終盤、物語は思いもかけない方向に進む。なんとキップたちは宇宙法廷に引き出されることになるのだ。法廷でキップが暗誦《あんしょう》するのは、シェイクスピアの最晩年の作品の中で最も詩的で美しいと高い評価を受けた『テンペスト』四幕の一節。婚礼祝いの余興として妖精たちが演じる劇中劇の終演を告げる台詞《せりふ》だ。妖精たちが見せた幻が消え行くさまに、文明はもちろん地球すら無常の存在であることを悟る、いわばシェイクスピア版「祇園精舎《ぎおんしょうじゃ》」。繁栄と崩壊と再生、そして断罪と寛容といった、作品のテーマが見事に集約された台詞である。ハインラインは作中にしばしば古典文学からの引用を埋め込むが、この一節は特にお気に入りらしく、『ダブル・スター』ではボンフォートと面会する直前のスマイズがこの台詞を口にするし、『栄光の星のもとに』と『自由未来』でもその一部が使用されている。

あらためて著者のロバート・A・ハインラインについてもご紹介しておこう。

一九〇七年七月七日、ミズリー州生まれ。ミズーリ州カンサスシティで育ち、一九二五年に海軍士官学校に入学、卒業後は海軍に入隊したが、三四年に肺を病んで退役。その後、UCLAに進学するも数週間でやめて、政治の世界にのめりこんでいく。やがて議員となる夢にも破れ、選挙活動で文無しになったハインラインの目に入ったのが、〈スリリング・ワンダー〉誌に掲載された新人作家募集の広告だった。そうして一九三九年の四月、わずか四日間で短編「生命線」を書き上げたハインラインは、〈スリリング・ワンダー〉誌ではなく、革新的な作品を採用していた〈アスタウンディング〉誌のほうが自分向きだと考え、同誌の辣腕《らつわん》編集者ジョン・W・キャンベル・ジュニアに原稿を送り、八月号でデビューする。

一九三九年はSF新人の当たり年で、同誌の七月号ではアイザック・アシモフが「時の流れ」、ヴァン・ヴォークトが「黒い破壊者」でデビューし、九月号ではシオドア・スタージョンが「エーテル生物」でデビューしている。ハインラインは翌一九四〇年の「鎮魂歌」で高い評価を受け、《未来史》に連なる作品を精力的に発表。四一年には『宇宙の孤児』の原型「大宇宙」、そしてラザルス・ロングが登場する長編『メトセラの子ら』を連載する。長編『未知の地平線』を書き上げた翌日、太平洋戦争が開戦。ハインラインは技術者として海軍に従軍、さらに退役後は家庭の事情により一時筆を折る。

復活後のハインラインは、スリック雑誌の最高峰である〈サタデイ・イヴニング・ポスト〉

に「地球の緑の丘」を掲載、さらに老舗《しにせ》出版社スクリブナーズよりジュヴナイルＳＦ『宇宙船ガリレオ号』を上梓。一般誌や書籍に積極的に自作を売り込み発表することで、ＳＦのパルプ雑誌からの脱却に大きく貢献した。

ジュヴナイル発表の舞台となったスクリブナーズ社は戦前の児童向け雑誌〈セントニコラス・マガジン〉で有名な出版社だが、一般書でもＦ・スコット・フィッツジェラルドやヘミングウェイ、それにカート・ヴォネガットの第一長編『プレイヤー・ピアノ』なども刊行している。ハインラインには全部で十四冊のジュヴナイルＳＦがあるが、そのうち初期の十二冊は同社から毎年クリスマス本として刊行されたものだ。執筆当初は『宇宙の戦士』もスクリブナーズから刊行する予定だったが、対象年齢と内容に問題ありとして同社が出版を拒否したという経緯がある。ただスクリブナーズから刊行された作品も、子どもが楽しめるということは考慮されているが、決して子どもだけに向けて書かれたものではない。それは『ラモックス』と本書が〈Ｆ＆ＳＦ〉誌に、『銀河市民』が〈アスタウンディング〉誌に、『宇宙の戦士』が〈イフ〉誌にと、ＳＦ雑誌に先行掲載されたことからも明かだろう。

そして『宇宙の戦士』で、『ダブル・スター』につづく二度目のヒューゴー賞を受賞したハインラインは、その後も『異星の客』『月は無慈悲な夜の女王』で合計四度のヒューゴー賞を受賞。アイザック・アシモフ、アーサー・Ｃ・クラークと共にＳＦ御三家と呼ばれるようになる。その一方で『宇宙の戦士』や『異星の客』は、そこにこめられた思想の過激さから、さまざまな議論を呼ぶことになる。

ハインラインは一九八八年五月八日、肺気腫で八十一年の生涯を閉じた。翌八九年にはNASAから功労賞を贈られ、スミソニアで行われた贈呈式には、本書の訳者である矢野徹氏と、『銀河市民』の訳者の野田昌宏氏が出席した。その模様を綴った矢野徹氏の「ハインライン追悼旅行記」(〈SFマガジン〉一九八九年一月号)は、ハインラインの作品が読み継がれることを祈るつぎのような言葉で締めくくられている。

このまま進んでいったとき、ハインラインの書き残したものは、読み続けられていくのだろうか? 日本ではそうなるように願いたいが。

国家とそれぞれの住む町と隣人と生き物を愛し、そして努力を続けよと説いた彼の言葉は、いまこそ必要なときであり、これからも大切なものであり続けるはずなのだから。

【ハインライン長編著作リスト】

Jはジュヴナイル、( )内の数字は、書籍刊行年/初出雑誌掲載開始年。

1 Rocket Ship Galileo (J 1947)『宇宙船ガリレオ号』(創元SF文庫)
2 Beyond This Horizon (1948/1942)『未知の地平線』(ハヤカワ文庫)
3 Space Cadet (J 1948)『栄光のスペース・アカデミー』(ハヤカワ文庫)
4 Red Planets (J 1949)『レッド・プラネット』(創元SF文庫)

5 Sixth Column（The Day After Tomorrow）（1949/1941） 未訳
6 Farmer in the Sky（J 1950）『ガニメデの少年』（ハヤカワ文庫） レトロヒューゴー賞
7 The Puppet Masters（1951/1951）『人形つかい』（ハヤカワ文庫）
8 Between Planets（J 1951/1951）『栄光の星のもとに』創元ＳＦ文庫
9 The Rolling Stones（J 1952/1952）『宇宙の呼び声』（創元ＳＦ文庫）
10 Starman Jones（J 1953）『スターマン・ジョーンズ』（ハヤカワ文庫）
11 The Star Beast（J 1954/1954）『ラモックス』（創元ＳＦ文庫）
12 Tunnel in the Sky（J 1955）『ルナ・ゲートの彼方』（創元ＳＦ文庫）
13 Double Star（1956/1956）『ダブル・スター』（創元ＳＦ文庫） ヒューゴー賞
14 Time for the Stars（J 1956）『宇宙《そら》に旅立つ時』（創元ＳＦ文庫）
15 The Door into Summer（1957/1956）『夏への扉』（ハヤカワ文庫）
16 Citizen of the Galaxy（J 1957/1957）『銀河市民』（ハヤカワ文庫）
17 Methuselah's Children（1958/1941）『メトセラの子ら』（ハヤカワ文庫）
18 Have Space Suite—Will Travel（J 1958/1958）『大宇宙の少年』（創元ＳＦ文庫）
19 Starship Troopers（J 1959/1959）『宇宙の戦士』（ハヤカワ文庫） ヒューゴー賞
20 Stranger in a Strange Land（1961）『異星の客』（創元ＳＦ文庫） ヒューゴー賞
21 Orphans of the Sky（1963/1941）『宇宙の孤児』（ハヤカワ文庫）
22 Glory Road（1963/1963）『栄光の道』（ハヤカワ文庫）

23 Podkayne of Mars: Her Life and Times（J 1963/1962）『天翔《あまかけ》る少女』（創元SF文庫）
24 Farnham's Freehold（1965/1964）『自由未来』（ハヤカワ文庫）
25 The Moon Is a Harsh Mistress（1966/1965）『月は無慈悲な夜の女王』（ハヤカワ文庫）ヒューゴー賞
26 I Will Fear No Evil（1970/1970）『悪徳なんかこわくない』（ハヤカワ文庫）
27 Time Enough for Love: The Lives of Lazarus Long（1973）『愛に時間を』（ハヤカワ文庫）
28 The Number of the Beast（1980/1979）『獣の数字』（ハヤカワ文庫）
29 Friday（1982）『フライデイ』（ハヤカワ文庫）
30 Job: A Comedy of Justice（1984）『ヨブ』（ハヤカワ文庫）
31 The Cat Who Walks through Walls（1985）『ウロボロス・サークル』（ハヤカワ文庫）
32 To Sail beyond the Sunset（1987）『落日の彼方に向けて』（ハヤカワ文庫）
33 For Us, The Living: A Comedy of Customs（2004）

6のレトロヒューゴー賞は、ヒューゴー賞のなかった年度を対象に時代を一定年遡《さかのぼ》って選出する賞。

33は一九三九年（雑誌デビュー作「生命線」以前）に執筆された長編。二〇〇三年にハインラインが昔住んでいた家の車庫から発見され、スクリブナーズから出版された。さらに〇六年には、一九五五年に書いたシノプシスをスパイダー・ロビンソンが小説化した *Variable Star* が刊行されている。

最後にタイトルについても触れておこう。原題 Have Space Suit—Will Travel は、一九五七年四月より六三年まで放送されたTVドラマ『西部の男パラディン』(Have Gun—Will Travel)に由来する(ハインラインが本書を執筆したのは五七年の八月のこと。放送中のドラマを作品にとりこむという柔軟さにも驚かされる)。元陸軍士官のガンマンが依頼に応じて事件を解決するという内容だが、普段はサンフランシスコのカールトンホテルで優雅に暮らし、オペラを鑑賞し、古典文学をこよなく愛するという主人公のキャラクターが異色の西部劇だ。銃を抜く早さと力だけではなく、頭脳戦、心理戦で解決しようとするスタイルが斬新で、多くのクリエイターに影響を与え、のちにジーン・ロッデンベリーは馬を宇宙船に変え『スター・トレック』を考案する。この主人公が持つ名刺には、トレードマークである、チェスの白騎士の駒(パラディン)と共に、番組のタイトルにもなった Have Gun Will Travel(銃あり、御報参上)という文言が描かれていた。本書だけでなく、このタイトルをパロディにしたものは数多く、なんと《レンズマン》のE・E・スミスも、Have Trenchcoat—Will Travel という私立探偵シリーズを執筆している。

なお本書はこれまで『スターファイター』の邦題で刊行されていたが、児童文学叢書《世界の名作図書館》から刊行された抄訳版『大宇宙の少年』（福島正実訳）が、ジュヴナイルＳＦの名作として語り継がれていることもあり、復刊を機にタイトルを変更することになった。

（二〇〇八年八月）

検印
廃止

訳者紹介　矢野徹。1923年生まれ。中央大学卒。著書に「カムイの剣」訳書にハインライン「愛に時間を」など多数。2004年没。吉川秀実。東北大学理学部天文学科卒。コンピュータ技術者。

大宇宙の少年
(『スターファイター』改題)

1986年4月25日　初版
2021年9月17日　11版

著　者　ロバート・A・ハインライン

訳　者　矢《や》野《の》徹《てつ》・吉川《よしかわ》秀実《ひでみ》

発行所　(株)東京創元社
代表者　渋谷健太郎

162-0814/東京都新宿区新小川町1-5
電　話　03·3268·8231-営業部
03·3268·8204-編集部
URL　http://www.tsogen.co.jp
暁印刷・本間製本
編集協力　アステリスク

乱丁・落丁本は、ご面倒ですが小社までご送付ください。送料小社負担にてお取替えいたします。

ISBN978-4-488-61814-8　C0197

巨大な大砲が打ち上げた人類初の宇宙船

Autour de la lune◆Jules Verne

月世界へ行く

ジュール・ヴェルヌ

江口 清 訳　創元SF文庫

◆

186X年、フロリダ州に造られた巨大な大砲から、
月に向けて砲弾が打ち上げられた。
乗員は二人のアメリカ人と一人のフランス人、
そして犬二匹。
ここに人類初の宇宙旅行が開始されたのである。
だがその行く手には、小天体との衝突、空気の処理、
軌道のくるいなど予想外の問題が……。
彼らは月に着陸できるだろうか？
19世紀の科学の粋を集めて描かれ、
その驚くべき予見と巧みなプロットによって
今日いっそう輝きを増す、SF史上不朽の名作。
原書の挿絵を多数再録して贈る。

神秘と驚異の大海洋が待ち受ける

Vingt mille lieues sous les mers ◆Jules Verne

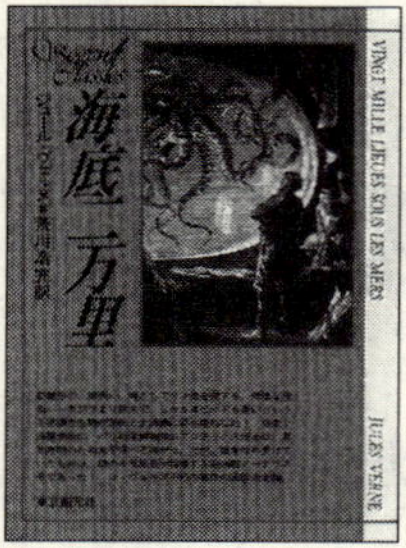

海底二万里

ジュール・ヴェルヌ
荒川浩充 訳　創元SF文庫

◆

1866年、その怪物は大海原に姿を見せた。
長い紡錘形の、ときどきリン光を発する、
クジラよりも大きく、また速い怪物だった。
それは次々と海難事故を引き起こした。
パリ科学博物館のアロナックス教授は、
究明のため太平洋に向かう。
そして彼を待っていたのは、
反逆者ネモ船長指揮する
潜水艦ノーチラス号だった！
暗緑色の深海を突き進むノーチラス号の行く手に
神秘と驚異の大海洋が待ち受ける。
ヴェルヌ不朽の名作。

ブラッドベリ世界のショーケース

THE VINTAGE BRADBURY ◆ Ray Bradbury

万華鏡

ブラッドベリ自選傑作集

レイ・ブラッドベリ
中村 融 訳　カバーイラスト＝カフィエ
創元SF文庫

◆

隕石との衝突事故で宇宙船が破壊され、
宇宙空間へ放り出された飛行士たち。
時間がたつにつれ仲間たちとの無線交信は
ひとつまたひとつと途切れゆく――
永遠の名作「万華鏡」をはじめ、
子供部屋がリアルなアフリカと化す「草原」、
年に一度岬の灯台へ深海から訪れる巨大生物と
青年との出会いを描いた「霧笛」など、
“SFの叙情派詩人”ブラッドベリが
自ら選んだ傑作26編を収録。